Manuela Kuck, Jahrgang 1960, ist freie Autorin. Die gebürtige Wolfsburgerin hat Germanistik und Kunstgeschichte in Berlin studiert, als Fotosetzerin und im kaufmännischen Bereich gearbeitet. Sie lebt heute in der Hauptstadt und veröffentlicht Romane, Kurzgeschichten und Krimis. Im Emons Verlag erschien »Tod in Wolfsburg« und »Wolfstage«.

Dieses Buch ist ein Roman. Handlungen und Personen sind frei erfunden. Ähnlichkeiten mit lebenden oder toten Personen sind nicht gewollt und rein zufällig.

MANUELA KUCK

Ostbahnhof

KRIMINALROMAN

emons:

MIX
Papier aus verantwortungsvollen Quellen
FSC® C083411

Umschlagfoto: fotolia.com/Qujas
Umschlaggestaltung: Tobias Doetsch
Druck und Bindung: CPI – Clausen & Bosse, Leck
Printed in Germany 2011
ISBN 978-3-89705-851-4
Originalausgabe

Dieser Roman wurde vermittelt durch die Agentur Dirk Meynecke.

Für Nanouk

Prolog

Sie spürte nur, dass sie angestarrt wurde – sehen konnte sie hinter der dunklen Augenbinde nichts. Auch ihr Gehör schien geschärft zu sein: Räuspern, Atmen, Füßescharren, unterdrücktes Gemurmel und, weit entfernt, das dunkle, gleichmäßige Wummern aufgedrehter Bässe konnte sie deutlich voneinander unterscheiden. Fünf oder sechs Leute, dachte sie, vielleicht auch mehr, vielleicht weniger. Es roch muffig. Plötzlich trat Stille ein. Jemand näherte sich ihr von hinten, berührte sie an den Schultern und drehte sie mit einer kraftvollen Bewegung herum. Ein Aufschrei blieb ihr im Hals stecken, und einen Moment lang war sie stolz, sich beherrscht zu haben. Nur ihr schneller Atem verriet sie. Hände berührten sie am Kopf, die Binde glitt übers Gesicht nach unten und legte sich um ihren Hals. Ein Mann lächelte sie an. Sie sah ihn zum ersten Mal. Er war groß und hatte warme braune Augen. Sie versuchte, langsamer zu atmen. Er lächelte noch breiter, fast anerkennend.

»Ich gebe dir eine Chance«, sagte er dann leise. »Weil du eine Kämpferin bist.«

Sie nickte, ohne zu verstehen, was er damit meinte, aber es hörte sich besser an als alles andere, was sie in den vergangenen Stunden gehört und erlebt hatte.

Er griff in seinen Gürtel, zog ein Messer heraus und reichte es ihr. »Mach was draus.«

Sie starrte auf die Klinge und blickte dann wieder in seine warmen Augen. »Ich verstehe nicht.«

»Das wirst du gleich. Nimm es.«

Er trat zurück und verschmolz mit dem Halbdunkel, während sie seiner Aufforderung nachkam und einen Augenblick dem Gewicht des Messers in ihrer Hand nachspürte. Sie sah langsam hoch und versuchte, etwas zu erkennen, aber das trübe Deckenlicht erfasste nur schemenartig einige Gestalten, die hinter einem kreisförmig angelegten und durch Holzpfähle begrenzten Gatter um sie herumstanden. Andächtige Stille breitete sich aus.

»He, Max, erst Monty und dann dein Liebling!«, erklang plötzlich wieder die Stimme des Mannes.

Einen Moment lang war sie davon überzeugt, in einem Alptraum gefangen zu sein, aus dem sie in Kürze erwachen würde – in Schweiß gebadet und heilfroh, die absurde Schreckenswelt hinter sich lassen zu können. Dann hörte sie hinter sich Geräusche. Vertraute Geräusche. Sie drehte sich um.

1

Die Dienstwohnung war gar nicht mal so übel, das musste man den Berlinern lassen. Klein und im funktionellen Ikea-Look eingerichtet, wirkte das gut vierzig Quadratmeter große Dachgeschossappartement am Chamissoplatz in Kreuzberg dennoch fast gemütlich. Katryna stellte Koffer und Taschen ab und blieb einen Moment stehen, um das geräumige Wohnzimmer auf sich wirken zu lassen. Die großen Panoramafenster fielen sofort ins Auge. Im Moment herrschte über den Dächern Kreuzbergs winterliche Trübnis und Einheitsgrau wie fast überall, selbst in Duisburg, wo sie am frühen Morgen nach einem letzten Blick über den Innenhafen aufgebrochen war – schweren Herzens.

Sie wandte sich um. In der Sofa-TV-Ecke konnte man sich wunderbar hinfläzen und entspannen, und die blaugrüne Küchenzeile, die hinter einer Sitztheke mit zwei Barhockern die gegenüberliegende Wand einnahm, würde völlig ausreichen, um sich für ein paar Wochen morgens ein eiliges Frühstück zu bereiten und abends eine Kleinigkeit zu kochen. Oder auch etwas Größeres. Je nach Zeit und Appetit. Wobei der in der Regel immer ziemlich groß war. Leider.

Das Schlafzimmer ging direkt vom Wohnraum ab – außer Bett, Schrank und einer winzigen Kommode hinter der Tür passte kaum noch etwas hinein, stellte Katryna fest, aber der leuchtend gelbe Wandanstrich und der flauschige Teppich gefielen ihr gut. Das Badezimmer verfügte zu ihrer großen Erleichterung über eine passable Wanne, und neben der Flurgarderobe in der Eingangsdiele befand sich eine Abstellkammer, in der ordentlich aufgereiht alle Gerätschaften und Hilfsmittel für den gründlichen Wohnungsputz untergebracht waren – der Traum jeder fleißigen Hausfrau. Also nicht Katrynas Traum.

Sie brauchte gerade mal zwei Stunden, um ihre Klamotten einzuräumen und persönliche Utensilien zu verteilen – darunter ihre Schminksachen, Schmuck, Laptop, CDs und ein paar Bücher –, den Kühlschrank mit dem Notwendigsten zu füllen, das sie in zwei kleinen Geschäften am Mehringdamm besorgte, und sich ein Bad einzulassen. Nichts ging über ein heißes Schaumbad, auch wenn es die pure Energieverschwendung war. Katryna war nicht der Typ der Fünf-Minuten-Duscherin, davon möglicherweise noch eine halbe Minute kalt. Sie schloss die Augen und versuchte, sich zu entspannen.

Ausgerechnet Berlin. Die Stadt der Glaspaläste und neuen Prunkbauten, der rekordverdächtig vielen Hundekothaufen und 1. Mai-Krawalle, CSD, Brandenburger Tor, Mauer und Stelenfeld. Alte und neue Geschichte, so weit das Auge reichte – an beidem war Kommissarin Katryna Nowak nie wirklich interessiert gewesen und auch nicht an den Menschen, die sich dahinter verbargen und so oft durch die sogenannte Berliner Schnauze auffielen.

Ihre Heimat war der Ruhrpott, und sie hatte bislang kaum je einen Gedanken daran verschwendet, einmal woanders Wurzeln zu schlagen, sei es auch nur vorübergehend. Wäre ihr je ein solcher Einfall gekommen, hätte sie kaum die Hauptstadt in Erwägung gezogen, obwohl hier immerhin einige, wenn auch weit entfernte Verwandte aus dem polnischen Zweig ihrer Familie lebten, von dem sie das letzte Mal vor ungefähr zehn Jahren etwas gehört hatte – anlässlich irgendeiner Beerdigung. Oder war es eine Hochzeit gewesen? Egal, sie erinnerte sich nur noch daran, dass die Berliner Nowaks in einem VW-Bus angereist und ziemlich trinkfreudig gewesen waren. Hamburg hätte sie dagegen ganz passabel gefunden, sogar München wäre mal einen längeren Ausflug wert gewesen, aber Berlin?

Doch ein sachlich überzeugendes Gegenargument war ihr nicht eingefallen, als ihr Chef Rudolf Hiltmann, der Leiter der Duisburger Mordkommission, sie vor einigen Tagen gebeten hatte, beim LKA Berlin auszuhelfen, wo eine Grippewelle die Zahl der einsatzfähigen Beamten so erschreckend dezimiert hatte, dass Kollegen aus anderen Landesgebieten hinzugezogen werden mussten, um einen halbwegs reibungslosen Dienstalltag zu gewährleisten. Katryna hatte weder Ehemann noch Kinder oder kranke Eltern vorzuweisen, und seitdem die Beziehung mit Benjamin beendet war, konnte sie nicht einmal eine Art Verlobten anführen. Dafür war sie gesund und robust, geimpft, mit Anfang dreißig ziemlich jung und trotzdem eine erfahrene Ermittlerin – die perfekte Springerin also, jedenfalls nach Hiltmanns Meinung.

»Vielleicht zwei Monate, höchstens«, hatte er eilig betont und ein breites Lächeln aufgesetzt, das wohl aufmunternd wirken sollte. »Mal was anderes. Es wird deiner Karriere zugutekommen.« Seine wasserblauen Augen funkelten nahezu begeistert.

»Hm.«

»Vielleicht kannst du ja sogar beim Berlin-Marathon mitlaufen – das ist doch immer eine ziemlich große Sache, oder?«

Katryna joggte zwar fast jeden Tag, aber ihr Trainingspensum umfasste nur wenige Kilometer, die sie schnaufend und gequält à la Achim Achilles, dem wohl bekanntesten Freizeitjogger der Welt, hinter sich brachte, und war in erster Linie darauf ausgerichtet, fit zu bleiben, morgens den Kreislauf in Schwung zu bringen sowie Taille und Hüften halbwegs schlank zu halten. Bei ihrer Vorliebe für deftiges Essen würde sie ohne regelmäßige Bewegung gut und gern zehn Kilo mehr auf die Waage bringen, aber das musste Hiltmann ja nicht wissen. Und sonst auch niemand. Das war das eine. Das andere war die Tatsache, dass der Berlin-Marathon Ende September stattfand, also in knapp zehn Monaten, und bis dahin wollte sie längst wieder zu Hause sein und den Hauptstadt-Einsatz abgehakt haben.

Hiltmann räusperte sich und winkte ab, als sie ihn mit gerunzelten Augenbrauen darauf hinwies. »Is ja auch egal. Ich denke, du bist die Richtige für den Job.«

»Ach?«

»Na *hömma*! Außerdem kommst du mal auf andere Gedanken und lernst neue Leute kennen. Das Berliner Nachtleben soll ja so einiges bieten.«

Damit spielte Hiltmann aller Wahrscheinlichkeit nach darauf an, was Katryna insgeheim den großen Benjamin-Schmerz nannte und nach außen hin beiläufig abtat. Doch ihr Chef war feinfühliger, als sie gedacht hatte. Offensichtlich war ihm nicht entgangen, dass sie nach sechs Monaten immer noch daran nagte.

Katryna spülte ihre Haare aus und ließ das Wasser ablaufen. Sie hüllte sich in ihren flauschigen Bademantel, ging auf nackten Sohlen ins Wohnzimmer und blickte zum Panoramafenster hinaus. Plötzlich tröstete sie der Gedanke, dass es irgendwo in dieser riesigen Stadt Menschen gab, die ihren Namen trugen und die gleichen Wurzeln hatten wie sie, und sie nahm sich fest vor, ihren Verwandten einen Besuch abzustatten.

Sie atmete tief durch und spürte den hungrigen Abgrund in ihrem Magen. Ein üppiges Nudelgericht wäre jetzt das Richtige. Die Carbonara war schnell zubereitet; sie gab eine besonders großzügige Portion Sahne hinzu. Die hatte sie sich an diesem Tag verdient, auch wenn der morgendliche Lauf ausgefallen war. »Curry 36«, die meistgepriesene Currywurstbude Berlins, die bequemerweise nur wenige Gehminuten vom Chamissoplatz entfernt war, würde sie gleich am nächsten Tag ansteuern – um sich höchstpersönlich davon zu überzeugen, ob die Lobhudelei angemessen war und Katrynas regelmäßig besuchter Lieblingsbude am Duisburger Hafen tatsächlich den Rang ablaufen konnte oder sich als reine Schaumschlägerei erweisen würde. Wie so vieles in Berlin.

Stefan Polder, Leiter des LKA 1, war ein hünenhafter Mann um die fünfzig mit breiten Schultern, deutlichem Bauchansatz und weitgespannten Segelohren, die durch den eisgrauen Kurzhaarschnitt zusätzlich betont wurden. Er hieß Katryna am Montag um acht Uhr morgens mit dröhnendem Bass in seinem Büro willkommen, und bevor ihr ungläubiger Blick Polders Ohren allzu große Aufmerksamkeit schenken konnte, sprang er auch schon auf und eilte mit ihr durch mehrere Konferenzräume, in denen gerade die Teambesprechungen begonnen hatten und Einsätze erörtert wurden, um die Verstärkung aus Duisburg in wenigen Sätzen, aber dafür mit raumfüllender Stimme vorzustellen.

Besondere Begeisterung oder auch nur Erleichterung über eine zusätzliche Kommissarin schwallte ihr nicht entgegen, obwohl Katryna freundlich in die jeweilige Runde lächelte, während sie ihre Anspannung zu verbergen suchte. Allgemeines Gemurmel, verstohlenes Abschätzen, das sie überdeutlich wahrnahm, um sogleich automatisch den Bauch einzuziehen, beiläufiges Nicken, hier und da ein Gruß oder ein flüchtiges Handzeichen, bevor es in beachtlichem Tempo weiterging. Polder bewegte sich bemerkenswert geschmeidig und so flott, dass sie Mühe hatte mitzuhalten. Vor der vierten Tür verharrte er einen Moment, bevor er sie, ohne anzuklopfen, öffnete und Katryna den Vortritt ließ.

»Ihr Team – ich hoffe, Sie haben einen guten Einstand«, erläuterte er dann und nickte seinen Leuten zu. »Das ist Katryna Nowak, ihr wisst Bescheid.«

Polder hob die Hand, legte sie kurz mit jovialer Geste auf ihre Schulter und verschwand zu Katrynas Entsetzen anschließend ohne ein weiteres Wort. Die Tür schloss sich hinter ihr.

Fünf Augenpaare starrten sie an – vier Männer und eine Frau, die um einen ovalen Tisch zusammensaßen, auf dem sich Kaffeebecher und Notizblöcke stapelten. Die Heizung lief auf Hochtouren, es war heiß, irgendwo piepte ein Handy, es konnte auch einer der beiden Laptops sein.

»Hallo, Berlin, hallo, Kollegen«, grüßte Katryna in die Runde und hoffte inständig, dass ihre Stimme nicht zitterte. »Ich zweifele nicht daran, dass wir gut miteinander auskommen werden. Wie ich gehört habe, gibt es eine Menge zu tun. Was liegt an?« Sie schob ein Lächeln hinterher, bei dem sie das Gefühl hatte, sich die Kiefer auszurenken.

Ein blonder Krauskopf mit wachen Augen, den sie auf Ende dreißig, Anfang vierzig schätzte, erwiderte es schließlich. Er stand auf, trat zu ihr und gab ihr die Hand.

»Hallo, Ruhrpott-Verstärkung. Ich bin Max Hoffer und leite zurzeit die Einsätze dieses Teams. Du kommst gerade richtig, wir haben wirklich viel zu tun. Es gibt in unserer Abteilung kein Team, das vollständig besetzt ist, und in den anderen Abteilungen sieht es nicht viel besser aus, aber das Problem ist dir ja bekannt. Bei uns fehlen inzwischen drei Leute. Den Rest stelle ich dir am besten gleich mal vor.«

Er wies auf die beiden Kommissare, neben denen er zuvor gesessen hatte. »Das sind Joachim Binder und Mirko Schulz, ein seit vielen Jahren eingespieltes Duo, das man nicht trennen sollte. Sonst sind die beiden nämlich unausstehlich.«

Binder war ein kleiner, drahtiger Mann mit Kurányi-Bärtchen und Mandelaugen – er grinste; Katryna grinste erleichtert zurück. Schulz hatte rote Haare und Sommersprossen und faltete die Hände über dem Bauch. Seine Miene als freundlich zu bezeichnen, fiele unter reinen Zweckoptimismus. Er wirkte müde und schlecht gelaunt. Beide Kommissare durften auf die vierzig zugehen. Ihnen schräg gegenüber saß Martina Nolten – sie koordiniere die Einsätze im Innendienst, erklärte Max Hoffer. Falls nötig war sie auch mal mit Max oder dem Kollegen neben sich unterwegs – Fabian Stumm.

»Fabian trägt seinen Namen zu Recht«, fuhr Max fort. »Er ist ziemlich einsilbig, wie du bald feststellen wirst, nicht nur wenn er es mit Frauen zu tun hat, aber ihm entgeht so schnell nichts.«

Stumm war jünger als sie, vielleicht Ende zwanzig, und trotz seines ernsthaften Gesichtsausdrucks sah er verdammt gut aus: blaue Augen, dunkles, volles Haar, schlank. Marke Herzensbrecher, dachte Katryna, und es interessierte sie durchaus, wie lange sie brauchen würde, um ihn zum Reden zu bringen, vielleicht sogar zum Lachen.

Sie fing einen forschenden Blick von Martina auf. Die Beamtin saß vor einem Laptop und richtete ihr Augenmerk wieder auf den Bildschirm. Selbst im Sitzen wirkte sie athletisch und durchtrainiert wie eine moderne Fünfkämpferin. Dabei dürfte sie mindestens Mitte vierzig sein, schloss Katryna aus den zarten Fältchen, die sich unter ihren Augen und in den Mundwinkeln eingenistet hatten. Dunkelblondes, schulterlanges Haar umschmeichelte das schmale Gesicht und machte es weicher.

Katryna zupfte eine Strähne beiseite, die sich aus dem Pony ihrer Pagenkopffrisur gelöst hatte. Ein Frisörbesuch war längst überfällig, aber in der Hektik der letzten Tage einfach untergegangen. Das war ihr seit Jahren nicht mehr passiert.

»Manchmal werden wir von Piet Reinhard beratend unterstützt«, fügte Max hinzu, während er einen Stuhl für Katryna heranzog, sie mit einer beiläufigen Handbewegung zum Platznehmen aufforderte und sich wieder zu Binder und Schulz setzte.

»Er hat früher als verdeckter Ermittler für uns gearbeitet und ist jetzt als Fachmann für Deeskalations- und Antigewaltprogramme unterwegs. Du wirst ihn früher oder später sicher kennenlernen.«

Sicher, dachte Katryna mit einem stillen Seufzer, ich freue mich schon darauf, noch mehr Leute kennenzulernen, die mich tapfer, aber stumm begaffen. Sie sehnte sich nach einer Tasse Kaffee – so stark, dass der Löffel darin stehen blieb, zuckersüß, mit viel Dosenmilch – und einer ruhigen Minute im Bad, um Frisur, Make-up und Lippenstift zu prüfen und notfalls nachzubessern. Es durften auch zwei sein.

»Du bist in Duisburg hauptsächlich im Außendienst unterwegs?«, ergriff Joachim Binder plötzlich das Wort und zupfte an seinem Bärtchen, was ein wenig affektiert wirkte. Seine Stimme klang skeptisch.

»Ja. Mich hält es nicht lange am Schreibtisch.« Sie schlug die Beine übereinander.

»Aha.« Joachim warf seinem Partner Mirko einen amüsierten Seitenblick zu, den dieser schulterzuckend, und ohne die Miene zu verziehen, erwiderte, bevor er Katryna wieder anschaute.

»Was erstaunt dich daran?«

»Ach, hm, na ja …« Joachim sah direkt und unverschämt lange auf ihren Mund, beugte sich dann mit gerecktem Hals vor und ließ seine Augen aufreizend langsam über ihren dunkelblauen, gut geschnittenen Blazer hinunter zu den schicken knöchelhohen Lederstiefeln schweifen. »Kollegen im Einsatz sehen bei uns eher ein bisschen … hm, wie soll ich es mal ausdrücken, ohne dir zu nahe zu treten … weniger modisch aufgepeppt aus. Kolleginnen übrigens auch.«

Er hätte auch gleich fragen können, warum die Duisburger nicht einen gestandenen Kripomann in Lederjacke und Sportschuhen nach Berlin entsandt hatten oder Horst Schimanski persönlich oder wenigstens eine toughe Kollegin, die sich für den Einsatz auf der Straße selbstverständlich zweckmäßig, unauffällig und bewusst unweiblich kleidete. Katryna setzte eine gleichmütige Miene auf und zauberte ein kleines Lächeln aus dem Hut, begann aber innerlich zu kochen.

»So? Wie denn? Mehr nach Stadtaffe à la Peter Fox und bereit für den Nahkampf im Großstadtdschungel?«

Ein Räuspern war zu hören, sonst nichts. Joachim grinste und verschränkte die Arme vor der Brust. Max schüttelte den Kopf und warf ihm einen entnervten Blick zu. »Hört mal …«

Joachim hob die Hände. »Schon gut, man wird doch wohl noch mal fragen dürfen, wenn eine Kollegin extra aus dem fernen Ruhrpott anreist und sich so hübsch gestylt zum Dienst meldet …«

Ein unterdrücktes Kichern aus dem Hintergrund. Katryna sah Joachim an. »Ach, daher weht der Wind – du bist enttäuscht, weil du bei mir eher eine Untertage-Zechenausrüstung inklusive Grubenstirnlampe erwartet hast. Tut mir leid, dass ich damit nicht dienen kann.«

»Ja, schade aber auch. Ich hatte mich schon so gefreut.«

Katryna seufzte beiläufig und sparte sich eine weitere Erwiderung. Sie war sauer, dass es ihm gelungen war, sie aus dem Gleichgewicht zu bringen, noch dazu mit dummen Sprüchen bezüglich ihres Outfits. Auch in ihrem Duisburger Team hatte sie anfangs als Exotin gegolten, weil sie sich gern modisch kleidete und niemals aus dem Haus ging, ohne Lippenstift aufgelegt zu haben – natürlich einen farblich passenden und völlig unabhängig davon, ob sie zu einem Einsatz gerufen wurde oder zum Tanzen verabredet war. Inzwischen galt sie längst als verlässliche und mutige Ermittlerin, die alles andere als kapriziös war, wenn es um den Job ging, und man amüsierte sich höchstens darüber, dass sie stets ihr Schminktäschchen dabei hatte, oder zog sie in freundschaftlicher Weise damit auf.

So durfte auf keiner Betriebsfeier die Story über Katrynas Nagelfeilen-Einsatz fehlen, bei dem sie sich vor zwei Jahren bei einer turbulenten Festnahme in einer Bar höchst spektakulär gegen zwei Angreifer durchgesetzt hatte, indem sie mangels Dienstwaffe auf ihr Fingernagelset zurückgegriffen hatte, das sich in der Innentasche ihres Blazers befand … Eine ganze Weile hatte man sie danach »die MacGyver von der Ruhr« genannt.

Max hob die Hand. »Bevor ihr noch mehr Freundlichkeiten austauscht oder weitere Modefragen klären wollt, lasst uns zum Tagesgeschäft kommen. Wir haben zwei Leichen –«

»Drei«, unterbrach Martina mit einer unbestimmten Handbewegung in Richtung des Laptops. »Ein dritter Schwerverletzter ist gerade im Krankenhaus gestorben – hab die Nachricht eben bekommen.«

»Okay.« Max klatschte in die Hände und briefte Katryna in wenigen Minuten.

In den frühen Morgenstunden war es in einer Diskothek am Prenzlauer Berg zu einer handfesten Auseinandersetzung zwischen zwei rivalisierenden Banden gekommen, die dem osteuropäischen Mafiamilieu zugerechnet wurden. Messer, Totschläger und Schusswaffen waren eingesetzt worden. Es hatte zunächst zwei Tote und mehrere Schwerverletzte gegeben. Der Kriminaldauerdienst hatte die ersten Tatortermittlungen durchgeführt und den Fall ans LKA weitergeleitet. Waffen konnten dabei nicht sichergestellt werden.

Martina hängte sich im benachbarten Büro ans Telefon, um mit dem leitenden Ermittler des KDD zu sprechen. Wenig später brach Katryna gemeinsam mit Fabian Stumm und Max auf, um Zeugen und Angehörige zu befragen. Joachim und Mirko fuhren mit zwei Kriminaltechnikern in die Diskothek.

Katryna starrte aus dem Seitenfenster, während Fabian den Wagen durch den dichten Morgenverkehr lenkte. Der Tag hatte alles andere als gut begonnen. Max drehte sich nach einigen Minuten vom Beifahrersitz aus nach hinten zu ihr um.

»Wir klappern erst mal ein paar der Leute ab, deren Personalien der KDD notiert hat«, erläuterte er. »Einfache Zeugenvernehmung, mal gucken, was dabei rauskommt. Vielleicht Hinweise, die uns weiterführen, vielleicht gar nichts. Martina checkt inzwischen, ob gerade noch andere Mafiaermittlungen laufen, die mit der Geschichte zusammenhängen könnten – vielleicht sind wir den Fall auch ganz schnell wieder los, weil Namen fallen, die unser Team Organisierte Kriminalität schon in irgendeiner Weise beschäftigen oder beschäftigt haben. Ein Verletzter und ein Toter stammen aus Rumänien. Na, mal sehen. Ich denke, es geht um das Übliche: Drogen, Waffen, Mädchenhandel.«

Katryna hatte ihm das Gesicht zugewandt. »Verstehe.«

Max musterte sie kurz. »Ach, übrigens, du hast ja mitbekommen: Der Ton ist hier manchmal ein bisschen rau und sehr direkt, aber ich denke, du kriegst das schon hin.«

»Na klar.«

»In ein paar Wochen gehörst du ganz selbstverständlich dazu.«

Katryna schluckte. In ein paar Wochen wollte sie schon wieder an die Heimreise denken …

»Es ist wichtig, dass du schnell kapierst, wie der Hase bei uns läuft. Umso eher können wir dich einsetzen«, fuhr Max fort.

Sie nickte. Die Botschaft war unmissverständlich: Sie hatte zunächst mal eine Menge zu lernen und sollte bloß nicht auf die Idee kommen, sich einzumischen.

Nach stundenlangen Befragungen, die Max routiniert durchführte, während Katryna der Part der aufmerksamen Beobachterin vorbehalten blieb und Fabian sich stumm Notizen machte – doch, Katryna konnte über das Wortspiel schmunzeln –, war immerhin eines klar: Jeder beschrieb das Geschehen in der Diskothek anders, und Katryna hätte einen saftigen Sonntagsbraten darauf verwettet, dass die Ermittlungen innerhalb weniger Tage im Sande verlaufen würden. Im besten Fall würden Zusammenhänge herausgefiltert werden, die im Hinblick auf andere Straftaten in diesem Milieu erhellend waren.

Die Currywurst war nicht gut. Sie war auch nicht sehr gut. Sie war schlicht hervorragend und ein echtes Highlight an diesem öden Tag. Katryna verspeiste eine nach Feierabend direkt an der Bude am Mehringdamm 36, eine zweite plus Pommes und extra viel Soße ließ sie sich einpacken. Sie brauchte nur wenige Minuten bis zu ihrem Appartement.

Gutes Essen war ein wunderbarer Tröster. Morgen früh renne ich den Kreuzberg zweimal hinauf, schwor sie sich. Sie stellte ihr Handy aus. Sie wollte mit niemandem sprechen.

2

Emma Parold war dreiundzwanzig Jahre alt und wusste, was sie wollte. Sie studierte mit großem Erfolg an der Design Akademie Berlin und jobbte nebenbei in einem Fitnessstudio. Ihre Figur war erstklassig, ihr Lächeln galt als bezaubernd, und ihr blondes Haar war genauso echt wie ihr Busen. Sie wusste, dass sie gut aussah. Für nagende Selbstzweifel und grautrübe Stimmungen hatte das Leben ihr nicht allzu viel Anlass geboten. Jedenfalls bis vor Kurzem.

Dass ihr Freund, mit dem sie seit einem halben Jahr in einer hübschen Altbauwohnung im Schöneberger Kiez zusammenwohnte, hin und wieder seinen Freiraum brauchte und nicht über jede Minute, die er ohne sie verbrachte, Rechenschaft ablegen wollte, nahm sie gelassen hin. Gregor war fünfundzwanzig, intelligent, neugierig, gut aussehend und kein Kind von Traurigkeit – das machte einen Teil seines Charmes aus. Emma war klar, dass die meisten Männer sich hin und wieder nach einer Auszeit von ihren Frauen und Freundinnen sehnten – um zum Beispiel mit ihren Kumpels Pornos anzusehen, beim Eishockey wie Gorillas herumzubrüllen, halbe Nächte am Billardtisch zu stehen oder auch mal in zwielichtigen Bars unterwegs zu sein. Anschließend kehrten sie nach Hause zurück und fühlten sich wie ganze Kerle.

Da Emma nicht nur klug und selbstbewusst, sondern auch tolerant war und ihr an Gregor sehr viel mehr lag als an allen anderen, mit denen sie bisher zusammen gewesen war, versuchte sie erst gar nicht, ihn von seinen gelegentlichen Streifzügen abzuhalten, und wollte auch niemals genauer wissen, wie ein Abend verlaufen war – jedenfalls fragte sie nicht nach, auch wenn ihr zugegebenermaßen manchmal eine direkte Frage durchaus auf der Zunge lag. In der Annahme, Gregor an der langen Leine bedeutend leichter halten zu können, drückte sie beide Augen zu.

Bis vor einigen Wochen. Zu der Zeit begann sie den Verdacht zu hegen, dass er eine Affäre hatte, eine ernste Affäre: Leise geführte Telefonate, die abrupt beendet wurden, Ausreden, Lügen,

Unsicherheiten und schließlich der Geruch einer anderen Frau schreckten sie auf. Dass Gregor es mit der Treue nicht hundertprozentig genau nahm, war Emma klar, eine andere feste Beziehung, die Einfluss auf ihren gemeinsamen Alltag und ihr Leben nahm und es zu verändern drohte, kam jedoch keinesfalls in Frage. Damit könnte sie nicht leben, und sie wollte es auch gar nicht erst versuchen – so viel ihr an Gregor lag und sosehr sie unter einer Trennung leiden würde.

Doch Emma war eine pragmatische Frau. Sie wollte wissen, mit wem sie es zu tun hatte und warum Gregor untreu war, wo er doch bei ihr alles hatte, was er ihrer und bislang auch seiner häufig geäußerten Ansicht nach brauchte. Also heftete sie sich schließlich an seine Fersen. Was sie herausfand, verblüffte sie auch zwei Tage später immer noch so sehr, dass sie kaum wusste, wie sie ein Gespräch mit ihm beginnen sollte.

Die erstbeste Gelegenheit beim Schopfe packen, dachte sie, als sie die Wohnungstür am frühen Sonntagnachmittag aufschloss und Gregor in der Küche rumoren hörte. Nach zwei langen Nächten, die er in der Diskothek gearbeitet hatte, schlief er sonntags in der Regel aus und setzte sich später an den Schreibtisch, um für seine BWL-Prüfungen zu lernen. Emma hatte am Vormittag einen Kurs im Fitnessstudio geleitet und von unterwegs Brötchen mitgebracht. Es roch nach frisch gebrühtem Kaffee.

Gregor gab ihr einen Kuss und stellte einen Teller mit Käse und Wurst auf den Esstisch, der direkt am Küchenfenster stand. Er wirkte munter. »Na, hast du die Mädels ordentlich gescheucht?«

»Ja, Fatburner-Übungen bis zum Abwinken«, entgegnete Emma und setzte sich, nachdem sie Kaffee eingeschenkt hatte. »Bauch, Beine, Po – in Fachkreisen gern auch Wampe, Stampfer, Breitarsch genannt.«

»Die Ärmsten.«

»Mein Mitleid hält sich in Grenzen. Die Hälfte der Frauen aus dem Kurs dürfte inzwischen damit beschäftigt sein, sich die gerade mühsam abgerungenen Kalorien mit Sonntagsbraten und Sahnetorte wieder reinzufahren. Stell dir vor, die würden sich nicht hin und wieder mal schweißtreibend in einem Studio bewegen!«

»Das stelle ich mir lieber nicht vor.« Gregor grinste und griff nach einem Körnerbrötchen.

Emma häufte Frischkäse auf ihre Brötchenhälfte. Sie zögerte einen kurzen Moment. Dann gab sie sich einen Ruck.

»Na ja, ab Ende dreißig, Anfang vierzig müssen die meisten Frauen richtig was tun, um ihren Stoffwechsel auf hohem Niveau zu halten«, erklärte sie in fröhlich dozierendem Tonfall. »Sonst kann man entweder zwei Kleidergrößen hochfahren oder muss eine Mahlzeit am Tag streichen. Und wer will das schon?« Sie lächelte betont breit. »Davon abgesehen: Frauen um die vierzig sollen ja ziemlich interessant sein.«

Gregor kaute an einem großen Bissen und konnte nicht sofort antworten. Sein Blick sprach allerdings Bände.

»Findest du nicht?«, schob sie nach.

Gregor schluckte mühsam. »Na ja …«

»Was nun genau: ja oder nein? Wie findest du als junger Mann Frauen um die vierzig?«

Er starrte sie verdutzt an. »Wie kommst du denn jetzt darauf?«

»Wohl kaum zufällig, wie du dir denken kannst.«

Einen Moment blieb es still. Emma hörte das Ticken der knallroten Wanduhr plötzlich überlaut. Sie warf einen Blick durchs Fenster auf den Hinterhof. Dann fixierte sie Gregor. »Ich hab dich gesehen.«

»Was?«

»Ich hab dich am Freitagabend mit der Frau gesehen – in trauter Umarmung.«

»Du warst in der Disco?« Gregor schob seinen Teller beiseite.

»Ja. Ich habe mitbekommen, dass ihr euch verabredet habt, und bin dir gefolgt – in etwas anderen Klamotten, damit du mich nicht erkennst«, erklärte Emma zur ihrem eigenen Erstaunen vollkommen gelassen. »Ich wollte wissen, mit wem ich es zu tun habe, und nun bin ich ziemlich baff. Die Tante dürfte nach meiner Einschätzung mindestens auf die vierzig zugehen und könnte demnach fast meine Mutter sein. Was ist los mit dir? Seit wann stehst du auf ältere Semester? Mach ich irgendwas falsch? Soll ich mir die Haare grau färben?«

»Red keinen Scheiß!«, fuhr er sie an.

»Du bist wohl kaum in der Position, hier den Dicken zu markieren«, erwiderte Emma ungerührt. »Im Übrigen meine ich es ernst: Was ist das für eine Beziehung?«

Gregor schwieg. Er fuhr sich durch die Haare, stützte die Ellenbogen auf den Tisch und legte die Hände zusammen.

»Du hast recht«, meinte er schließlich. »Hör zu, es tut mir leid … Ich wollte dich nicht verletzen, und ich will dich auf keinen Fall verlieren, das musst du mir glauben. Das war alles gar nicht absehbar oder gar geplant –«

»So was wird selten geplant«, unterbrach sie ihn.

»Du weißt, was ich meine. Ich hab sie zufällig bei einem Kommilitonen kennengelernt, mit dessen Vater sie beruflich zu tun hat und … ich weiß nicht, wie es dazu kommen konnte, aber …« Er verschränkte die Finger ineinander und atmete tief aus. »Ja: Sie ist vierzig und eine ziemlich ungewöhnliche Frau.«

»Toll«, bemerkte Emma trocken. »Darf man gratulieren?«

»Emma, bitte! Ich habe doch gesagt, dass ich dich nicht verlieren will – die Geschichte hat nichts mit uns zu tun, gar nichts.«

»Nun, ich finde, dass es da schon den einen oder anderen Überschneidungspunkt gibt. Und das schmeckt mir gar nicht, um ehrlich zu sein. Dass du hin und wieder mal deinen Spaß ohne mich haben willst, ist okay, aber …«

»Ich beende die Beziehung – das hatte ich ohnehin vor.«

»Wann?«

»Eigentlich waren wir schon gestern verabredet – da wollte ich es ihr sagen, aber sie ist nicht gekommen und war auch nicht zu erreichen.«

»Ruf sie an!«

»Jetzt gleich?«

»Was spricht dagegen?«

Er nickte langsam und griff dann zu seinem Handy. »Okay.«

Emma sah, dass er die Nummer über die Kurzwahltaste anwählte, während er aufstand. Er ging in den Flur, kehrte aber kaum eine Minute später zurück.

»Ich habe nur die Mobilbox drangehabt, ihr aber eine Nachricht hinterlassen«, erklärte er sachlich. »Vielleicht ist sie mit ihren Hunden unterwegs.«

Emma zog die Augenbrauen hoch. »Sie hat gleich mehrere Hunde?«

»Ja.« Gregor räusperte sich. »Drei. Und einige Katzen. Bettina ist aktive Tierschützerin.«

»Aha.«

Es gefiel Emma nicht, wie er ihren Namen aussprach. Zu viel Wärme und Bewunderung. Zuneigung. War es nicht albern, mit einer vierzigjährigen Tierschützerin konkurrieren zu müssen? Plötzlich spürte sie, dass ihre Hände eiskalt waren. Sie hoffte, dass die Geschichte bald beendet sein würde.

***

Im Verlauf der ersten Woche hatte sich zunehmend klar herauskristallisiert, dass Katryna nach einem holprigen Einstand keinen schweren Stand hatte, sondern gar keinen. Mit dem Argument, dass sie schrittweise eingearbeitet werden müsse, stellte man sie im Wechsel Fabian und Max oder Martina im Innendienst oder auch Joachim und Mirko an die Seite. Sie durfte den Kollegen hinterherdackeln und war frustriert vor Langeweile und stinksauer über die schlichte Tatsache, dass sie kaum etwas zu tun bekam, was auch nur annähernd dem Niveau ihrer Ausbildung und Erfahrung entsprach. Dass sie in dieser Atmosphäre weder Gespür noch kriminalistischen Ehrgeiz für einen Fall entwickelte, der sich zudem immer deutlicher zu einer mühsamen Indizien- und Spurensuche entwickelte, verstand sich eigentlich von selbst.

Zugegeben – bei der Wahl zum beliebtesten neuen Mitarbeiter des Monats käme sie garantiert nicht über die Vorrunde hinaus. Dennoch fragte sie sich, warum sich Berlin so ins Zeug legte, Verstärkung aus anderen Bundesländern zu bekommen, um dann Gast-Kommissare derart uncharmant aufs Abstellgleis zu stellen.

Heute Abend rufe ich Hiltmann an, überlegte Katryna, als sie sich am Montag nach einem kurzen und schalen Wochenende, das sie vornehmlich zum Ausschlafen und Erkunden von Kreuzberg genutzt hatte, zur Morgenbesprechung in den Konferenzraum setzte und Max das Wort ergriff, um die Dienstwoche einzuläuten. Und dann? Er wird mich auffordern, geduldiger zu sein.

Ich werde erwidern, dass er keine Ahnung hat, wie bescheuert die Berliner Kollegen sind, dass mich hier niemand wirklich braucht und ich wieder nach Hause will. Sollten die doch mit ihren Grippe-Ausfällen allein klarkommen! Sie stöhnte auf. Gleich ersaufe ich in Selbstmitleid.

»Alles in Ordnung, Katryna?«

Sie blickte hoch. Max Hoffer musterte sie.

»Ja.«

»Na bestens. Ich würde dich heute gern in die Kriminaltechnik stecken.«

»Was soll ich da?« Die Frage war ihr einfach herausgerutscht.

»Bitte?«

Plötzlich war es mucksmäuschenstill. Katryna atmete einmal tief durch.

»Es ist für alle Seiten wenig zufriedenstellend, wenn ich weiterhin nur am Rande stehe und zugucke«, sagte sie dann und hoffte, dass ihre Stimme fest klang. »Wir haben in Duisburg auch eine Kriminaltechnik. Natürlich ist die nicht so toll wie eure.« Sie räusperte sich und legte eine kleine Kunstpause ein. »Aber die Aufgaben dürften ähnlich sein. Ich plane keine Umschulung zur Technikerin – was also soll ich da?«

»Nun, du kennst dich mit unseren Routinen noch nicht aus und –«

»Ich denke, ihr habt so viel zu tun«, unterbrach sie ihn kurzerhand. »Darum bin ich doch hier. Also lass mich was Sinnvolles tun, statt irgendwelche Berliner Routinen zu bewundern und mir dabei die Beine in den Bauch zu stehen.«

Irgendjemand murmelte eine Bemerkung, die Katryna nicht verstehen konnte, Joachims Lachen brandete im Hintergrund auf, Martina starrte sie wortlos an. Fabian Stumm zeigte ein leises Lächeln. Das immerhin war ein Lichtblick. Max schwieg und schien zu überlegen, wie er die Situation am geschicktesten lösen konnte, ohne sich zwischen alle Stühle zu setzen. Entschlussfreudig wirkte er dabei nicht unbedingt. »Nun, ich …«

In dem Moment schwang die Tür auf, und Stefan Polder schob seine massige Gestalt in den Raum. Eines seiner imposanten Ohren war leicht gerötet.

»Wir müssen zwei Leute an einen neuen Fall setzen«, sagte er nach kurzem Gruß ohne Einleitung. »Vor der TU ist eine Frauenleiche gefunden worden. Bin gerade von der zweiten Direktion informiert worden – sieht nach Mord der ganz besonders schlimmen Sorte aus. Techniker sind schon da, zwei Kripobeamte machen gerade die Aufnahme.«

»Und wie soll ich …?«

»Na, wie immer: möglichst schnell.«

»Bei allem Verständnis, Chef, aber wir kommen so schon kaum über die Runden. Kann das nicht von den Kollegen –?«

»Da ist nichts zu wollen, die haben selber genug zu tun.«

Katryna hob das Kinn und fasste Polder ins Auge. »Ich möchte das übernehmen.«

Niemand sagte etwas. Max kratzte sich im Nacken. »Also, ich …«

»Warum nicht?« Polder sah ihn an. »Was spricht dagegen?«

»Es ist zu früh für eine eigene Ermittlung. Ich bin –«

»Ist es nicht«, würgte Katryna Max kurz entschlossen ab. »Eine Duisburger Leiche unterscheidet sich nicht wesentlich von einer Berliner.«

Polder nickte. »Das sehe ich auch so.«

»Aber sie braucht jemanden an ihrer Seite«, wandte Max ein. »Und ich kann niemanden mehr erübrigen. Völlig ausgeschlossen!« Er hob abwehrend die Hände.

Polder überlegte kurz. Dann zuckte er mit den Achseln. »Rufen Sie Piet Reinhard an. Die beiden sollen das zusammen machen.«

»Aber …«

Polder winkte ab. »Wenn Reinhard Zeit hat, kriegen die beiden den Fall, falls nicht, muss ich mir eben was anderes überlegen.« Er sah Katryna an. »Legen Sie los!«

Sie nickte. Worauf ihr euch alle verlassen könnt, dachte sie und hob das Kinn.

Das rot-weiße Absperrband flatterte weithin sichtbar. Katryna nahm mehrere Polizisten wahr, zum Teil in Uniform, und Kriminaltechniker, die in der Nähe eines offen stehenden Wagens vor der Technischen Universität an der Straße des 17. Juni beschäftigt waren. Sie hatte weiche Knie, als sie aus dem Polizeiauto stieg, sich kurz bei dem Beamten bedankte, der sie netterweise hergefahren hatte, und hielt nach Piet Reinhard Ausschau, der sich vor Ort mit ihr treffen wollte. »Ich trage einen dunkelblauen Anorak«, hatte er am Telefon gesagt.

Mein Lippenstift leuchtet bis zum Brandenburger Tor, und mein Zähneklappern dürfte weithin zu hören sein, hatte sie gedacht – was genau sie schließlich erwidert hatte, war aber so belanglos gewesen, dass sie es schon zwei Minuten später wieder vergessen hatte. Seine Stimme klang angenehm, dachte sie, als sie auf den Wagen zuging, und sie hoffte, dass der ganze Mensch sich als sympathisch erweisen und dabei nicht allzu deutlich den Aufpasser heraushängen lassen würde. Das wäre doch mal was anderes nach einer Woche im LKA-Berlin.

Ein groß gewachsener Mann löste sich aus einer Gruppe von Menschen, die hinter dem Absperrband standen, und kam auf sie zu. Dunkelblauer Anorak. Augen in einem ähnlichen Farbton. Schwarzes, strähniges Haar, Bartschatten auf hagerem Gesicht, sportlich schlanke Gestalt. König Aragorn, dachte Katryna – er sieht aus wie einer der Helden aus Herr der Ringe. Sie schalt sich für den albernen Vergleich.

»Katryna Nowak?«, fragte er und streckte seine Rechte aus, als sie nickte. »Ich bin seit zehn Minuten hier und hab mich schon mal ein bisschen schlaugemacht.«

»Gute Idee. Wissen wir schon, wer das Opfer ist?«, fragte Katryna, während sie seine Hand kräftiger schüttelte, als unbedingt nötig gewesen wäre, und sie sich gemeinsam zum Auto umwandten.

»Papiere oder Ähnliches sind nicht gefunden worden, auch kein Handy oder Schlüssel, aber es liegt eine Vermisstenanzeige für eine vierzigjährige Frau namens Bettina Springer vor, wie ich gerade erfahren habe. Martina übermittelt uns so schnell wie möglich die Einzelheiten. Auf die Tote könnte die Beschreibung zutreffen – sofern man noch etwas von ihr erkennen kann«, sagte Reinhard in angenehm ruhigem Tonfall.

Katryna stutzte. »So schlimm?«

»Schlimmer.«

Sie war einiges gewöhnt und scheute sich nicht, einen Tatort hautnah in Augenschein zu nehmen, doch Menschen, denen man noch Stunden oder gar Tage nach ihrem gewaltsamen Tod die Qual ansah, bereiteten ihr, wie den meisten Menschen, Magenschmerzen und Übelkeit. Katryna schluckte, bevor sie sich zur geöffneten hinteren Tür des viertürigen Golfs hinabbeugte.

Die Frau lag quer über der Rückbank; der Oberkörper befand sich hinter dem Beifahrersitz, die Beine waren angewinkelt. Die Kleidung war verschmutzt, voller Blutflecken und an vielen Stellen zerrissen. Hals, rechte Gesichtshälfte und Nacken bildeten eine einzige offene Fleischwunde. Das rechte Auge fehlte ganz, das Ohr war zerfetzt – anders konnte man es nicht bezeichnen. Auch Hände und Oberarme wiesen tiefe Wunden auf. Katryna atmete scharf ein. Sie hatte große Mühe, nicht zurückzuschrecken. Langsam richtete sie sich wieder auf.

»Der leitende Techniker«, Reinhard zeigte kurz auf einen bärtigen kleinen Mann im weißen Schutzanzug, der gerade die Parkplatzzufahrt abschritt und nach Spuren suchte, »Bernd Gesbrecht meint, sie sei seit ungefähr eineinhalb bis höchstens zwei Tagen tot – die Betonung liegt zurzeit natürlich auf ungefähr.«

Katryna spürte, wie ihr Gaumen sich zusammenzog und eine hektische Speichelproduktion einsetzte. Sie sah einen Moment zum Unigebäude hinüber.

»Was immer passiert ist – wahrscheinlich ist es in den frühen Morgenstunden von Freitagnacht auf Samstag geschehen«, fuhr Piet Reinhard fort.

»Mein Gott, was sind das für Wunden?«, fragte Katryna leise. »Wer hat das getan? Sie sieht aus, als hätte sie ein Werwolf zerfleischt – ein ziemlich wütender Werwolf.«

Reinhard wiegte den Kopf von einer Seite zur anderen. »Damit dürften Sie ganz richtigliegen. Gesbrecht tippt auf Bisswunden. Ihre Hauptschlagader wurde zerfetzt – sie ist verblutet, und zwar innerhalb kürzester Zeit. Vielleicht hat sie einige der Verletzungen gar nicht mehr mitbekommen. Es wäre ihr zu wünschen.«

»Bisswunden von einem Hund?«

»Von einem sehr kräftigen Hund.«

»Kampfhund?«

»Vielleicht, aber soweit ich weiß, können andere Hunderassen auch ordentlich zupacken.«

Katryna registrierte zweierlei: Ihr wurde gerade verdammt schlecht, und Reinhard siezte sie – warum auch immer. Das allgemein übliche Kollegengeduze war offensichtlich nicht nach seinem Geschmack. Oder er hält mich auf Abstand, weil mir mein Ruf vorausgeeilt ist, überlegte sie und schüttelte dann den Kopf über ihre merkwürdigen Gedankengänge. Sie ging ein paar Schritte zur Seite, konzentrierte sich auf ihre Atmung und versuchte, das Bild der klaffenden Wunden aus dem Kopf zu bekommen. Vergeblich. Es wäre wirklich das Allerletzte, nun angesichts der Leiche die Kotzerei zu bekommen – nachdem sie bei der Besprechung vorhin noch so große Töne gespuckt hatte. Eigentlich passend. Hoffers Team wurde sich köstlich amüsieren.

»Wir suchen also einen Hund und seinen Besitzer?«, bemerkte Katryna nach einer kurzen Pause.

Reinhard trat neben sie. »Sieht ganz so aus.«

»Der Parkplatz hier wird kaum der Tatort sein, oder?«

»Glaube ich auch nicht. Blut- und Kampfspuren sind bislang auf dem Parkplatz und auch im näheren Umkreis nicht entdeckt worden, die Kollegen gucken sich aber noch genauer um. Der Wagen ist Samstagmorgen als gestohlen gemeldet worden, das heißt, zu dem Zeitpunkt hat der Besitzer den Verlust bemerkt – übrigens in der Friedrichstraße, die circa fünf bis sechs Kilometer entfernt ist, also keine allzu große Distanz –, und bislang sieht es so aus, als wäre er mitsamt Leiche einfach hier abgestellt worden.«

»Warum ausgerechnet hier?«

»Am Wochenende ist an der Uni naturgemäß wenig los, außerdem ist hier keine Wohn- oder Kneipengegend. Der Hausmeister hat erst heute früh seine Runde gedreht und dabei nur beiläufig einen Blick durchs Seitenfenster in den Wagen geworfen. Unnötig zu erwähnen, dass ihn fast der Schlag getroffen hat.«

»Kann ich mir denken.« Katryna warf einen Blick auf das Hauptgebäude der Universität, vor dem sich eine ansehnliche

Menschentraube gebildet hatte. Die Leute starrten stumm herüber oder redeten lebhaft gestikulierend aufeinander ein. Einige hielten Handys hoch – um Aufnahmen zu machen, vermutete Katryna. Perverse Idioten. Davon gab's in Duisburg auch genügend.

»Fest steht jedenfalls, dass jemand – sagen wir mal der Hundebesitzer – eine übel zugerichtete Leiche loswerden, außerdem Zeit gewinnen und vom Tatort ablenken wollte«, meinte sie schließlich. »Sonst hätte man sich kaum die Mühe gemacht, einen Wagen zu klauen und der Frau alle persönlichen Sachen abzunehmen. Wir können natürlich nicht sagen, ob das Auto bereits Freitagnacht oder erst Samstagmorgen hier abgestellt wurde oder vielleicht gestern Abend.«

»Stimmt«, gab Piet ihr recht. »Der Hausmeister konnte diesbezüglich keine klare Aussage machen. Aber vielleicht ist die ganze Geschichte ja irgendwo in der Nähe passiert, und der Täter/Hundebesitzer hat es nicht gewagt, lange mit der Leiche durch die Gegend zu fahren, nachdem er den Wagen gestohlen hatte.«

Katryna nickte. Allmählich beruhigte sich ihr Magen. Es tat gut, die ersten Fäden zu spinnen. Bernd Gesbrecht trat zu ihnen und sah Katryna an, nachdem er einen stummen Blick mit Reinhard gewechselt hatte. »Sind Sie Kommissarin Nowak?«

»Bin ich.« Schon wieder einer, der beherzt zum Sie griff.

»Wir würden jetzt gern noch einige Fotos machen und dann den Abtransport vorbereiten. Spricht was dagegen?« Das klang forsch und direkt, aber nicht unfreundlich.

»Ich würde gern noch einen Blick in den Kofferraum werfen.«

»Haben wir schon, der ist komplett leer. Spuren können wir besser in der Technik sichern.«

»Okay.« Sie ging zwei Schritte zur Seite. »Eine Frage noch, Herr Gesbrecht«, wandte sie sich erneut an ihn. »Sie haben die Vermutung geäußert, dass die Frau von einem Hund so zugerichtet worden sein könnte?«

Gesbrecht, der gerade die Beifahrertür schließen wollte, hielt inne und räusperte sich.

»Ja, das könnten durchaus Hundebisse sein – nach meiner ersten groben Einschätzung, aber behaltet das noch für euch, solange der Gerichtsmediziner sich nicht hundertprozentig festgelegt hat. Ich denke, niemand von uns hat Bock auf eine wilde BZ-Schlagzeile, in der mordende Kampfhunde verteufelt werden und ihre Besitzer gleich mit. Das Thema hatten wir ja schon mal.«

»Aber Sie würden einen Kampfhund favorisieren – im Moment, nach grober Einschätzung, die Sie nur uns gegenüber äußern?« Katryna wagte ein winziges Lächeln.

»Also, ein Pudel war es nicht, das steht mal fest«, erwiderte Gesbrecht. »Ansonsten gibt es viele kräftige Hunderassen mit beeindruckender Beißleiste. Unser Doc wird sich den Abdruck der Bisse und Reißwunden genau ansehen, und wenn sich genügend verwertbare Spuren – Speichel, Haare, vielleicht sogar Blut – sichern lassen, kann er Ihnen mehr zur Rasse erzählen und sogar erläutern, ob der Bursche Chappi oder Frolic gefrühstückt hatte, bevor er sich über die Frau hergemacht hat.«

»Klingt anschaulich. Damit kann ich was anfangen. Danke.«

Er sah sie irritiert an, ließ den Blick dann einen Moment zwischen Reinhard und Katryna hin- und herwandern.

»Nur zur Info, Leute – wer leitet hier eigentlich die Ermittlungen?«

Piet zeigte, ohne zu zögern, auf Katryna. »Die neue Kommissarin aus Duisburg.«

»Nur damit ich Bescheid weiß.«

»Nun weißt du Bescheid.« Piet lächelte.

Gesbrecht nickte. »Alles klar.« Er wandte sich um und erteilte seinen Kollegen Anweisungen für den Abtransport.

»Wo setzen wir an?«, fragte Reinhard und musterte Katryna von der Seite.

Die überlegte nur kurz. »Ich würde gern klären, wer die Vermisstenanzeige aufgegeben hat, und zunächst mit Angehörigen und Freunden sprechen. Und jemand muss die Frau schleunigst identifizieren.«

»Darum beneide ich niemanden.«

»Außerdem sollte sich jemand genauer den Parkplatz des Wagens in der Friedrichstraße ansehen. Vielleicht finden sich da Spuren, oder es gibt Leute, denen in der Nacht was aufgefallen ist.«

Piet nickte. »Okay. Das können wir während der Fahrt organisieren. Mein Wagen steht da drüben.« Er ging voran.

Reinhard fuhr einen preiswerten japanischen Kleinwagen, in dem es angenehm warm war. Über die Kurzwahl seines Handys stellte er die Verbindung zum Präsidium her, reichte Katryna das Headset und nickte ihr zu, als Martina sich meldete.

»Und – wie weit seid ihr, Piet-Herzchen? Fall gelöst?« Das klang munter.

Reinhard lächelte, während er sich in Richtung Ernst-Reuter-Platz einordnete. Katryna spitzte die Lippen. »Ich muss dich enttäuschen, Piet-Herzchen sitzt am Steuer, hier spricht Katryna.« Ohne Herzchen, versteht sich.

»Ach ...«

»Kurze Zwischenmeldung: Wir machen uns jetzt auf den Weg, die KTU-Kollegen transportieren Auto und Opfer ab, während an der Uni noch nach Spuren gesucht wird. Habt ihr schon Einzelheiten darüber, wer Bettina Springer als vermisst gemeldet hat?«

»Ihr Lebensgefährte Maik Teesen«, erwiderte Martina in sachlichem Ton. Sie hatte sich wieder schnell gefangen. »Wohnhaft in Lichterfelde-Ost, am Oberhofer Weg 24. Piet kennt die Gegend gut.«

»Erreichen wir den jetzt zu Hause?«

»Ja, ich habe gerade mit ihm gesprochen. Er hat sich freigenommen. Ich werde euch ankündigen«, antwortete Martina prompt.

»Gut, ansonsten sollte sich mal ein Beamter den Platz genauer angucken, an dem der Wagen gestohlen wurde – Spuren und so weiter. Leute befragen, falls das da Sinn macht.«

»Worauf soll besonders geachtet werden?«

»Blut, Hunde, Kampflärm zum Beispiel.«

Martina schwieg zwei Sekunden. »Verstehe«, sagte sie dann. »Ich schicke jemanden raus.«

»Prima. Das wär's fürs Erste. Soll ich Piet-Herzchen noch was bestellen?« Katryna gönnte sich den kleinen Seitenhieb.

»Nicht nötig.« Damit war die Verbindung unterbrochen.

Piet grinste kurz und bog auf die Stadtautobahn in Richtung Schöneberg ab. Katryna versuchte sich zu orientieren und notierte im Stillen: A 100. Wie gut, dass es Navis gibt, dachte sie.

»Wie gefällt Ihnen Berlin?«, fragte Reinhard einen Augenblick später.

»Möchten Sie eine ehrliche oder eine diplomatische Antwort?«, erwiderte sie nach kurzem Zögern.

Piet wandte ihr das Gesicht zu und lächelte. »Das sagt eigentlich alles. Was ist schlimmer – die großkotzige Hauptstadt oder das arrogante Volk vom LKA?«

Katryna starrte ihn verblüfft an. Von einem offensichtlich geschätzten Kollegen und Berater des LKA, der sie bei ihren ersten Schritten in Berlin nicht nur unterstützen, sondern ihr dabei natürlich auch auf die Finger sehen und notfalls korrigierend eingreifen sollte, hatte sie eine solche Wertung ganz bestimmt nicht erwartet. »Na ja …«

»Darf ich etwas vorausschicken?«

»Natürlich.«

»Meine Kolleginnen und Kollegen sind arg gebeutelt. Seit Jahren werden Stellen nicht neu besetzt, und bei Engpässen laufen alle auf dem Zahnfleisch«, erklärte Reinhard in ruhigem Ton. »Die Variante, für jeweilige Durststrecken kurzfristig Kräfte von anderen Dienststellen oder sogar aus dem gesamten Bundesgebiet zu ordern, die sich damit einen zusätzlichen Punkt bei ihrer Karriereplanung eintragen können, ist letztlich keine Lösung für das eigentliche Problem, ganz im Gegenteil: Die Leute müssen eingearbeitet werden, und kaum können sie endlich tatkräftig mit anpacken, verschwinden sie auch schon wieder.« Er seufzte. »Ich will die Vorbehalte, die im Team spürbar sein mögen, nicht entschuldigen oder kleinreden – dennoch wird der Hintergrund vielleicht etwas klarer.«

Das erklärte in der Tat manches, aber nicht alles. Doch sie war Piet für seine Erläuterungen dankbar. »Verstehe«, sagte sie. »Danke für die Hinweise.«

»Gern. Was unsere Zusammenarbeit angeht, so wissen Sie ja, dass ich eigentlich aus dem aktiven Dienst ausgeschieden und lediglich noch beratend unterwegs bin. Ich werde Ihnen also bei diesem Fall nach Kräften unter die Arme greifen, aber wie vorhin schon erwähnt: Sie leiten die Ermittlungen.«

Katryna musterte ihn kurz von der Seite. Sie schätzte ihn auf

Mitte vierzig und fragte sich, warum ein so erfahrener Mann sich zurückgezogen hatte. Wie ein ausgebrannter frühpensionierter Beamter wirkte er ganz und gar nicht.

»Ich habe viele Jahre als verdeckter Ermittler gearbeitet«, fuhr Reinhard fort, während er in Richtung Grazer Damm/Lankwitz von der Autobahn abbog. »Ein Fall hat mir so zugesetzt, dass ich mich vor einigen Monaten entschlossen habe, meinen Job zukünftig oder auch erst mal nur vorübergehend anders zu gestalten.«

Oh, dachte Katryna. So kann man sich täuschen. »Danke, dass Sie so offen sind«, sagte sie.

»Keine Ursache.«

Katryna sah aus dem Fenster – auf der rechten Seite ließen sie das Auguste-Viktoria-Krankenhaus hinter sich. Es war absurd, aber kaum hatte sie ihre erste Leiche, begann ihr Einsatz endlich runder zu laufen.

Das schmale zweistöckige Fachwerkhaus hatte mit Sicherheit schon bessere Zeiten gesehen und bildete im Umkreis des ansonsten gepflegten, ein wenig biederen Ambientes am Oberhofer Weg, der von kleineren Geschäften und Wohnhäusern sowie einer Kirche gesäumt war, eine unrühmliche Ausnahme. Zwei Fensterläden hingen schief in den Angeln, Fassadenputz blätterte an mehreren Stellen, und der Zaun machte einen genauso maroden Eindruck wie die Regenrinne. An einem rostigen Briefkasten standen zwei Namen: Maik Teesen und Bettina Springer. Daneben war ein Aufkleber mit einem grinsenden Hundegesicht angebracht: »Hier wachen wir«. Katryna stutzte. Ach du Scheiße, fuhr es ihr durch den Kopf, und sie warf Piet einen langen Blick zu, bevor sie das Tor zum Grundstück öffnete.

Der Vorgarten verdiente diese Bezeichnung nicht: schichtweise Laub, hoch stehendes Unkraut und Büsche, die das letzte Mal zur Zeit der Postkutschen beschnitten worden waren, dazwischen bemooste Waschbetonplatten und Hundehaufen, wohin man auch blickte, eine rostige Regentonne. Piet fasste kurz nach Katrynas Ellenbogen und verhinderte im letzten Moment, dass sie in einen Kothaufen trat.

Der überdachte Eingang war über eine vierstufige Treppe zu erreichen. Die Haustür öffnete sich, noch bevor Katryna die Hand zur Klingel ausgestreckt hatte. Ein kleiner dünner Mann in verblichenem Trainingsanzug sah ihnen mit weißem Gesicht entgegen.

»Sind Sie von der Polizei?«, fragte er. Im gleichen Moment ertönte im Hintergrund lautes Bellen.

Katryna schreckte zusammen. »Ja. Sind Sie Maik Teesen?«

Er nickte. »Wo ist Bettina?« Er schlang die Arme fröstelnd um seinen Oberkörper. »Was ist passiert?«

»Das wissen wir noch nicht. Können wir kurz hereinkommen?« Sie hatte die Stimme angehoben, um den Lärm zu übertönen.

Teesen schluckte. »Na klar.« Er wandte sich um. »Ick hoffe, Sie haben keine Angst vor Hunden …«

Katryna verdrehte innerlich die Augen. Bis vor Kurzem hätte sie diese Frage nicht nur klar verneint, sondern auch hinzugefügt, dass sie keine besondere Beziehung zu Tieren hatte – zu Hunden schon gar nicht –, dass sie jedoch Leute nicht ausstehen konnte, die die Stoffwechselendprodukte ihrer Vierbeiner großzügig der Allgemeinheit hinterließen und es witzig fanden, wenn ihre Lieblinge Joggern hinterherwetzten, als Tempomacher sozusagen.

»Keene Sorge, die beißen nicht, sind nur laut«, ergänzte Teesen, während er Katryna und Piet in eine Diele eintreten ließ und die Haustür hinter ihnen schloss. »Sie sind im Wohnzimmer.« Überflüssigerweise wies er auf die Tür, hinter der das Gekläff gerade hysterische Züge anzunehmen begann. »Und sie würden sich sofort abregen, wenn sie mal kurz Kontakt zu Ihnen aufnehmen dürften.«

»Wie viele Hunde haben Sie denn?«, fragte Piet.

»Zurzeit drei. Es sind eigentlich Bettinas Tiere.«

Teesen umfasste die Klinke und öffnete die Tür einen Spaltbreit, obwohl weder Katryna noch Piet besonderen Wert auf eine innige Tierbegrüßung zum Ausdruck gebracht hatten.

Katryna atmete tief ein. Zwei mittelgroße Hunde schlüpften wieselgleich in den Flur und begrüßten die Neuankömmlinge mit stürmisch wackelnden Hinterteilen; ein dritter, terrierähnlicher, der nicht größer als ein Dackel war, schob sich heiser kläffend hinterher. Die beiden größeren waren zierliche Jagdhundmischlinge mit kurzem Fell in verwaschenem Braun. Einer wirkte mit seiner grauen Schnauze deutlich älter; der jüngere hinkte und hatte ein trübes Auge. Das Fell des Terriers sah borstig aus. Wildschwein oder Stacheldraht, dachte Katryna, unterließ aber jegliche diesbezügliche Bemerkung. Die meisten Hundebesitzer verstanden da gar keinen Spaß.

»Sie stammen aus dem Tierschutz«, erläuterte Teesen, als endlich Ruhe eingekehrt war und sie im Wohnzimmer Platz genommen hatten.

Die Hunde hatten sich auf einem alten Sofa ausgestreckt und beäugten den Besuch aufmerksam, wobei der Terrier es nicht versäumte, hin und wieder einen Kläffer von sich zu geben. Der Raum war groß und wirkte ordentlicher, als Katryna nach dem ersten äußeren Eindruck des Hauses vermutet hätte. Regale und Kommoden waren aus Massivholz und sahen ganz und gar nicht nach IKEA aus; es gab viele Pflanzen und Bücher und einige ungewöhnlich schöne Lampen.

»Bettina engagiert sich janz mächtig im Tierschutz. Seit vielen Jahren. Wir haben auch noch vier Katzen«, fügte Teesen hinzu. Er saß angespannt auf seinem Stuhl und wippte mit einem Bein.

Katryna sah sich suchend um.

»Die hauen immer ab, wenn die Hunde so 'n Alarm machen«, erklärte Teesen rasch.

Einen Moment war es still.

»Was ist mit Bettina?«

»Wir können Ihnen noch nichts Genaues sagen …«, antwortete Katryna.

»Ach, und darum kommen Sie her – weil Sie noch nischt Jenaues sagen können?« Das Wippen setzte aus. »Das soll ich Ihnen glauben?«

»Können Sie uns ein aktuelles Bild von Ihrer Lebensgefährtin zeigen?«, überging Katryna Teesens Gegenfrage.

Der nickte. »Klar.« Er stand auf, zog eine Kommodenschublade auf und griff einige Fotos heraus, die er auf dem Tisch ausbreitete und zu Piet und Katryna hinüberschob.

»Die sind ziemlich neu – vielleicht drei, vier Monate alt. Wir waren draußen am Wannsee. Ausnahmsweise mal ohne die Hunde.« Er fuhr sich über die Nase. »Wahrscheinlich hab ick darum die Fotos gemacht.«

Eine attraktive dunkelhaarige Frau sah mit verschmitztem Lächeln in die Kamera. Hinter ihr waren Boote auf dem See zu erkennen und ein strahlend blauer Himmel. Ihre Arme waren braun gebrannt, das Gesicht voller Sommersprossen. Katryna wurde elend. Trotz der grausigen und entstellenden Verletzungen war sie sicher, in der abgebildeten Frau das Opfer wiederzuerkennen. Sie blickte Piet an, dessen Miene aber unbewegt blieb.

»Wat is nu?«, hakte Teesen nach.

»Wir haben eine weibliche Leiche gefunden«, sagte Katryna leise und sah ihn an. Sie war immer froh, wenn der Satz heraus war. Es gab nichts zu beschönigen oder auf die lange Bank zu schieben. Jetzt nicht mehr.

»Sie haben Bettina gefunden? Tot?« Er starrte sie fassungslos an. Natürlich war ihm klar gewesen, dass das Eintreffen der Polizeibeamten nicht unbedingt etwas Gutes zu bedeuten hatte. Aber zwischen nervösen Befürchtungen und der Konfrontation mit dieser endgültigen Aussage lagen Welten.

»Wir haben eine weibliche Leiche gefunden«, wiederholte Katryna. »Die Beschreibung in Ihrer Vermisstenanzeige hat uns zu Ihnen geführt, und es gibt große Ähnlichkeiten mit dem Foto. Aber die Tote muss erst identifiziert werden.«

Teesen wurde grau. »Das können Sie gleich wieder janz schnell vergessen – ick kann das nicht.« Er atmete hektisch.

»Wir können Ihnen das nicht ersparen.«

»He, mal halblang, Sie können mich kaum dazu zwingen!«

»Je eher wir Gewissheit haben, umso schneller können wir mit den Ermittlungen beginnen.«

Teesen öffnete den Mund und schloss ihn wieder. Seine Unterlippe zitterte. Er schlug ein Bein über das andere. »Ermittlungen? Scheiße, was für Ermittlungen? Was ist überhaupt passiert?«

»Das wissen wir noch nicht. Bitte, Herr Teesen. Begleiten Sie uns …«

»Nein! Fragen Sie ihre Schwester. Da war sie vorher …« Er

sprang so plötzlich auf, dass Katryna zusammenzuckte. »Wir haben uns gezofft, und sie ist zu ihrer Schwester gefahren, wollte dort das Wochenende verbringen«, erklärte er heftig. »Ich hab mich mit Freunden getroffen, wir haben ein Bierchen gezischt. Ick musste auf andere Gedanken kommen. Ja – so war das ...«

Er setzte sich langsam wieder und atmete tief und laut. »Samstag hat Sigrid angerufen und erzählt, dass Bettina Freitagabend ein Date hatte und noch nicht zurück war. Ihr kam das merkwürdig vor, aber ick dachte, Bettina wollte mal so richtig einen draufmachen. Erst am Sonntag ...«

»Können wir die Schwester telefonisch erreichen?«, schaltete Piet sich ein. Katryna nickte ihm zu, als er ihr einen fragenden Blick zuwarf.

Teesen griff zu seinem Handy, das neben einem Stapel Zeitschriften auf dem Tisch lag und hantierte eine Weile mit zitternden Fingern, bevor er es Piet in die Hand drückte. »Ich habe schon gewählt. Sprechen Sie mit ihr ...«

Piet stand auf und ging in die Diele. Der Terrier folgte ihm mit eiligen Schritten und misstrauischem Blick. Kurz darauf hörte Katryna den Kollegen leise sprechen.

»Wo haben Sie sie gefunden?«, wandte Teesen sich an Katryna. Er bemühte sich, ruhig zu sprechen.

»Wir sollten die Einzelheiten erst besprechen, wenn eindeutig feststeht, dass ...«

Teesen nickte schnell. »Ich verstehe.«

»Warum haben Sie sich gezofft?«

Teesen fuhr sich mit beiden Händen durch sein dünnes Haar. »Es ging um die Hunde. Bettina wollte noch einen aufnehmen – wieder so 'n misshandeltes, vernachlässigtes, hilfsbedürftiges Tier: Zigtausende gibt es davon.« Seine Stimme klang gepresst.

Er schüttelte den Kopf. »Sie ist janz verrückt, was die Viecher angeht, müssen Sie wissen. Alles dreht sich immer um die Tiere, um ihr Leid, um ihre Rettung. Tierschutz steht bei ihr an erster Stelle. Vor allem anderen. Verstehen Sie?« Er lächelte bitter. »Wenn ick ein ausgesetzter Hund oder 'ne kranke Katze wäre, würde sie mich sicherlich mehr beachten. Und das ist nicht komisch.«

Ich käme nicht auf den Gedanken, das komisch zu finden, dachte Katryna erstaunt.

»Ick war janz schlicht dagegen, wissen Sie. Nicht noch ein Tier, ständig dieses Thema ... Entschuldigen Sie, dass ick so persönlich werde, aber –«

Er brach ab, als Piet wieder ins Wohnzimmer trat und Katryna ansah. »Sigrid Springer hat sich bereit erklärt, das Opfer zu identifizieren.«

Er drehte sich zu Teesen um. »Aber wir müssen auch Sie bitten, uns zu begleiten.«

»Warum?«

»Herr Teesen, falls es sich bei der Leiche tatsächlich um Ihre Lebensgefährtin handelt, müssen wir eine Menge Fragen stellen – auch Ihnen.«

Sigrid Springer war dreiundvierzig Jahre alt und damit drei Jahre älter als Bettina; sie war ein ähnlicher Frauentyp wie ihre Schwester – dunkel und zierlich –, aber sie trug ihr Haar wesentlich kürzer, das Gesicht war kantiger und wurde von großen, im Moment rot geweinten Augen und bleichen Wangen beherrscht. Unter anderen Umständen hätte sie vielleicht ein spitzbübisches Lächeln oder auch einen flotten Spruch parat gehabt – unmittelbar nach der Identifizierung, die im Beisein eines Assistenten in der Gerichtsmedizin stattfand, war sie froh, nicht aus den Latschen zu kippen, wie sie Katryna gestand, als sie in einem der kleineren Büros, die sich hinter dem Konferenzraum des Hoffer-Teams befanden, Platz nahmen.

Die schlimmsten Verletzungen waren rücksichtsvollerweise mit Tüchern abgedeckt worden, doch dass Bettina Springer Opfer eines tödlichen Angriffs gewesen war, konnte weiß Gott nicht kaschiert werden. Dafür reagierte Sigrid Springer bewundernswert gefasst. Katryna konnte jedoch nicht ausschließen, dass sie unter Schock stand und erst später eine heftige Reaktion zeigen würde.

Im Gegensatz zu ihr war Maik Teesen völlig zusammengebrochen, als Piet ihn informiert hatte, dass Sigrid ihre Schwester zweifelsfrei erkannt hatte, und wurde zurzeit psychologisch betreut.

Eine weitere Befragung war mit ein bisschen Glück in einigen Stunden möglich, wahrscheinlich jedoch erst am nächsten Tag.

Piet hatte Kaffee und andere Getränke besorgt und verteilte Tassen und Gläser, bevor er das Aufnahmegerät einstellte und sich dann mit übereinandergeschlagenen Beinen abseits ans Fenster setzte, um das Geschehen in aller Ruhe zu beobachten.

Katryna stellte zu ihrer eigenen Verblüffung fest, dass sie seine Gegenwart nahezu gelassen tolerieren konnte, während sie der Gedanke, dass Stefan Polder Einzelheiten der Befragung, unter Umständen sogar die gesamte Aufzeichnung des Gesprächs zur Begutachtung anfordern würde, schon eher beunruhigte. Einen Schnitzer durfte sie sich nicht leisten.

Sie trank einen Schluck Kaffee. Vor ihr lagen Notizblock und Stift. Es war wichtig, einen ruhigen und gesammelten Eindruck zu machen. Angehörige waren häufig die wichtigsten Zeugen – sie kurz nach Bekanntwerden einer schrecklichen Tat, geschweige denn einer Identifizierung zu befragen, wirkte meist herzlos und kalt, war aber unumgänglich, um möglichst schnell mit einer effektiven Spuren- und Motivsuche beginnen zu können.

»Ist es in Ordnung, wenn wir anfangen?«, fragte Katryna und sah Sigrid Springer an.

»Ja, ich glaube schon. Es geht ja nicht anders. Allerdings habe ich vorweg eine Frage.«

»Ja?«

»Die Polizei geht von einem Verbrechen aus – sehe ich das richtig?«

»Die Umstände sprechen sehr dafür«, sagte Katryna.

»Meinen Sie damit, dass sie ermordet wurde?«

»Frau Springer, lassen Sie es mich so formulieren: Wir gehen von einem Gewaltverbrechen aus, können aber zu den Einzelheiten zurzeit noch nichts Endgültiges sagen«, erörterte Katryna. »Doch je mehr wir über Bettina und über das, was sie am Wochenende unternommen hat, in Erfahrung bringen können, desto größer ist die Wahrscheinlichkeit, dass wir einen Ermittlungsansatz finden.«

Sigrid schwieg einen Moment. Dann nickte sie. »Gut. Wie Sie meinen.«

»Danke für Ihr Verständnis. Ihre Schwester hat Sie am Wochenende besucht – wann genau war das?«

»Sie rief am Freitag an, am späten Mittag …«

»Sie waren zu Hause?«

»Ja.« Sigrid nickte. »Ich bin Ernährungsexpertin und schreibe Artikel und Fachbücher. Ich arbeite häufig daheim. Bettina und Maik hatten sich mal wieder in der Wolle gehabt, und sie wollte das Wochenende bei mir verbringen – um Abstand zu gewinnen. Sie traf dann gegen siebzehn Uhr bei mir ein.«

»Haben die beiden sich in letzter Zeit häufiger gestritten?«, hakte Katryna nach.

»Und ob!«

»Kennen Sie die Hintergründe der Auseinandersetzungen?«

Sigrid zögerte. »Ja, aber … Nun, Maik und ich sind uns zwar nicht gerade von Herzen zugetan, doch ich würde ungern …«

»Ich denke, Sie können ganz offen reden. Maik Teesen hat uns gegenüber bereits einige Andeutungen gemacht.«

»Ach? Das erstaunt mich jetzt aber.«

»Er ist ziemlich durcheinander«, erklärte Katryna. »Und er hat bereitwillig …« Piet hüstelte, und Katryna brauchte keine zwei Sekunden, um den Hinweis zu verstehen. »… von dem häuslichen Konflikt erzählt«, vollendete sie den Satz und ließ dabei den Hinweis auf die Hunde außen vor.

»Die Beziehung wackelt seit Längerem«, erklärte Sigrid Springer. »Bettina lebt ganz in ihrer Tierschutznummer.« Sie räusperte sich. »Ich meine, sie lebte ganz in dieser Tierrettungsnummer, wofür Maik wenig Verständnis aufbringt.« Sie zog die Achseln hoch. »Na ja – meine Schwester war da schon ziemlich speziell, durchgeknallt würden böse Zungen wohl sagen. Ich konnte ihr Engagement und ihre Beziehung zu Tieren auch nicht nachvollziehen, nur … Maik wusste das. Die beiden sind seit vier oder fünf Jahren zusammen, und es war von Anfang an klar, wo Bettinas Prioritäten liegen.« Sigrid schluckte und wandte das Gesicht für einen Moment abrupt ab, bevor sie Katryna wieder ansah. »Verstehen Sie?« Das Zittern war ihrer Stimme deutlich anzuhören.

»Klar. Wahrscheinlich nahm er an, sie ändern zu können«, erwiderte Katryna rasch. »Wie Männer halt so sind.«

Sigrid verzog das Gesicht. »Ja, das könnte sein. Das war aber ein fataler Irrtum. Bettina hat ihr Ding gemacht, schon immer, ob mit oder ohne Partner.«

»Was genau bedeutete das im Alltag?«

»Nun, sie hatte einen Halbtagsjob bei einer Unternehmensberatung, ansonsten kümmerte sie sich um ihre Tiere, dann um andere Tiere, darüber hinaus schrieb sie für eine Berliner Hundezeitung, und wenn dann noch etwas Zeit übrig blieb ...«

»Dann war Maik dran.«

»Genau. Wie gesagt: Ich bin kein Fan von Maik, andererseits ... Das Haus gehört ihm, und als sie sich kennenlernten, hat er Bettinas Tiere anstandslos mit aufgenommen – damals hatte sie zwei Hunde und zwei Katzen ... Man sollte ja meinen, dass das reicht.« Sie schüttelte den Kopf. »Wie dem auch sei – er verdient nicht schlecht mit seiner kleinen, aber ziemlich exklusiven Möbeltischlerei, auch wenn man ihm das nicht gleich auf den ersten Blick ansieht, und er ist großzügig, das muss man ihm lassen.«

»Bettina wusste das nicht immer zu schätzen?«, fragte Katryna.

Sigrid seufzte. »Sie meinte, umgekehrt würde ein Schuh daraus werden: Er hat sie damit unter Druck setzen wollen – so stellte sie es dar.«

»Frei nach dem Motto: Wir leben in meinem Haus, ich sorge im Wesentlichen für uns, und nun ist Schluss mit den Faxen?«

Sigrid Springer nickte langsam. »Ja, so in etwa.«

»Das fand Bettina nicht so prall, nehme ich mal an.«

»Nein. Sie hatte eigentlich längst mit der Beziehung abgeschlossen.«

»Was heißt das konkret?«

Sigrid lehnte sich zurück und legte die Hände auf den Tisch. Ihr Kaffee war längst kalt geworden. »Sie hat den Absprung gesucht. Außerdem ...« Sie griff zu ihrem Wasserglas und trank zwei winzige Schlucke. »... war da ja noch ihre Affäre.«

Katryna zog die Augenbrauen hoch. Das war keine professionelle Reaktion, aber nicht mehr zu ändern. Glücklicherweise lief keine Kamera.

Sigrid sah sie stirnrunzelnd an. »Ich dachte, Maik hätte Ihnen davon erzählt«, bemerkte sie verblüfft.

»Herr Teesen hat seine eigene Sicht auf die Dinge«, wich Katryna mehr oder weniger geschickt aus. »Wie lange wusste er es Ihrer Ansicht nach?«

»Einige Wochen, aber er hat es nicht ernst genommen und sie sogar ausgelacht.«

»Was gibt es denn da zu lachen?«

»Bettinas Lover ist ein junger Kerl – kaum Mitte zwanzig, ein Student. Sie hat sich ein paar schöne Stunden mit ihm gemacht, weitere schöne Stunden sollten folgen – nicht mehr, aber auch nicht weniger. Eine kurzweilige erotische Beziehung, allenfalls für ein paar Monate. Maik konnte sich nicht vorstellen, dass Bettina Interesse an solchen Mätzchen hat, wie er sich ausdrückte. So erzählte es Bettina mir jedenfalls.«

»Die beiden hatten also gar keine Auseinandersetzung, weil Bettina einen weiteren Hund aufnehmen wollte, sondern …?«

Sigrid winkte ab. »Doch, darum ging es auch, aber solche Streitereien gab es ja ständig. Sie hat ihm mehr oder weniger klar gesagt, dass das Ende in Sicht ist – aber nicht wegen des Lovers, sondern weil sie einfach nicht zusammenpassen und die Beziehung kaputt ist. Der Streit eskalierte, worauf Bettina mit ihren Hunden zu mir gekommen ist und Maik sich während einer Zechtour bei seinen Kumpels ausheulte. Bettina hatte vor, sich am Sonntag erneut mit Maik zusammenzusetzen und in aller Ruhe zu besprechen, wie man die Angelegenheit friedlich und einvernehmlich regeln könnte.«

Nenn mir ein Expärchen, bei dem das klappt, und ich schmeiße eine Runde Currywurst fürs gesamte LKA – mit doppelt Pommes rot-weiß, dachte Katryna und schob einige ungute Erinnerungen, die ganz bestimmt nicht hierhergehörten, beiseite.

»Kennen Sie den Studenten?«

»Nein. Ich weiß nur, dass er mit Vornamen Gregor heißt und nebenbei in irgendeiner Diskothek arbeitet – keine Ahnung, wo. Bettina ist da am Freitagabend hingefahren. Sie wollte ihn aber nicht treffen, um zu tanzen oder einen schönen Abend mit ihm zu verbringen, sondern hatte irgendwas zu besprechen.« Sigrid hob kurz die Hände. »Sie recherchiert seit Wochen für einen Artikel über einen Hundetrainer, den Gregor wohl auch kennt. Genaueres kann ich Ihnen dazu aber nicht sagen, tut mir leid. Mich interessieren diese Hundegeschichten auch nicht sonderlich, wenn ich ehrlich sein soll. Bettina wusste das und hat selten im Detail davon erzählt, und Namen kann ich mir ohnehin kaum merken.«

»Verstehe ich das richtig: Sie wollte am Freitagabend in die Diskothek fahren, in der ihr Liebhaber jobbt, um mit ihm über einen Hundetrainer zu reden?«

Sigrid seufzte. »Ja. Klingt verrückt, ist aber typisch Bettina. Im Übrigen: Sie hätte mir keine Ausrede auftischen müssen, um sich mit ihm zu verabreden.«

Stimmt, dachte Katryna. »Okay. Aber sie kam nicht zurück. Hat sie sich noch mal in irgendeiner Weise mit Ihnen in Verbindung gesetzt?«

»Ja, per Handy. Ich bin relativ zeitig schlafen gegangen – kurz nach elf, nachdem ich die abendliche Gassirunde mit den Hunden erledigt hatte. Bettina war etwa um neun aufgebrochen. Ich rechnete damit, dass sie in Kürze zurückkommen würde, also vielleicht um Mitternacht. Als ich am nächsten Morgen aufstand, war sie nicht da, aber sie hatte mir eine SMS geschrieben, Wortlaut: Mach dir keine Sorgen. Bin doch länger unterwegs.«

»Haben Sie die Mitteilung noch im Speicher?«

»Klar.« Sigrid Springer zog ihr Handy aus der Seitentasche ihrer Jacke, öffnete die Kurzmitteilung und reichte das Mobiltelefon an Piet weiter, der plötzlich aufgestanden und neben sie getreten war.

»Sie ist um zwei Uhr morgens abgeschickt worden«, bemerkte Piet und sah Katryna an. »Ich werde eine Handy-Ortung beantragen. Vielleicht haben wir Glück.«

Katryna nickte zustimmend und wandte sich wieder Sigrid zu. »Sie sind also davon ausgegangen, dass Ihre Schwester sich nach ihrem Gespräch mit Gregor, bei dem es um Berufliches gehen sollte, doch noch ein bisschen amüsiert hatte und offensichtlich versackt war.« Das zumindest hätte mir passieren können, überlegte Katryna.

»Ja. Natürlich. Das hätte wohl jeder gedacht.«

»Und dann?«

»Gegen zehn Uhr vormittags habe ich sie dann auf ihrem Handy anzurufen versucht – ich hatte keine Lust, noch länger für die Hunde zuständig zu sein, zumal die inzwischen ziemlich unruhig waren«, berichtete Sigrid. »Aber es war abgeschaltet. Zwei Stunden später immer noch. Daraufhin habe ich mich mit Maik in Verbindung gesetzt. Der hatte einen Kater und war stinksauer. Am frühen Nachmittag ist er dann aber gekommen, um die Hunde in Bettinas Wagen, der ja noch bei mir stand, für den ich aber keinen Schlüssel hatte, nach Hause zu bringen.«

»Sie ist nicht mit dem Auto zu ihrem Treffen gefahren, sondern hat es bei Ihnen vor der Tür stehen lassen?«, hakte Katryna nach.

»Genau, sie hat die U-Bahn genommen.«

»Warum?«

»Am Freitagabend gibt es in der Innenstadt kaum freie Parkplätze, dafür sind die öffentlichen Verkehrsanbindungen ziemlich gut. Außerdem –«

»Also ist die Diskothek in der Innenstadt?«

»Hm ... ja, ich denke schon. Davon abgesehen fährt meine Schwester nicht gern Auto und nutzt den Wagen hauptsächlich, wenn sie mit den Hunden unterwegs ist. Ich meine ... sie fuhr nicht gern ...« Sigrid schwieg einen Moment und schüttelte ungläubig den Kopf, bevor sie fortfuhr.

»Jedenfalls war ich zu der Zeit schon ein bisschen beunruhigt, denn es ist nicht Bettinas Art, ihre Hunde so lange anderen zu überlassen und sich nicht mal zu melden – auch wenn sie verliebt war. Maik sah das ein bisschen anders. Er fing erst Sonntag früh an, sich Sorgen zu machen, und ist dann gegen Mittag zur Polizei gegangen.«

Einen Moment blieb es still im Raum. Katryna ließ das Gespräch Revue passieren, während Sigrid an ihrem kalten Kaffee nippte und sich dann erschöpft über die Augen fuhr.

»Haben Sie noch mehr Fragen? Ich würde gern ...«

Katryna nickte rasch. »Gibt es noch persönliche Sachen von Bettina bei Ihnen zu Hause?«

»Eine kleine Reisetasche mit Klamotten, mehr nicht – vermute ich jedenfalls, denn ich habe sie mir nicht genauer angesehen.«

»Würden Sie die bitte dem Beamten, der Sie nach Hause bringt, mitgeben?«

»Natürlich.«

Sigrid erhob sich von ihrem Platz. Piet stand auf und trat neben sie. »Wir brauchen die Namen und Adressen von Freunden, Angehörigen, Bettinas Arbeitgeber ...«

»Da werden Sie eher bei Maik fündig. Bettina hatte unter dem Dach ein kleines Büro. Auf ihrem Laptop müsste alles gespeichert sein – in diesen Dingen war sie ziemlich ordentlich.«

»Was ist mit Ihren Eltern?«

»Die leben beide nicht mehr.«

»Weitere Angehörige?«

»Nein«, antwortete sie müde. »In Niedersachsen leben noch zwei Onkel und eine Tante sowie deren Familien. Niemand, zu dem wir engeren Kontakt haben.«

»Falls Ihnen noch etwas einfällt ...«

»Ja, ich weiß, dann melde ich mich.«

»Wir haben demnächst sicherlich noch die eine oder andere Frage«, fügte Piet hinzu.

»Natürlich.« Sie sah von ihm zu Katryna. »Können Sie mir nicht wenigstens sagen, was mit ihr passiert ist? Was sind das für Verletzungen?«

»Der Gerichtsmediziner hat seine Untersuchungen noch nicht abgeschlossen«, erwiderte Katryna ausweichend.

»Und was schätzen Sie, was passiert sein könnte?«

Katryna öffnete den Mund und schloss ihn wieder.

»Wir wissen es wirklich noch nicht«, sprang Piet ein. »Sie ist übel verletzt worden und verblutet – so viel steht fest.«

Sigrid Springer ließ die Antwort nachklingen und entschied dann, nicht weiter zu insistieren. Kurz darauf schloss sich die Tür hinter ihr.

Piet stellte das Aufnahmegerät nach einigen abschließenden Bemerkungen aus und sah Katryna an. »Wie war ich?«, hätte sie am liebsten gefragt, aber sie schwieg. Ihr Magen knurrte. Sie blickte verstohlen auf die Uhr – höchste Zeit für ein spätes Mittagessen. Sie konnte nicht denken, wenn sie Hunger hatte, und würde in Kürze Kopfschmerzen bekommen.

»Kurze Pause, und dann geht es weiter?«, fragte sie.

Er nickte.

»Wir brauchen Namen und Adressen, und zwar schnell. Es wäre gut, wenn Teesen bald wieder vernehmungsfähig wäre. Ich wüsste ganz gern, wie lange er wann und mit wem während seiner Zechtour unterwegs war. Außerdem müssen wir einen Blick in Bettinas Tasche werfen und uns ihren Wagen angucken.«

Er lächelte unvermutet. »Okay – lassen Sie uns eine Kleinigkeit essen gehen. Dann könnte ich mich mal nach Teesen erkundigen, während Sie zunächst Ihr Glück mit unserem Gerichtsmediziner versuchen.«

»Warum ich?«

»Sie können besser mit ihm flirten als ich.«

»Wieso sollte ich …?«

»Er ist bedeutend kooperativer, wenn er mit einer Frau zu tun hat«, erläuterte Piet. »Martina mag ihn nicht besonders, und eine weitere Frau haben wir gerade nicht im Team. Außerdem müssen Sie ihn ohnehin kennenlernen. Er ist ein ganz besonderer Typ.«

Katryna verdrehte die Augen. »Das sind Gerichtsmediziner meistens. Aber na schön. Ich hoffe nicht, dass er zu den harten Jungs gehört, die es darauf anlegen, gerade Kripofrauen mit besonders anschaulichen Beschreibungen an offenen Leichen auf ihre Magenfestigkeit zu prüfen.«

Daraufhin erwiderte Piet nichts. Katryna griff nach Jacke und Tasche und legte die Hand auf die Klinke.

»Das lief gut«, bemerkte Piet, als sie im Begriff war, aus der Tür zu schlüpfen.

Sie drehte sich um. »Nicht so schlimm, wie Sie befürchtet hatten?«

»Es lief gut«, wiederholte er. »Kantine oder außerhalb?«

»Eine ehrliche oder eine diplomatische Antwort?«

»Dr. Richard Mohl« war an der Bürotür zu lesen, darunter: »Gerichtsmedizin LKA«. Katryna klopfte zweimal und trat ein, als sie ein Murmeln vernahm, das man entfernt als Aufforderung zum Eintreten verstehen konnte. Sie blickte sich verblüfft um. Sie wusste nicht, was sie erwartet hatte, aber ganz bestimmt kein Arbeitszimmer, in dem Chrom und dunkles Holz den Ton angaben und penible Ordnung herrschte.

Hinter dem Schreibtisch aus massiver Buche, der schräg in der Mitte des Raumes stand, saß ein circa sechzigjähriger Mann mit asketisch schmalem Gesicht und eisgrauem Haar. Er verzog keine Miene, sondern blickte ihr aufmerksam entgegen. Vor ihm lag eine einzelne Akte, in der er offensichtlich gerade gelesen hatte. Rechts von ihm befanden sich in einer Ablage einige Stifte und Notizhefte; links stand ein Laptop; der Bildschirmschoner war eingeschaltet und zeigte ein langsam auf und ab wanderndes LKA-Emblem, was Katryna nicht besonders phantasievoll fand. Andererseits ging es in der Gerichtsmedizin auch nicht unbedingt um Phantasie, sondern um Sachlichkeit. Ansonsten war der Tisch leer – keine Staubschicht oder Krümel, keine Kaffeetassen, geschweige denn Aktenberge oder Nachschlagewerke in kunterbuntem Durcheinander. In den Regalen und auf der Ablage hinter ihm herrschte eine ebenso akkurate Ordnung, und das Parkett glänzte fast aufdringlich sauber.

Katryna war sicher, dass man vom Fußboden essen konnte, und zwar nicht, weil da so viel herumlag. Einen Moment hatte es ihr die Sprache verschlagen, und sie überlegte allen Ernstes, ob sie sich in der Bürotür geirrt hatte.

»Was kann ich für Sie tun?«, fragte der Mann, von dem sie annahm, dass er Dr. Mohl war.

Seine Stimme klang nicht unfreundlich, aber alles andere als warm oder interessiert; kein Lächeln lockerte seine kantige Miene auf. Ein schmales dunkles Augenpaar fixierte sie.

»Ich bin Katryna Nowak, die neue Kommissarin. Bettina Springer – die tote Frau, die vor der TU gefunden wurde – ist mein Fall«, erklärte Katryna betont munter. »Liege ich richtig mit der Annahme, dass Sie Doktor Mohl sind und sich mit dem Opfer beschäftigen?«

»Mit beidem liegen Sie richtig.«

»Können Sie mir etwas zu den Verletzungen der Frau sagen?«

»Im Moment nichts, was über Gesbrechts erste Einschätzung hinausgeht«, erwiderte Mohl und drehte sich nach hinten, um zielsicher eine Akte aus der Ablage zu fischen.

»Ich habe Leiche und Verletzungen vorhin zwar gründlich untersucht, aber es stehen noch eine ganze Reihe von Analysen aus, und die Obduktion natürlich.« Er schlug den Hefter auf und nickte. »Hundebisse, die zum Tod geführt haben. Ja, so ist es.« Er sah wieder auf. »War es das?«

Katryna zog fröstelnd die Schultern zusammen. Der Mann bekommt den ersten Preis für warmherziges Miteinander im Kollegenkreis, dachte sie. Wie Piet auf die Idee kommen konnte, dass Mohl von ihr umgarnt werden wollte, war ihr schleierhaft. Vielleicht hatte Reinhard sich ja mit dem Hinweis einen Scherz erlaubt und war gespannt, wie sie die Situation mit diesem Eispickel lösen würde.

»Nein«, gab sie kurz entschlossen zurück. »Ganz und gar nicht. Ich brauche für unsere Ermittlungen sehr schnell weitere Informationen – über die Art der Verletzungen, die Hunderasse zum Beispiel und so weiter. Die Frau ist aktive Tierschützerin und selbst Hundebesitzerin gewesen. Dass sie von einem Hund getötet wurde, ist ziemlich ... bemerkenswert und kann unter Umständen ein wichtiger Hinweis sein.«

Dr. Mohl fixierte sie klamme drei Sekunden, in denen die Luft zu gefrieren schien und Katryna leise Zweifel an ihrer forschen Vorgehensweise kamen – vielleicht hätte sie doch eher das unsichere Frauchen markieren oder einen Flirtversuch starten sollen –, aber zu ihrer großen Erleichterung nickte er dann.

»Es waren zwei Hunde – da bin ich mir ziemlich sicher.«

»Ach?«

»Ein Gebissabdruck ist etwas kleiner als der andere. Ein genauer Rassevergleich, bei dem mir ein Kollege aus der Veterinärmedizin – übrigens ein Spezialist auf dem Gebiet der *Animal Forensics*, vielleicht haben Sie davon schon gehört – heute oder morgen noch beratend zur Seite stehen wird, dürfte im Detail bestätigen, dass es sich um Kampfhunde handelt, wahrscheinlich um Staffordshire Bullterrier oder Staffordshire-Mischlinge. Diese Hunde verfügen über eine ganz besondere Bisstechnik: Sie verbeißen sich und lassen ihre Beute beziehungsweise den Gegner nicht mehr los, solange der sich noch rührt. Davon haben Sie sicher schon gehört.«

Katryna schluckte. »Ja, ansatzweise. Ich verstehe.«

Dr. Mohl beugte sich vor. »Um Missverständnissen vorzubeugen: Ich bin der festen Überzeugung, dass die sogenannten Kampfhundrassen nicht per se gefährlich sind oder gar verteufelt werden sollten«, begann er nun in nahezu leutseligem Ton zu erörtern. »Menschen erziehen sie falsch oder missbrauchen sie für ihre Machtphantasien. Dennoch muss man wissen, dass Staffs Kraftpakete sind, denen die wenigsten etwas entgegenzusetzen haben – ob anderer Hund oder Mensch –, wenn sie erst mal aggressiv geworden sind und zugebissen haben. Was aber bei dieser ganzen Diskussion um angeblich rassetypisch klar einzuordnende angriffslustige Hunde keinesfalls außer Acht gelassen werden sollte, ist die Tatsache, dass in den letzten Jahrzehnten Dutzende von Menschen den Beißattacken von bis dato vollkommen herzigen Rottweilern, Huskys und Schäferhunden zum Opfer gefallen sind – häufig ohne erkennbaren Grund und auch mit tödlichem Ausgang.«

Katryna nickte. Für einen Humanmediziner kannte er sich verdammt gut mit Hunden aus. Sie fragte lieber nicht nach, ob er vielleicht so einen herzigen Vierbeiner zu Hause hatte oder einfach nur am Thema interessiert war.

»Sie sagten, die Frau hatte selbst Hunde – wissen Sie schon –?«

Katryna winkte ab. »Die waren in der fraglichen Zeit bei der Schwester des Opfers untergebracht. Außerdem habe ich die Tiere heute Morgen gesehen: zierliche Jagdhundmischlinge aus dem Tierschutz, einer davon nicht größer als ein Dackel. Ich kenne mich mit Hunderassen nicht so gut aus, aber mit Kampfhunden hatten die weniger gemein als ich.«

Mohl schien kurz davor zu schmunzeln. Im letzten Moment beherrschte er sich. »Aha. Es wäre dennoch keine schlechte Idee, einige Hundehaare und Ähnliches von ihnen zu sichern.«

»Als Vergleichsproben?«, riet Katryna.

»Ja.« Dr. Mohl nickte. »Wenn Sie beispielsweise einen Verdächtigen haben, der bestreitet, je Kontakt zum Opfer gehabt zu haben, aber die Spusi kann Tierhaare bei ihm sicherstellen, die mit den Hunden des Opfers übereinstimmen, dürfte seine Aussage deutlich ins Wanken geraten.«

»Gute Idee!« Der Mann dachte mit.

»Die Untersuchungsmethoden sind heutzutage erfreulich vielfältig«, fuhr Mohl, derart angefeuert, bereitwillig fort. Er schien sich richtig warm geredet zu haben. »Es gab mal einen Vergewaltigungsfall in Iowa, bei dem das Opfer mitbekam, wie ihr Vierbeiner an die Autoreifen des Täterfahrzeugs pinkelte. Der Verdächtige sagte später aus, niemals in der Nähe des Hauses gewesen zu sein, in dem die Frau wohnte, aber das genetische Profil des Hundes stimmte perfekt mit den sichergestellten Urinspuren auf dem Reifen überein.«

»Ich bin beeindruckt.«

»Das freut mich.«

Mohl sah zwar nicht aus, als würde er gleich vor Begeisterung in die Hände klatschen, aber seine Miene wirkte deutlich entspannter als zu Beginn des Gesprächs. Oder ich rede mir den Mann gerade schön, sinnierte Katryna.

»Wahrscheinlich ist noch ein anderer Aspekt von Interesse für Sie«, meinte er nach einem weiteren Blick in die Akte. »Abgesehen von den tödlichen Bissverletzungen weist die Leiche eine Vielzahl von zum Teil großflächigen Hämatomen auf, die daneben weniger bedeutsam scheinen, zumindest auf den ersten Blick. Erwähnenswert ist jedoch, dass sie nach meiner Überzeugung nicht von den Hunden verursacht worden sind. Die Frau ist in jener Nacht geschlagen worden, und zwar nicht unerheblich.«

»Gibt es auch Vergewaltigungsspuren?«

»Nein.«

Katryna schloss kurz die Augen. Wenigstens etwas.

»Halten Sie es im Hinblick auf Ihre ersten Untersuchungsergebnisse für angemessen, ein Szenario in Betracht zu ziehen, bei dem man die Frau schlug, vielleicht folterte und anschließend Hunde auf sie hetzte, die sie dann töteten?«

»Ein solches Szenario ist denkbar, aber ich betone, dass die Untersuchung noch längst nicht abgeschlossen ist und Sie mich nicht zitieren dürfen.«

»Natürlich nicht. Danke für die Hinweise.«

Mohl nickte nur.

Katryna war heilfroh, dass der Gerichtsmediziner die Besprechung nicht im Angesicht der Leiche durchgeführt hatte.

»Hören wir von Ihnen …?«

»Sobald der Bericht vorliegt.«

Erst als Katryna Dr. Mohls Zimmer verließ, fiel ihr auf, dass sie die ganze Zeit mitten im Raum auf einem Fleck gestanden und der Gerichtsmediziner keinerlei Anstalten gemacht hatte, ihr einen Stuhl anzubieten. Dafür hatte er sich ausführlich mit ihr unterhalten – was wollte sie mehr?

Sie besorgte sich einen Kaffee in der Cafeteria und verzichtete auf den Bienenstich, obwohl der überaus verlockend duftete. Direkt nach einer gerichtsmedizinischen Besprechung war auch ihr Appetit zumindest für ein, zwei Stunden deutlich gedämpft. Sie wollte gerade in das kleine Büro zurückgehen, das Max Hoffer ihr zur Verfügung gestellt hatte, als Piet sie auf dem Handy anrief.

»Teesen hat eine Beruhigungsspritze bekommen und ist bereit, weitere Fragen zu beantworten«, erzählte er. »Ich habe die Telefonnummern seiner Kumpels, mit denen er von Freitagabend, circa sieben Uhr, bis in den frühen Samstagmorgen, ungefähr fünf Uhr, in verschiedenen Kneipen und Bars unterwegs war, und die von seinen beiden Mitarbeitern. Martina könnte sich schon mal um die Überprüfung des Alibis kümmern, während wir Teesen nach Hause bringen und uns genauer bei ihm umsehen.«

»Und vor allem in Bettinas Büro«, bemerkte Katryna zustimmend und unterrichtete ihn über die Ergebnisse ihres Gesprächs mit Dr. Mohl, während sie zum Ausgang ging.

»Hört sich scheußlich an«, meinte Piet, als Katryna geendet hatte.

»Hört sich darüber hinaus auch nicht nach einer Zufallstat an.«

»Da stimme ich dir zu.«

»Wir müssen Teesen sagen, was passiert ist oder was passiert sein könnte – auch auf die Gefahr hin, dass er wieder zusammenklappt«, überlegte Katryna.

»Mag sein, aber … zögere es noch etwas hinaus.«

»Ich gebe mir Mühe.«

»Klingt gut. Bevor ich es vergesse: Wie bist du eigentlich mit Mohl klargekommen?«, fragte Piet, als sie gerade auflegen wollte.

»Gar nicht mal übel.«

»Ach?«

»Ein eisiger Typ – in seinem Job aber vielleicht kein schlechter Schutzmantel.«

»Interessante Sichtweise.«

Katryna lächelte und unterbrach die Verbindung. Sie überlegte, was anders gewesen war zwischen Piet und ihr. Sie brauchte zwei Minuten, bis ihr klar wurde, dass er zum Du übergegangen war.

3

Maik Teesen war grau im Gesicht. Die Beruhigungsspritze hatte seinem Entsetzen lediglich die Spitze genommen und dämpfte seine aufgewühlten Gefühle. Nicht mehr, aber auch nicht weniger. Er ließ als Erstes die Hunde in den Garten.

»Herr Teesen, zeigen Sie uns doch bitte gleich mal das Arbeitszimmer von Bettina«, bat Piet ihn.

»Es ist direkt unterm Dach – ich hab's ihr ausgebaut. Da oben hatte sie völlig ihre Ruhe. Ick meine, es war janz ihr Zimmer«, erklärte Maik umständlich und ging mit schweren Schritten die Treppe hoch, die von der Diele in den ersten Stock und unters Dach führte.

Teesen steckte einen Schlüssel ins Schloss, aber die Tür war nicht zugesperrt. Einen Moment schien er sich zu wundern.

»Hat Bettina ihr Zimmer für gewöhnlich abgeschlossen?«, erkundigte sich Piet sofort, während sie den holzgetäfelten Raum betraten, der mit vollgestopften Bücherregalen, Schreibtisch, einer abgewetzten Couch und gemütlichem Lesesessel ausgestattet war.

Ein behagliches Zimmer, dachte Katryna. Würde mir auch gefallen. Sie steuerte den Schreibtisch an, nahm auf dem davorstehenden Bürostuhl Platz und drehte sich zu Teesen und ihrem Kollegen um.

Bettinas Lebensgefährte überlegte nicht lange. »Für gewöhnlich war die Tür nicht abgeschlossen, aber … ja, in letzter Zeit schon häufiger, vor allem wenn sie länger unterwegs war.« Er lehnte sich mit dem Rücken an den Türrahmen.

»Worauf führen Sie das zurück?«, fragte Piet. Er stellte sich ans Dachfenster und warf einen kurzen Blick hinaus, bevor er Stift und Notizheft aus seiner Jackentasche zog.

»Na ja … es war ja nicht mehr so prall zwischen uns, wenn Sie verstehen, was ich meine, und –«

»Lassen Sie es uns gleich auf den Punkt bringen: Bettina hatte eine Affäre«, unterbrach Katryna ihn. »Und Sie wussten davon.

Wahrscheinlich hatte sie das Gefühl, ihre Privatsphäre schützen zu müssen. Könnte es so gewesen sein?«

Teesen kniff die Augen zusammen und nickte langsam. »Ach, Sigrid hat den Mund nicht halten können.«

»Das spielt keine Rolle.«

»Stimmt. Jetzt, wo Sie es sagen – was spielt überhaupt noch eine Rolle?«

»Dass wir in einem Tötungsdelikt ermitteln müssen und auf Ihre offenen und ehrlichen Antworten angewiesen sind, um eine Spur zu finden«, entgegnete Katryna.

Teesen zuckte zusammen. »Und was genau ist passiert? Wie ist sie umgekommen? Ick finde, Sie könnten jetzt mal langsam auspacken, statt ständig um den heißen Brei herumzureden und mich mit irgendwelchen schwammigen Ausreden abzuspeisen.« Er sah Piet an.

»Ja, das können wir und das werden wir auch, aber wir brauchen zunächst –«

Teesen schüttelte den Kopf. »Nein, ich will wissen, was passiert ist, und zwar jetzt gleich. Sonst hören Sie gar nischt mehr von mir. Keinen einzigen Ton. Und das meine ich verdammt ernst. Todernst sozusagen.« Er verschränkte die Arme. Seine Unterlippe zitterte.

Piet schwieg einen Augenblick. »Nach den ersten Untersuchungen des Gerichtsmediziners können wir sagen, dass Bettina den Verletzungen erlegen ist, die ihr von zwei Hunden beigebracht worden sind«, erwiderte er dann leise.

»Was?« Teesen ließ die Arme sinken und starrte erst ihn, dann Katryna entsetzt an. »Aber …« Er schluckte so heftig, dass sein Adamsapfel auf und ab hüpfte.

»Fällt Ihnen dazu irgendetwas ein?«

»Das ist ja grauenvoll«, flüsterte er. Er hatte Mühe, sich aufrecht zu halten, und wechselte mehrfach die Gesichtsfarbe.

Piet ging zu ihm und führte ihn zur Couch. »Setzen Sie sich.«

Teesen verbarg das Gesicht in den Händen. »Grauenvoll«, murmelte er erneut. »Ausgerechnet Bettina … das ist ja absurd. Scheiße, nein …« Er sah wieder hoch. »Verstehen Sie – das …«

»Ich verstehe.« Piet nickte und setzte sich zu ihm.

Wieder herrschte Stille. Teesen wischte sich mit der rechten Hand über die Nase und blickte zu Katryna. »Sie denken, dass es Mord war, ein geplantes Verbrechen. Aber ... kann das nicht auch ein schreckliches Unglück gewesen sein, das jemand vertuschen will? Irgend so ein Arsch, der seine Hunde nicht im Griff hatte?«

»Haben Sie einen Verdacht?«

»Aber nein, natürlich nicht. Es ist nur ein Gedanke – ich meine, so was passiert ja hin und wieder mal, so furchtbar es auch ist«, wiegelte er ab.

»Stimmt. Wir gehen in diesem Fall dennoch von einem Verbrechen aus, weil Ihre Lebensgefährtin in einem gestohlenen Auto aufgefunden wurde – ohne Papiere und ohne persönliche Habseligkeiten. Außerdem wurde sie misshandelt«, erläuterte Katryna. »Das alles spricht gegen ein tragisches und zufälliges Unglück.«

»Misshandelt?«

»Ja. Unser Gerichtsmediziner geht davon aus, dass sie geschlagen wurde. Herr Teesen, hat Bettina in letzter Zeit von Konflikten gesprochen? Hat es Ärger gegeben?«

Maik Teesen runzelte die Stirn. »Ick weiß nicht. Sie legt sich ja öfter mal mit Leuten an und nimmt kein Blatt vor den Mund, das können Sie mir glauben. Schon gar nicht, wenn es um Tiere geht, die ihrer Meinung nach nicht richtig behandelt werden, aber ... Nein, das ist ja unglaublich ...« Er knetete seine Hände und atmete schwer. »Um Gottes willen ...«

»Wissen Sie, ob Bettina Leute kannte, die sogenannte Kampfhunde besitzen?«

Teesen starrte sie an. »Wie? Wat wollen Sie damit andeuten?«

Katryna war klar, dass Maik Teesen am Ende seiner Kräfte war und dringend Ruhe brauchte, aber es war wichtig, so viele Informationen wie möglich von ihm zu erhalten.

»Fällt Ihnen in Bettinas Zimmer etwas auf?«, fragte sie, ohne seinen Einwand zu beachten, weiter.

»Wie meinen Sie das denn?«

»Fehlt etwas? Kommt Ihnen irgendwas ungewöhnlich vor? Unvertraut?«

Teesen ließ den Blick langsam durch den Raum schweifen.

»Nein, alles wie immer. Allerdings bin ich auch nicht so oft hier oben. Ich weiß also nicht, ob sie in letzter Zeit vielleicht etwas verändert hat, umgeräumt oder so. Aber was hat das denn nun wieder zu bedeuten? Ich verstehe nicht …«

»Wo ist Bettinas Laptop?«, fragte Katryna und wies hinter sich auf die Schreibtischplatte, auf der lediglich ein paar Zeitschriften, zwei Kugelschreiber und ein Stoß Druckerpapier lagen.

»Keene Ahnung – wahrscheinlich in ihrer Firma oder in der Redaktion der Hundezeitschrift, für die sie Artikel schrieb. Sie hat ihn für alles Mögliche genutzt.«

»Okay, das kann man überprüfen. Haben Sie die Telefonnummern gleich mal parat? Wir müssen da ohnehin Kontakt aufnehmen.«

»Ja – sie sind in meinem Handy gespeichert.« Er zog es aus seiner Gesäßtasche.

Piet schrieb Namen und Nummern ab, während Katryna sich zum Tisch umdrehte und die Schubladen öffnete: Stifte, Umschläge, Briefpapier, Versicherungsunterlagen, Bürokram, weitere Zeitschriften und Hefter mit kopierten Fachartikeln, aber keine Aufzeichnungen oder Notizen. Sie sah hoch zu dem schmalen Bord über dem Schreibtisch, auf dem Programm-CDs älterer Windows-Versionen und DVDs gestapelt waren.

»Bettina hat doch bestimmt Sicherheitskopien von ihren Dateien angefertigt«, mutmaßte sie.

»Ja, natürlich.«

»Aber ich entdecke hier nicht einen einzigen USB-Stick oder gar eine externe Festplatte. Und selbst beschriebene CDs gibt es auch nicht.« Sie drehte sich wieder um.

Teesen runzelte die Stirn. »Hm, das ist etwas merkwürdig, aber vielleicht hat sie alles mit ins Büro genommen.«

»Was ist mit Adressbuch und Terminkalender?«

»Sie meinen – in Papierform?«

»Ja. Wo hat sie so was aufbewahrt?«

»In der Regel hatte sie unterwegs einen kleinen Taschenkalender dabei, die meisten Adressen waren aber in ihrem Handy und auf dem Laptop gespeichert.«

Katryna biss sich auf die Unterlippe. »Herr Teesen, ist es rein theoretisch möglich, dass jemand hier war, ohne dass Sie etwas davon mitbekommen haben – zum Beispiel in der Nacht von Freitag auf Samstag, als Sie auf Kneipentour waren –, und sich an Bettinas Schreibtisch zu schaffen gemacht hat?«

Teesen öffnete den Mund und schloss ihn wieder. Für einen Moment wirkte er völlig orientierungslos.

»Sigrid Springer hat ausgesagt, dass Bettina mitten in der Arbeit an einem Artikel war. Können Sie uns etwas dazu sagen?«, schob Katryna rasch hinterher.

Kopfschütteln. »Nein. Das hat mich ehrlich gesagt nicht die Bohne interessiert – sie war immer mit irgendeinem Tierthema beschäftigt. Darüber haben wir uns nicht großartig unterhalten. Auch früher nicht.«

»Früher? Wie meinen Sie das?«

»Wie soll ick das wohl meinen? Als es noch besser lief zwischen uns.«

»Aha. Es ist bei Ihnen also kein Name, kein Hinweis hängen geblieben oder ein Detail, das Ihnen jetzt im Nachhinein doch zu denken geben könnte?«

»Es ging um Hunde.«

Nicht doch, dachte Katryna. Sie konnte sich eine ironische Bemerkung gerade noch verkneifen. Im gleichen Moment klingelte Piets Handy. Der Kollege wandte sich zur Seite und lauschte mit konzentrierter Miene.

»Das war Martina – die Handy-Ortung hat nichts ergeben, ebenso wenig wie die Recherche in der Friedrichstraße«, erläuterte Piet kurz darauf und nickte dann in Teesens Richtung. »Und sein Alibi ist wasserdicht –«

»Mein Alibi?«, unterbrach Maik Teesen ihn entsetzt. »Jetzt mal halblang, Mann! Glauben Sie denn allen Ernstes, ich hätte …«

»Es geht nicht darum, wer hier was glaubt. Wir müssen routinemäßig solche Angaben überprüfen«, gab Piet gelassen zurück – diesen Satz hatte er bestimmt schon tausendmal von sich gegeben – und wandte sich wieder an Katryna. »In Bettinas Reisetasche befand sich außer Wäsche und einigen Toilettenartikeln lediglich ein Buch mit dem Titel ›Reiseland Rumänien‹.«

»Wollte Bettina verreisen?«, fragte Katryna Teesen.

»Nee, aber sie war vor einigen Monaten in Rumänien, schon zum zweiten Mal. Die erste Tour liegt gut ein Jahr zurück, nein eher anderthalb – ich glaube, es war im Frühjahr.«

»Eine Urlaubsreise?«

»Nein, sie war in einer Tierschutzangelegenheit unterwegs – was sonst? Sie haben wieder Hunde aus einem Tierheim in Hermannstadt abgeholt, das liegt in Siebenbürgen.«

Katryna wechselte einen kurzen Blick mit Piet und schlug ein Bein über das andere. »Sie? Mit wem genau wissen Sie nicht?«

»Wie jesagt: nicht mein Thema. Ick weiß nicht, wer da alles mit von der Partie war. Lauter Tierschutzverrückte, die nichts Besseres zu tun haben … Sicher sind da Namen gefallen, mehrere Namen, aber …« Er rieb sich die Schläfen. »Ach, keene Ahnung – die müsste man in der Redaktion in Erfahrung bringen können. Sie hat auch darüber geschrieben. Fragen Sie einfach dort nach … Hören Sie, ich fühle mich schlecht und kann mich einfach nicht mehr konzentrieren, tut mir leid«, sagte Teesen. Seine Stimme klang plötzlich todmüde.

»Gute Idee«, meinte Piet. Er gab Katryna ein Zeichen. »Sie sollten sich jetzt ein bisschen ausruhen, Herr Teesen. Falls Sie Hilfe benötigen – die Nummer vom psychologischen Notdienst haben Sie ja. Scheuen Sie sich bitte keinesfalls …«

Teesen winkte ab. Katryna stand auf und betrachtete ihn einen Augenblick, wie er zusammengekrümmt auf der Couch saß und seine Finger knetete. Ein Häufchen Elend – nichtsdestotrotz …

»Zwei Sachen noch, Herr Teesen.«

Er hob den Kopf und sah zu ihr hoch. »Ja?«

»Bevor wir aufbrechen, möchten wir noch einen Blick in Bettinas Auto werfen; unter Umständen muss es sogar für eine kriminaltechnische Untersuchung abgeholt werden.«

»Ja, keen Problem, ick gebe Ihnen den Schlüssel mit. Und das zweite?«

»Kennen Sie den Geliebten von Bettina?«

»Nein.«

»Keinen Namen?«

Er schüttelte den Kopf. »Ich weiß nur, dass er Student war …«

»Wieso war?«

Teesen stutzte kurz. »Er *ist* Student – ich bin etwas durcheinander, wie Sie vielleicht mitkriegen dürften. Sehr viel jünger als Bettina. Das ist alles.«

»Wie lange wissen Sie davon?«

»Ein paar Wochen.«

»Bettina hat es Ihnen selbst gesagt?«

»Ja. Sie kann ... konnte manchmal sehr direkt sein.« Er schluckte. »Und nun machen Sie endlich 'ne Biege. Ick will allein sein.«

Im Wagen roch es nach Hunden, und es sah aus, als hätte Bettina sich vor ungefähr zehn Jahren das letzte Mal Zeit für die Autopflege genommen. Pappbecher stapelten sich im Fußraum, die Sitze waren voller Erde und Haare, Papierschnipsel, Kekspackungen, Coladosen, Hundeleinen ...

»Da finden wir auf die Schnelle nichts«, stellte Piet nach wenigen Minuten seufzend fest, wischte sich die Hände an seiner Hose ab und setzte sich mit Gesbrecht in Verbindung, um das Fahrzeug abholen zu lassen.

Katryna sah auf die Uhr. Sie hatte Hunger und war völlig ausgepowert. Eigentlich Zeit, den Arbeitstag allmählich ausklingen zu lassen.

»Müde?«, fragte Piet.

»Ehrlich gesagt: ja, aber ich denke, wir müssen noch ... Die Sache mit dem Laptop lässt mir auch keine Ruhe. Und bevor ich es vergesse: Gesbrecht muss unbedingt einige Tierhaarproben sichern. Davon gibt es hier ja genügend. Mohl meinte, dass er sie unter Umständen zu Vergleichsanalysen heranziehen kann.«

Piet zog einen Zettel aus seiner Jackentasche. »Ganz deiner Meinung. Ich rufe in der Unternehmensberatung an, du übernimmst die Leute vom Hundemagazin, während wir auf die Kollegen warten, okay?«

Beide Büros waren noch besetzt, das war die gute Nachricht. Die schlechte lautete, dass Bettinas Laptop verschwunden war.

***

Auch beim zweiten und dritten Versuch am späten Nachmittag und am frühen Sonntagabend war Bettinas Handy ausgeschaltet gewesen. Das war ungewöhnlich, aber es irritierte Gregor erst, als sich auch am Montagnachmittag nur die Mobilbox meldete. Er verzichtete darauf, eine weitere Nachricht zu hinterlassen, und fuhr nach der Uni kurz entschlossen zum Oberhofer Weg.

Zu Beginn ihrer Affäre hatten sie zwar abgemacht, dass sie sich unter gar keinen Umständen auf dem Festnetz anrufen, geschweige denn einfach beim anderen vor der Tür stehen würden, noch dazu unangemeldet. Aber sie hatten auch vereinbart, Verabredungen einzuhalten oder rechtzeitig abzusagen. Es war überhaupt nicht Bettinas Art, sich hinter einem ausgeschalteten Handy zu verschanzen und ein Date ohne jegliche Erklärung sausen zu lassen – um genau zu sein: Das hatte sie noch nie getan.

Gregor war ungeduldig und nervös zugleich: Er wollte es endlich hinter sich bringen und die Beziehung beenden, und zwar fairerweise, wie auch gegenseitig für diesen Fall fest versprochen, von Angesicht zu Angesicht. Das hatte er längst vorgehabt, unabhängig davon, dass ihm Emma auf die Schliche gekommen war und nun im Nacken saß, was sich gar nicht gut anfühlte.

Bettina war eine faszinierende Frau, auch mit vierzig oder vielleicht sogar gerade mit vierzig, ohne Frage, aber mindestens genauso anstrengend wie aufregend, und Gregor musste wieder für mehr Ruhe und Übersicht in seinem Leben sorgen. In wenigen Monaten dürfte er seinen BWL-Abschluss in der Tasche haben und könnte sich dann endlich eine gut dotierte und vernünftige Anstellung suchen.

Der Job in der Diskothek, den er seit mehr als einem Jahr hatte, wurde sehr gut bezahlt, und natürlich war er Bela immer noch zutiefst dankbar für die Vermittlung, aber wirklich vermissen würde er die Nächte hinter der Theke bei brüllend lauter Musik nicht sonderlich. Und auch nicht die vollgedröhnten Teenies und die zu vorgerückter Stunde zunehmend besoffenen Typen mit den hochgegelten Haaren, das Gepöbel und die Eifersüchteleien.

Sein Kommilitone Leif, Belas Sohn, hatte breit gegrinst, als Gregor ihm letztens anvertraut hatte, dass er sich ein Leben ohne Diskotheken-Job auch ziemlich gut vorstellen konnte. Leif selbst besserte sich seinen Lebensunterhalt auf, indem er Websites gestaltete; neuerdings hatte er sogar einen Job in einer Firma für Sicherheitstechnik, und manchmal gab er Nachhilfeunterricht in Informatik. Aber so vielseitig begabt war Gregor nicht. Außerdem hatte er seinerzeit dringend und schnell viel Geld gebraucht, nachdem er den neuen Wagen seines Vaters in den Straßengraben gesetzt hatte. Bela war, ohne mit der Wimper zu zucken, bereit gewesen, ihm aus der Patsche zu helfen. Das würde er ihm so schnell nicht vergessen.

Bela war überhaupt schwer in Ordnung, ein außergewöhnlicher Typ. Dass Leif ein distanziertes und kritisches Verhältnis zu seinem Vater und seinem beruflichen Engagement hatte, verblüffte Gregor. Er wäre froh gewesen, wenn sein eigener Vater mehr von Belas Art, seiner Offenheit, seinem jugendlichen Schwung und seiner selbstverständlichen Hilfsbereitschaft gehabt hätte, und in einem Haus aufzuwachsen, in dem Tiere eine große Rolle spielten, stellte er sich spannend und bereichernd vor. Er hatte als Kind nicht mal eine Schildkröte haben dürfen ... Aber Vater und Sohn – das war häufig ein Thema, das für Außenstehende nicht nachzuvollziehen war.

Warum allerdings Bettina – eine Tiernärrin ohnegleichen – seit einiger Zeit nicht mehr mit Bela klarkam, war ihm ziemlich schleierhaft, und ihr diesbezügliches Gezeter, dem er meist nur mit halbem Ohr gelauscht hatte, war ihm in letzter Zeit ganz schön auf die Nerven gegangen. Was verstand er, Gregor, schon von Hunden? Das jedenfalls würde er auch nicht vermissen.

Gregor ergatterte einen Parkplatz gegenüber von Bettinas Haus und wollte gerade ihre Festnetznummer wählen, nachdem vom Handy wieder nur die übliche Ansage gekommen war, als mehrere Dinge auf einmal seine Aufmerksamkeit fesselten: Die Hunde waren im Garten und verbellten gerade einen vorbeiflanierenden Dackel, der sich seinerseits überhaupt nicht aus der Ruhe bringen ließ, sondern mit stolz erhobenem Schweif aufreizend langsam seinen Weg fortsetzte, und Bettinas Wagen stand mit geöffneten Türen vor dem Haus am Straßenrand. Ein Mann in weißem Schutzanzug war gerade dabei, sich hinters Steuer zu setzen. Er unterhielt sich mit zwei anderen Leuten – einem kernigen, groß gewachsenen Typen und einer Frau mit Pagenkopf-Frisur –, die sich nach kurzem Wortwechsel abwandten und eilig davongingen. Im gleichen Augenblick wendete ein paar Meter weiter ein Polizeifahrzeug und fuhr den Oberhofer Weg in Richtung Kaiser-Wilhelm-Straße; Bettinas Wagen schloss kurz darauf zu ihm auf.

Gregor ließ die Szene noch zweimal vor seinem inneren Auge ablaufen, dann wählte er Bettinas Telefonnummer. Der Rufton verhallte. Niemand nahm ab. Sein Herz klopfte plötzlich laut und ungestüm. Er startete den Motor und fädelte sich in den laufenden Verkehr in Richtung Schöneberg ein. Fünf Minuten später bremste er abrupt ab und ließ den Wagen hinter der Teltow-Kanal-Brücke auf der Siemensstraße ausrollen, um schließlich stehen zu bleiben. Das wütende Gehupe hinter sich beachtete er kaum, und er sah auch nicht zur Seite, um den hochgereckten Mittelfinger und das wilde Stirngetippe eines vor Empörung speichelsprühenden BMW-Fahrers zu bewundern.

Leck mich, dachte er und nahm erneut sein Handy heraus, um die Auskunft anzurufen und sich die Telefonnummer von Bettinas Schwester durchgeben zu lassen. Sigrid – an den Namen erinnerte er sich noch. Sigrid Springer. Bettina hatte am Freitagabend erzählt, dass sie das Wochenende bei ihr verbringen würde, nachdem es zu Hause Stress gegeben hatte. Er erinnerte sich auch an das ungute Gefühl, das ihn beschlichen hatte, als ihm der Gedanke gekommen war, Bettina könnte seinetwegen ihre Beziehung gefährden. Aber sie hatte ihn nur ausgelacht, als er eine entsprechende Andeutung gemacht hatte. »Nein, mein Süßer, keine Sorge – bei aller Leidenschaft für dich –, hier geht es um etwas anderes«, hatte sie gesagt, und er war sehr erleichtert gewesen.

Bettinas Schwester meldete sich nach dem dritten Klingeln.

»Hallo«, sagte Gregor. »Entschuldigen Sie bitte die Störung. Wir kennen uns nicht …«

»Ich kaufe nichts und ich beantworte auch keine Fragen!«, erwiderte Sigrid Springer. Ihre Stimme klang zwar eher zurückhaltend unfreundlich, aber die Ähnlichkeit mit Bettina war unbestreitbar.

»Bitte legen Sie nicht auf! Ich will Ihnen nichts verkaufen und arbeite auch nicht für ein Marktforschungsinstitut«, entgegnete Gregor rasch. »Ich bin ein Freund von Bettina. Ich erreiche Ihre Schwester seit Tagen nicht und bin etwas beunruhigt. Können Sie mir vielleicht weiterhelfen?«

Stille. Knistern.

»Hallo? Frau Springer? Sind Sie noch dran?«

»Ja. Wie kommen Sie auf mich?«, fragte Sigrid Springer mit seltsam müder Stimme.

»Bettina hat von Ihnen erzählt. Sie war am Wochenende bei Ihnen, und ich dachte ...«

»Sind Sie Gregor?«

Er lächelte. »Ja, der bin ich. Hatte ich meinen Namen nicht genannt? Tut mir leid. Ich heiße Gregor Mahler. Wissen Sie, ich ...«

»Bettina ist tot.«

Sein Herz setzte für zwei Schläge aus. »Was haben Sie gesagt?«

»Bettina ist tot«, wiederholte sie leise. »Sie müssen sich bei der Polizei melden. Die werden auch Ihnen einige Fragen stellen wollen.«

»Aber ...«

»Bettina ist ermordet worden.«

Er unterbrach die Verbindung, ohne sich zu verabschieden. Minutenlang starrte er reglos in das schwarze Wasser des Teltowkanals.

***

Katryna war verblüfft, und sie sah Piet an, dass es ihm ähnlich erging. Die Unternehmensberatung »Wagner Consult« firmierte in einer prächtigen Villa an der Königin-Luise-Straße in Dahlem – nicht unbedingt eine Gegend, mit der man Bettina Springer auf Anhieb in Verbindung brachte, nach dem, was sich bislang über ihr Umfeld und ihre Interessen herauskristallisiert hatte. Auf dem Firmenschild waren neben dem Beratungsunternehmen zwei Rechtsanwälte, ein Steuerberater und ein Buchprüfer aufgelistet.

Piet meldete sich über die Gegensprechanlage, und sofort ertönte ein Türsummer in sanftem Moll. Das Innere des Hauses hielt, was der äußere Eindruck versprach: gediegenes Ambiente, feinste

Ausstattung in dunklem Teakholz und Leder, einige moderne Aquarelle – Originale, versteht sich – sowie eine gut aufeinander abgestimmte Auswahl an gepflegten Pflanzen in Steintöpfen.

Eine junge Frau erhob sich hinter dem Tresen im Eingangsbereich und kam ihnen mit geschmeidigen Schritten und in leicht wiegendem Gang entgegen. Sie trug ein kirschrotes Edel-Kostüm, das wahrscheinlich teurer als Katrynas erster Wagen gewesen war und für das die Kommissarin ihre linke Kniescheibe hergegeben hätte, sofern ihre Taille ähnlich schlank gewesen wäre wie die der schönen Angestellten.

In diesem Leben nicht mehr, seufzte Katryna in sich hinein, es sei denn, ich beginne gleich heute mit einem richtig fiesen Marathontraining und ernähre mich lebenslänglich nur noch von Möhren, Äpfeln und Magerquark. Das war eigentlich kein Kostüm der Welt wert, schlussfolgerte sie nur einen Wimpernschlag später.

Piet räusperte sich, als das grazile Wesen direkt auf ihn zusteuerte, und wandte sich mit einer halben Körperdrehung Katryna zu. Die junge Frau blickte von ihm zur Kommissarin und taxierte sie kurz. Katryna lächelte und zog den Bauch ein.

»Mein Kollege Piet Reinhard hat uns telefonisch angekündigt. Ich bin Katryna Nowak. Schön, dass wir Sie noch antreffen.«

»Aber natürlich – unser Büro ist grundsätzlich bis zwanzig Uhr besetzt. Mein Name ist Larissa Burghaupt. Sie sind wirklich von der Polizei?«

»Vom Landeskriminalamt«, sagte Piet und wollte seinen Ausweis zücken.

»Schon gut.« Larissa Burghaupt lächelte für Katrynas Geschmack eine Nuance zu breit und entblößte zwei Reihen überirdisch strahlend weißer Zähne. »Das glaube ich Ihnen auch so. Worum genau geht es denn? Sie sagten, es hätte mit Bettina zu tun. Da bin ich ja mal gespannt. Hat sie was angestellt?«

»Können wir uns irgendwo in Ruhe unterhalten?«, entgegnete Katryna.

Larissa Burghaupt stutzte nur kurz, nickte, drehte sich um und öffnete eine Tür hinter der Garderobe im Empfangsbereich, um in ein Büro voranzugehen, das offensichtlich auch als Besprechungs-

und Archivierungsraum diente. Neben Regalen mit sauber beschrifteten Aktenordnern standen zwei kleine Tische; auf einer Anrichte war ein Tablett mit Geschirr, Wasserflaschen und Thermoskannen bereitgestellt.

Katryna setzte sich an den Tisch am Fenster; Piet blieb im Hintergrund stehen und schlug sein Notizheft auf.

»Kann ich Ihnen etwas zu trinken anbieten? Kaffee, Tee oder lieber ein Wasser?«, fragte Larissa Burghaupt.

Katryna nahm das Angebot gern an – sie hatten während der Fahrt einen scharf gewürzten Döner gegessen, und ihre Kehle fühlte sich wie ausgedörrt an. Piet lehnte ab.

Larissa Burghaupt lächelte noch einmal zuvorkommend in seine Richtung, dann setzte sie sich zu Katryna, schlug ein Bein über das andere und strich sich eine Strähne ihres weizengelben Haars mit einer anmutigen Bewegung über die Schulter zurück.

Meine Güte, dachte Katryna, übst du für »Deutschland sucht den Superstar?« Dieter Bohlen wäre hellauf begeistert. Sie wunderte sich nur einen Augenblick über ihre Bissigkeit. »Hatte Frau Springer heute frei?«, fragte sie schließlich beiläufig, nachdem sie einen Schluck Wasser getrunken hatte.

»Ja. Woher wissen Sie das?«

»Wann hat sie sich freigenommen?«

»Sie hat am Freitag Bescheid gesagt, dass sie Montag gern frei hätte – sie würde dafür am Dienstag und Mittwoch länger arbeiten. Der Chef hatte nichts dagegen«, antwortete Larissa stirnrunzelnd. »Können Sie mir nicht sagen …?«

»Bettina Springer ist heute Morgen in einem gestohlenen Wagen tot aufgefunden worden. Alle Anzeichen sprechen für ein schweres Gewaltverbrechen.«

Sekundenlang gab Larissa Burghaupt keinen Ton von sich. Ihre Miene blieb seltsam leer, wie eingefroren. Dann drehte sie langsam den Kopf und sah zu Piet hinüber, als hoffte sie, von ihm etwas anderes zu erfahren.

»Frau Burghaupt«, ergriff Katryna erneut das Wort. »Wie gut kannten Sie Bettina? Seit wann arbeitete sie hier?«

Larissa wandte ihr wieder den Kopf zu und schluckte. »Ich kann das nicht glauben. Warum …? Ich meine …«

»Ich weiß – es ist schwer zu verstehen, dass so etwas geschieht, und wir werden alles tun, um den Fall so schnell wie möglich aufzuklären«, erwiderte Katryna. »Sie können uns dabei helfen.«

Larissa nickte.

»Was wir brauchen, sind Informationen. Nur dann können wir handeln. Erzählen Sie uns von Bettina.«

Wieder nickte die junge Frau. »Wir waren nicht gerade dick befreundet und kannten uns auch nicht besonders gut«, hob sie schließlich an. »Aber als Kolleginnen haben wir immer Hand in Hand zusammengearbeitet. Sie hat vor mir bei Wagner angefangen, ich glaube, vor ungefähr vier Jahren. Ich arbeite seit zwei Jahren hier.«

»Wissen Sie, wo sie vorher beschäftigt war?«

»Nein, keine Ahnung.«

»Welche Aufgaben hatte sie?«

»Bettina ist … war gelernte Bürokauffrau.«

»Wie war sie in ihrem Job?«

»Sehr gut, soweit ich das beurteilen kann«, antwortete Larissa sofort. »Wagner, der Chef, hält große Stücke auf sie. Sie kannte sich gut mit Bilanzen aus und konnte sich ganz schnell und umfassend in die Buchhaltung fremder Firmen einlesen. Sie wusste immer ganz schnell, wo der Hase im Pfeffer liegt, also warum zum Beispiel ein Unternehmen am Limit läuft.«

Larissas Stimme klang nun deutlich munterer, und ihr Gesicht hatte sich bei den letzten Worten aufgehellt. »Man konnte einiges von ihr lernen.«

»Ach?« Katryna runzelte die Stirn. »Wissen Sie, wir beschäftigen uns erst seit heute Morgen mit Bettina Springer, und bislang ist sie uns stets als, sagen wir: überengagierte Hunde- und Tierschutzfrau vorgestellt worden, die halbtags jobbt und das nötige Kleingeld verdient, um sich ansonsten ihrer eigentlichen Leidenschaft widmen zu können, nämlich den Tieren, vornehmlich Hunden. Von ihrer Begabung als gewiefte Bürokauffrau hören wir zum ersten Mal, und vom Typ her scheint sie auch gar nicht in dieses … hm …«, Katryna ließ den Blick schweifen, »… noble Haus zu passen – ohne dass ich ihr mit dieser Einschätzung zu nahe treten will.«

Larissa nickte. »Ich verstehe, was Sie meinen. Bettinas Fokus, ihr Lebenselixier sind … waren immer die Tiere – darüber hat sie übrigens auch Wagner kennengelernt. Der hat damals einen Hund übernommen, der aus einem rumänischen Tierheim stammte. Der Hund war sehr ängstlich und überhaupt schwierig. Bettina hat sich um ihn gekümmert und –«

»Wie ist denn dieser Kontakt zustande gekommen?«, hakte Katryna nach. Mit einem schnellen Seitenblick erfasste sie, dass Piet sich eine Notiz machte.

»Wie meinen Sie das?«

»Nun, haben Wagner und Bettina sich beim Gassigehen kennengelernt? Oder war er mit seinem Hund in einer Hundeschule, in der auch Bettina verkehrte?«

Larissa überlegte. »Ja, soweit ich mich erinnere, hat er mal erwähnt, dass sie sich in der Hundeschule begegnet waren, in der er mit seiner Hündin einen Kurs besuchte – fragen Sie mich jetzt aber nicht nach dem Namen. Dazu müssten Sie sich an den Chef selbst wenden.«

»Das werden wir. Ist er denn noch im Hause?«

Larissa Burghaupt schüttelte den Kopf. »Er hat einen Auswärtstermin in Leipzig. Ich erwarte ihn heute nicht mehr im Büro. Aber ich kann Sie gleich für morgen vormerken.«

»Tun Sie das bitte.« Katryna nickte ihr zu. »Wenn ich Sie also richtig verstanden habe, hat Bettinas Arbeit mit Wagners Hund Früchte getragen?«

»Und wie! Er erzählt immer wieder davon. Der Hund hat sich ganz toll entwickelt, und Wagner, übrigens auch ein ziemlicher Hundenarr, war so begeistert, dass er Bettina, die damals einen Job suchte, eine Stelle angeboten hat. Dass sie auch als Bürokauffrau so gut sein würde, hat er wohl nie erwartet.« Ein Lächeln glitt über Larissas Gesicht.

Katryna leerte ihr Wasserglas in einem Zug. »Sie sagten meinem Kollegen bereits am Telefon, dass Bettina ihren Laptop am Freitag mitgenommen hat. Ist das so üblich bei Ihnen?«

»Ja, das wird so gehandhabt – sofern alle Firmendaten extern gespeichert worden sind, dürfen die Mitarbeiter ihre Laptops mitnehmen.«

»Wir würden uns gern noch kurz Bettinas Arbeitsplatz ansehen.«

Larissa stand sofort auf. »Na klar – kommen Sie.«

Bettina Springer hatte sich das Büro, das sich im ersten Stock der Villa befand, mit einem Auszubildenden geteilt. Zwei penibel leer geräumte Schreibtische standen quer vor den Fenstern, die Schubladen waren abgeschlossen. Larissa organisierte einen Zweitschlüssel, doch abgesehen von einigen Mandantenakten fand sich darin nur der übliche Bürokram. Piet hob die Augenbrauen, als Katryna ihn fragend von der Seite ansah. Wenige Minuten später beendete sie die Befragung. Katryna hoffte, dass die Unterredung mit Wagner aufschlussreicher sein würde.

Es fing an zu regnen, als sie die Villa verließen.

»Richtung Schöneberg«, sagte Piet. Seine Stimme klang so müde, wie Katryna sich fühlte. »Sebastian Krüger, der Redaktionsleiter erwartet uns.«

Die Redaktion von »Hund & Co« befand sich in einem schönen Jugendstil-Geschäftshaus in der Nähe der U-Bahn-Station Kleistpark. In einem Gemeinschaftsbüro, das fünf bis sechs Mitarbeitern Platz bot und in dem noch zwei weitere Tiermagazine entstanden, waren im Moment zwei Schreibtische besetzt – eine junge Frau mit auffälligem Ohrenpiercing begutachtete einige Grafiken, ein Mann las einen Text am Bildschirm. Beide warfen lediglich einen flüchtigen Seitenblick auf die Neuankömmlinge, um sich sogleich wieder in ihre Aufgaben zu vertiefen.

Sebastian Krüger, den Katryna auf Mitte bis Ende dreißig schätzte, war ein pummeliger Vollbart-Anti-AKW-Typ in Jeans und selbst gestricktem Pullover, den sie auf eine entsprechende Frage hin unter der Rubrik modisch fragwürdig eingeordnet hätte. Krüger führte sie in ein kleines Büro, wo sie in einer schmuddligen Sofaecke Platz nahmen. Katryna ging jede Wette ein, dass Couch und Sessel häufiger von Hunden als von Menschen benutzt wurden, und entfernte möglichst unauffällig einige Büschel Tierhaare von ihrer Hose.

Die Gesprächseinleitung nahm mehr Zeit und Nerven in Anspruch, als die Kommissarin geschätzt hatte. Vielleicht waren ihre

Reserven nach diesem langen Tag aber auch nur aufgebraucht und ihr Nervenkostüm inzwischen zu dünn, um einen weiteren emotionalen Ausbruch professionell gelassen tolerieren zu können. Krüger reagierte vollkommen fassungslos und schien sich gar nicht mehr beruhigen zu können, als Piet ihm auf sein beharrliches Nachfragen und mit Katrynas Einverständnis die Todesursache erläuterte.

»Tatsächlich Hundebisse?«, fragte er schließlich leise nach, wischte sich das tränennasse Gesicht ab und starrte erst Piet und dann Katryna mit halb geöffnetem Mund an. »Ist das hundertprozentig sicher?«

»So sicher unsere Kriminaltechnik und der Gerichtsmediziner nach einer ersten gründlichen Untersuchung sein können«, erwiderte Katryna. »Ich bitte Sie jedoch, zumindest zurzeit noch Stillschweigen darüber zu bewahren.«

»Ja, natürlich.« Er atmete laut aus. »Das ist ja unglaublich! Und wie ist das …? Ich meine, hat man die Hunde auf sie gehetzt?«

Die Kommissarin wiegte den Kopf von einer Seite zur anderen. »Das ist durchaus möglich, aber Genaueres über den Hergang wissen wir noch nicht.«

»Wissen Sie denn, was für Hunde das waren?«

Katryna hob die Hände. »Herr Krüger, über weitere Einzelheiten können wir im Moment wirklich nicht sprechen. Wir sind hier, weil wir unbedingt in Erfahrung bringen müssen, woran Bettina gerade gearbeitet und was sie bewegt hat – wir brauchen Namen, Adressen, Hinweise, die uns bei unserer Ermittlungsarbeit weiterhelfen.«

»Sie glauben doch nicht etwa, dass jemand aus der Tierschutzszene etwas damit zu tun hat?«

»Glaube ist nicht unser Metier.«

Krüger schluckte. »Okay. Ich verstehe. Ich kann Ihnen die letzten drei Hefte mitgeben, in denen Artikel von Bettina veröffentlicht wurden.«

»Klingt gut. Hat sie hier in der Redaktion einen festen Arbeitsplatz?«

Er schüttelte den Kopf. »Nein, sie kam hin und wieder zu Besprechungen und mailte uns ansonsten ihre Artikel.«

»Und wie lautete ihr aktuelles Thema?«

»Es ging um den Hundetrainer und Tierschützer Bela Sandor und sein Engagement in Rumänien.«

Katryna atmete tief durch. Na endlich. »Liegt Ihnen dazu schon ein Entwurf oder Ähnliches vor?«

Sebastian Krüger nickte langsam. »Ja. Bettina hat sich schon häufiger mit Sandor beschäftigt, sie kennt ihn und seine Arbeit bereits einige Jahre und hat ihn sogar nach Rumänien begleitet. Ein toller Typ mit einem ganz feinen Händchen für Hunde und Menschen. Das ist übrigens das alles Entscheidende, wenn man mit sogenannten schwierigen Hunden arbeitet – meistens liegt ein Kommunikationsproblem zwischen Mensch und Tier vor, und wenn man das erst mal erkannt hat ...«

Deine Sorgen möchte ich haben, dachte Katryna, während Krüger so richtig in Fahrt kam. Ich wäre schon glücklich, wenn es weniger Kommunikationsprobleme zwischen Mensch und Mensch gäbe.

Krüger brach seinen Exkurs ab und räusperte sich. »Falls es wichtig ist, könnte ich Ihnen den Entwurf auf einem Stick speichern und ...«

»Das wäre richtig klasse.« Katryna nickte.

»Jetzt gleich?«

»Ausgezeichnete Idee. Wir wären dann auch erst mal durch ...« Sie warf Piet einen Seitenblick zu. »Oder?«

Der überlegte nur kurz. »Sagt Ihnen im Zusammenhang mit Bettina der Name Gregor etwas?«

»Gregor ... hm, nein, sagt mir jetzt gar nichts. Wer soll das sein?«

»Ein junger Mann, Mitte zwanzig, Student. Bettina war mit ihm befreundet.«

Krüger strich sich über den Bart. »Nein, sagt mir immer noch nichts.«

»Okay. Danke.« Piet stand auf. »Vielleicht melden wir uns in den nächsten Tagen noch mal bei Ihnen.«

Fünf Minuten später verließen sie mit einigen Heften und einem USB-Stick, der sinnigerweise die Form eines Hundekopfes hatte, die Redaktion. Der Regen war noch stärker geworden.

»Ich fahre dich nach Hause. Zeit, Feierabend zu machen«, sagte Piet an der nächsten roten Ampel in bestimmtem Ton. »Alles andere hat Zeit bis morgen.«

»Ist das ein Vorschlag oder eine Anordnung?«, fragte Katryna.

»Eine Feststellung.« Er warf ihr einen schnellen Seitenblick zu und lächelte, als sie hinter vorgehaltener Hand herzhaft gähnte. »Du kannst ja im Bett noch ein bisschen was über Hundeerziehung lesen.«

»Gute Idee. Darüber werde ich bestimmt innerhalb von zwei Minuten eingeschlafen sein.«

***

Emma war noch nicht zu Hause. Gregor war froh darüber. Er hätte ihre Fragen nicht ertragen, ihre Blicke auch nicht. Nicht in diesem Moment. Er setzte sich in die Küche ans Fenster. Seine Hände zitterten.

Bettina war tot. Die Polizei ermittelte. Bettina war tot. Die Polizei ermittelte ... Gregor unterbrach die Gedankenspirale, indem er aufsprang, die Deckenbeleuchtung einschaltete und Teewasser aufsetzte. Es war gut, etwas Alltägliches zu tun. Es war tröstlich. Manches blieb immer gleich, egal, was gerade passierte oder passiert war oder passieren würde. Man brauchte heißes Wasser für den Tee, die Sonne ging auf und unter, es war kalt oder warm, es regnete oder schneite, nichts, was sich ändern ließ ...

Das Telefon klingelte, als der Wasserkessel zu summen begann. Gregor ging langsam in den Flur und nahm den Hörer erst nach dem vierten Klingeln ab.

»Ja?«, meldete er sich zögernd.

»Hast du geschlafen?« Thomas Briskows Stimme klang munter und warm wie immer.

»Ähm, nein, ich ...«

»Du klingst so verpennt.«

»Das täuscht.«

»Umso besser. Kannst du Mittwoch und Donnerstag einspringen? Sven ist krank, und ich brauche unbedingt noch jemanden hinter der Theke, auf den ich mich verlassen kann.«

Gregor kratzte sich am Hinterkopf. »Ehrlich gesagt, ich weiß noch nicht ...«

»Hey, Alter – sag nicht, dass du mich hängen lässt, weil du morgens ausgeschlafen in deinem Seminar sitzen oder für irgendeine Prüfung lernen musst! Das wirst du doch wohl beides hinkriegen. Ich in deinem Alter –«

»Ja, ich weiß, als du in meinem Alter warst, hast du die ganze Woche kaum Schlaf bekommen und am Wochenende trotzdem noch jede Menge Weiber aufgerissen. Dazu Party ohne Ende«, unterbrach Gregor ihn.

Briskow lachte. »Hast du dir gut gemerkt. Und obwohl ich zwanzig Jahre älter bin als du, habe ich nicht wesentlich nachgelassen – das nur am Rande bemerkt. Also, was ist los? Kann ich mit dir rechnen?«

»Um ehrlich zu sein ... Ich habe gerade eine sehr schlechte Nachricht erhalten.«

»Oh. Wie schlecht, wenn ich fragen darf?«

»Eine Freundin ist gestorben ...«

»Das tut mir leid. War sie krank?«

Gregor ging mit dem Telefon am Ohr in die Küche zurück, um das Teewasser aufzugießen.

»Ganz im Gegenteil. Bettina war kerngesund«, entgegnete er leise. »Ich habe von ihrer Schwester erfahren, dass sie ... ermordet worden ist und die Polizei bereits ermittelt. Ich muss mich da auch noch melden.«

»Das hört sich ja scheußlich an«, sagte Briskow nach einer längeren Pause. »Standet ihr euch sehr nahe?«

»Na ja ... schon ... doch. Wir haben uns vor einiger Zeit bei Bela kennengelernt und sind uns in den letzten Monaten nähergekommen, obwohl wir altersmäßig gar nicht zusammenpassten«, erzählte Gregor nach anfänglichem Stocken, und er war verwundert, wie gut es ihm tat, offen und ehrlich über seine Beziehung zu Bettina zu sprechen. Thomas Briskow war bei aller Kumpelei immerhin sein Chef. Andererseits: Gregor musste die Affäre nicht mehr verheimlichen, und Briskow hatte immer sehr viel Verständnis, wenn es um Frauen ging.

»Verstehe. Weißt du denn, wann das passiert ist?«

Gregor nahm eine Tasse aus dem Schrank. »Nein. Wahrscheinlich am Wochenende. Wir haben uns Freitagabend noch kurz in der Disco gesehen, in meiner Pause ein bisschen gequatscht und uns für Samstag verabredet. Sie ist aber nicht gekommen und hat auch nicht abgesagt. Das kam mir schon merkwürdig vor.« Er räusperte sich. »Weißt du, ich kann mir einfach nicht vorstellen, wer einen Grund gehabt haben könnte, Bettina zu töten …«

»So eine Scheiße«, meinte Briskow. »Tut mir echt leid, Gregor. Pass auf, ich stör dich jetzt nicht länger. Komm erst mal zur Ruhe. Und falls du doch arbeiten willst – ist manchmal das beste Mittel, sich abzulenken – sag morgen Bescheid, okay?«

»Ja, das mach ich. Danke, Briskow.«

»Keine Ursache.«

Gregor legte auf und goss sich eine Tasse Tee ein. Später fiel ihm ein, dass Bela vielleicht schon mehr wusste als er, und versuchte, ihn telefonisch zu erreichen, aber das Handy war abgestellt und auf dem Festnetz meldete sich nur der Anrufbeantworter. Wahrscheinlich arbeitete er mit seinen Hunden und wollte nicht gestört werden. Gregor nahm sich vor, es später noch einmal zu versuchen.

***

Piet entschied sich, doch noch einen Kaffee zu trinken und das Glas Wein auf später zu verschieben. Im Moment würde es ihm trotz seiner Erschöpfung ohnehin nicht gelingen, abzuschalten. Es war sinnvoller, den ereignisreichen Tag in aller Ruhe passieren zu lassen, seine Notizen zu ordnen und erste Ergebnisse und Vermutungen zu formulieren, um dann mit freiem Kopf den wohlverdienten Feierabend zu genießen. Er setzte Wasser auf und rieb sich fröstelnd die Hände.

Während der Kessel vor sich hin bollerte, entzündete er ein Feuer im Kaminofen, das in Kürze für wohlige Wärme in der Wohnküche sorgen würde. Die Gasheizung, die sein Großonkel noch ein Jahr vor seinem Tod hatte einbauen lassen, funktionierte zwar einwandfrei, war aber alles andere als ein preiswertes Vergnügen und wirkte, nagelneu und schnieke wie sie war, fast wie ein Stilbruch in dem kleinen und an vielen Ecken verwohnten und maroden Haus.

Doch Piet lag es völlig fern, sich zu beschweren. Immerhin hatte er es geerbt und wohnte, umgeben von einem großen verwilderten Garten, seit einigen Monaten direkt am ehemaligen Grenzstreifen in Berlin-Lichtenrade – vor der Wende innerdeutsches Niemandsland, heute südliches Berlin-Brandenburg und neben der landwirtschaftlichen Nutzung längst ein beliebtes Radler-, Jogger- und Hundeauslaufgebiet.

Er hatte nicht eine Sekunde gezögert, seine Wohnung in Lankwitz aufzugeben, nach Lichtenrade zu ziehen und sich um die Renovierung des Hauses zu kümmern, wobei er einen wesentlichen Teil der Arbeiten selbst übernehmen wollte. Ganz im Gegenteil: Das Projekt kam ihm gerade recht, auch wenn es sich bald als aufwendiger und kostenintensiver herausstellte als anfangs eingeschätzt. Piet liebte es, mit Holz zu arbeiten, Dielen zu schleifen, zu malern und zu werkeln, aber dem Ergebnis sah man in der Regel recht deutlich an, dass sich zwar ein begeisterter und fleißiger, aber alles andere als talentierter Laie ausgetobt hatte.

Piet goss sich eine Tasse Kaffee ein, ging hinüber in den Wohnbereich, der sich der offenen Küche hinter einem deckenhohen massiven Regal anschloss und ließ sich in den alten Ledersessel vor dem Couchtisch fallen, auf dem sein Laptop stand. Das zukünftige Arbeitszimmer befand sich im ersten Stock zwischen Schlafzimmer und Kleiderkammer. Piet hatte eine recht klare Vorstellung davon, wie es einmal aussehen sollte, aber zurzeit nutzte er es lediglich als Abstellraum und erledigte seinen Schreibkram im Wohnzimmer. Angesichts seiner Einbindung in den Mordfall würden bis zu seiner endgültigen Fertigstellung sicherlich noch einige Wochen vergehen.

Er fuhr den Laptop hoch und startete sowohl Mail- als auch Textverarbeitungsprogramm. Um die Weiterleitung der Namen Bela Sandor und Robert Wagner an Martinas E-Mail-Dienstadresse wollte Katryna sich noch am Abend selbst kümmern, wie sie Piet versichert hatte, als er sie vor ihrer Haustür abgesetzt hatte.

Martina Nolten begann ihre Arbeit häufig in aller Frühe – bevor die anderen ihren Dienst antraten. So konnte sie ungestört recherchieren. Außerdem sorgte es für einen reibungslosen und zeitsparenden Ablauf während der Morgenbesprechung, wenn bereits erstes Hintergrundmaterial vorlag.

Katryna hatte keinen guten Start gehabt. Piet schmunzelte. »Püppchen« hatten sie die modebewusste, zweifellos hübsche Kommissarin aus Duisburg, deren frecher roter Lippenstift schon von Weitem wie ein Ausrufezeichen leuchtete, hinter ihrem Rücken getauft – eigentlich kein schlechter Spitzname für sie, würde er nicht im Tonfall dieses bissigen und verächtlichen Spotts ausgesprochen, wie ihn die Kollegen für angebracht hielten.

Niemand hatte in ihr bislang eine Verstärkung gesehen oder sehen wollen oder sie gar für fähig gehalten, einen Fall zu leiten. Nur darum hatte Piet sich bereit erklärt, mit einzusteigen – er konnte diese Vorverurteilungen nicht ausstehen, auch wenn er den eigentlichen Hintergrund der Vorbehalte gegen Aushilfskräfte verstand und sogar teilte.

In Berlin fehlte das Geld für Polizisten – und nicht nur für sie –, aber die Empörung war groß, wenn Fehler gemacht wurden und die Akten sich häuften. Das war jedoch noch lange kein Grund, eine junge Kommissarin derart zu blockieren – die konnte schließlich am allerwenigsten dafür. Im Verlauf des Tages hatte Piet Stefan Polder und Max Hoffer darüber informiert, dass Katryna Nowak den Fall gut managte und dabei einen souveränen Eindruck machte. Sie hatte eine Chance verdient. Ende der Durchsage.

Piet wandte sich seinen im Laufe der Befragungen angesammelten Notizen zu und begann, sie auszuformulieren. Kurz darauf machte ihn ein leises Klingeln auf den Eingang einer E-Mail aufmerksam. Die Nachricht war von seinem Freund Casper Winter, der einleitend nachfragte, ob er Piet in dieser Woche beim Training sehen würde und dann noch Zeit für ein anschließendes Bier wäre.

Casper Winter war mit seinen vierundvierzig Jahren knapp ein Jahr jünger als Piet. Vor gut zehn Jahren hatten sie sich in einem Selbstverteidigungskurs kennengelernt, den der LKA-Ermittler geleitet und in dem der schmalbrüstige und anfangs etwas ungelenk wirkende Casper sich zu seinem eigenen Erstaunen als hochbegabter Kampfsportler entpuppt hatte. Seitdem waren sie befreundet und trafen sich zwar nicht häufig, aber doch regelmäßig.

Casper war Lehrer an einer Grundschule in Lichterfelde, verheiratet, zwei Kinder – eine sympathische und wunderbar normale Familie mit alltäglichen Problemen, kleinen und größeren Sorgen und Glücksmomenten, in der Piet häufig Gast war und die ihm manchmal sogar die Möglichkeit bot, ein Stück heile Welt zu erfahren. Sein Leben als verdeckter Ermittler und Kripobeamter war bis vor Kurzem von Tragödien und Brutalität bestimmt gewesen oder zumindest von Unruhe, Kälte und Anspannung, kurzum: Er hatte in einem ständigen Ausnahmezustand gelebt, in dem kein Platz blieb für eine eigene Familie oder auch nur eine Frau, die es länger als einige Monate mit ihm aushielt.

Seit dem Sommer gehörte dieser Ausnahmezustand glücklicherweise der Vergangenheit an – sah man einmal von den Panikattacken und Alpträumen ab, die Piet seit seiner Enttarnung und Geiselnahme in einer Drogenermittlungssache vor anderthalb Jahren immer noch regelmäßig heimsuchten und die der Auslöser für seine Entscheidung gewesen waren, sein Leben von Grund auf zu ändern und den aktiven Polizeidienst zu quittieren, um nur noch als Berater und Kursleiter tätig zu sein.

Kaum etwas wünschte er sich sehnlicher, als von seinen Ängsten befreit zu werden, und er hätte einiges dafür gegeben, nie wieder an jene Tage und Nächte in dem dunklen Keller denken zu müssen. Dass alle paar Stunden jemand aufgekreuzt war, um ihn auf brutalste Weise zusammenzuschlagen, war weniger schlimm gewesen, als die Zeit dazwischen in der Stille ertragen zu müssen. Allein mit seinem Atem und der Angst. Bis wieder Schritte erklangen. Ein neuer Schmerz den alten ablöste. Drei Tage und drei Nächte lang.

Dann hatte ihn ein Sondereinsatzkommando befreit. Keiner der vier Geiselnehmer hatte die Aktion überlebt. Zwei starben vor Ort, einer auf dem Weg ins Krankenhaus, und der letzte wenige Tage später. Dass die Befreiung nur äußerlich stattgefunden hatte, ging ihm erst viel später richtig auf.

Piet trank einen weiteren Schluck Kaffee und starrte einen Moment ins Leere, bevor er sich dem zweiten Absatz der Mail widmete. »Bagel entwickelt sich prächtig«, schrieb Casper, und Piet benötigte ein paar Sekunden, bis er sich daran erinnerte, dass sein Freund und dessen Frau Dorit sich vor Kurzem entschlossen hatten, einen jungen Hund anzuschaffen. Piet verdrehte die Augen. Nicht schon wieder! Dann las er weiter.

»Die Sache mit der Hundeschule war eine gute Idee. Bagel versteht sehr schnell, worum es geht. Oder verstehen wir besser, ihm klarzumachen, was wir wollen? Wie dem auch sei – Du musst ihn Dir unbedingt mal ansehen. Wir sind alle total hingerissen von dem kleinen Kerl. Mach's gut und lass von Dir hören! Casper.«

Piet griff zum Telefon. Casper meldete sich nach dem zweiten Klingeln.

»Zurück von der Gassirunde?«, fragte er statt einer Begrüßung.

Casper lachte. »Ja, vor fünf Minuten. Hast du meine Mail gelesen?«

»Gerade eben. Darum rufe ich an.«

»Freut mich – also sehen wir uns?«

»Ich hoffe, dass ich in den nächsten Tagen Zeit finde, zum Training zu kommen«, sagte Piet zögernd. »Aber ich kann nicht fest zusagen. Ich bin seit heute mit einer neuen Kollegin unterwegs, die ein bisschen Unterstützung braucht, und der Fall, für den wir zuständig sind, ist sehr … hm, sagen wir: facettenreich. Ich bin also zeitlich etwas eingeschränkt.«

»Ich denke, du willst keine Fälle mehr bearbeiten«, meinte Casper erstaunt.

»Er ist die Ausnahme von der Regel.«

»Na hoffentlich.«

Piet lächelte. »Du kannst mir sogar helfen.«

»Da bin ich ja mal gespannt.«

»Du hast geschrieben, dass du mit Bagel in eine Hundeschule gehst. Um welche handelt es sich?«

»Mir ist die Schule von Bela Sandor empfohlen worden«, antwortete Casper, und er klang ziemlich verwundert. »Sie ist übrigens gar nicht weit von deinem neuen Domizil entfernt – in Lichtenrade, Egestorffstraße.«

»Und – was hast du für einen Eindruck von Sandor?«

Casper räusperte sich. »Sag mal …?«

»Nein, leider nicht. Ich darf dir nichts Näheres dazu sagen, und ich muss dich bitten, kein Wort über unser Gespräch verlauten zu lassen«, unterbrach Piet ihn rasch.

»Okay, okay. Ich hoffe jedenfalls, dass ihr nicht gegen ihn ermittelt – zumindest nicht, bis Bagel seinen Kurs abgeschlossen hat. Der Mann ist ganz hervorragend. Ein echter Hundeflüsterer, wenn du verstehst, was ich meine – absolut kompetent, klar, souverän. Wirklich klasse. Der Kurs ist nicht ganz billig, aber ich halte jeden Euro für angemessen. Außerdem engagiert sich der Mann –«

»Ja, ich weiß – im Tierschutz: Rumänien und so weiter«, vervollständigte Piet den Hinweis. »Wie ist er als Mensch?«

»Angenehm, sympathisch – und auch noch ein Frauentyp.« Casper stieß einen kleinen Seufzer aus. »Um die fünfzig, sieht richtig gut aus … Dorit meint, er wäre ein George-Clooney-Typ, na ja, du weißt, was ich meine. Junge Frauen himmeln ihn an, ältere werden rot, wenn er mit ihnen flirtet; Männer beneiden ihn und hätten ihn gern als Freund.«

»Und diese Hundeschule gibt es schon länger?«

»Aber ja, seit vielen Jahren. Eine Hundepension betreibt er auch noch, um die kümmert sich Sandors Ehefrau. Bei denen ist immer richtig was los. Und du kannst mir wirklich nicht sagen …?«

»Nein, Casper, tut mir leid. Aber sobald der Fall aufgeklärt ist, erzähle ich dir mehr, versprochen.«

»Na gut. Dann hoffe ich, dass Belas Weste weiß ist und wir uns die Tage sehen.«

»Alles klar – grüß die Familie.«

Piet legte auf und holte sich nach kurzem Überlegen eine zweite Tasse Kaffee. Dann googelte er Bela Sandors Namen.

4

Die halbe Nacht hatte er sich schlaflos in seinem Bett herumgewälzt und war schließlich aufgestanden und ins Wohnzimmer gegangen, um Emma nicht zu wecken. Von vier bis sechs starrte er auf den Fernseher, ohne wesentlich mehr als buntes Flimmern und leises Wispern mitzubekommen, dann stellte er sich unter die Dusche, kochte Kaffee und verließ um kurz nach halb acht die Wohnung.

Das Seminar fing erst um halb zehn an, aber Gregor hatte sich entschlossen, noch einen Spaziergang zu machen – in der Hoffnung, sein flatterndes Herz und die Gedankenflut, die ihn seit dem Vorabend zu überschwemmen drohte, besser bewältigen zu können. Emma hatte ihn gestern Abend mit forschenden Blicken beäugt, aber er war ihr ausgewichen und froh gewesen, dass sie ihn in Ruhe ließ. Er konnte nicht über Bettina reden. Noch nicht. Nicht nach dem, was geschehen war. Um elf, nach seinem Seminar, waren sie zu einem späten Frühstück verabredet. Er hoffte, dass es ihm bis dahin besser ging.

Gregor fuhr die Garystraße, in der sich das betriebswirtschaftliche Institut der FU befand, hinunter und schlug den Weg in Richtung Krumme Lanke ein. Er liebte den kleinen See – für die zweieinhalb Kilometer Rundweg brauchte er in flottem Tempo kaum eine halbe Stunde, gerade richtig, um den Kopf freizubekommen. Vor wichtigen Prüfungen nahm er sich oft die Zeit für einen Spaziergang am See, und auch mit Bettina war er manchmal hier gewesen.

Einzelne Jogger und Hundegänger waren bereits unterwegs; das Gros war an einem dunklen Herbsttag aber erst am späten Morgen zu erwarten. Gregor lief am Ufer entlang und atmete die Waldluft in tiefen Zügen ein. Ein Radfahrer überholte ihn. Irgendwo bellte ein Hund. Zwei Jogger schoben sich tief atmend an ihm vorbei. Als Gregor zum Parkplatz zurückkehrte, fühlte er sich deutlich besser – zumindest ruhiger und gefasster.

Er fischte den Autoschlüssel aus der Hosentasche und wollte

gerade einsteigen, als aus dem Wagen auf der gegenüberliegenden Seite des Waldwegs ein Mann ausstieg. Er nickte ihm zu und lächelte freundlich, während er sich umsah und auf ihn zukam. Ein zweiter Mann entstieg der Beifahrerseite. Auch er lächelte und kam auf Gregor zu.

Als sie unmittelbar vor ihm standen, hatte er das dumme Gefühl, dass es ein Fehler gewesen war, zu so früher Zeit an den See zu fahren.

***

Katryna grüßte freundlich in die Runde, während sie ihren Kaffeebecher abstellte und Platz nahm. Sie hatte zusammen mit Fabian Stumm bewusst als Letzte den Besprechungsraum betreten, das Team war nun vollständig. Sie spürte die abwartenden Blicke wie feine Nadelstiche und versuchte, sie zu ignorieren. Sie zupfte einen Fussel von ihrem Blazer und schlug ein Bein über das andere. Piet zwinkerte ihr zu – meine Güte, der Mann hatte sogar am frühen Morgen unverschämt blaue Augen –, Martina nickte in ihre Richtung, immerhin. Max Hoffer klatschte in die Hände und ergriff das Wort.

»Okay, Leute, wir sind jetzt vollzählig. Wir fangen mit der TU-Leiche an. Martina, du hast schon was für uns?«

»Ja – Katryna und Piet brauchen Hintergrundinfos über Bela Sandor und Robert Wagner, und ich habe bereits ein paar Daten zusammengetragen.«

»Die stehen in welcher Beziehung zum Opfer?«, fragte Hoffer und blickte Katryna und Piet an.

»Bettina Springer war eine übereifrig engagierte Tierschützerin – so wird sie von den meisten beschrieben. Sie hatte selbst mehrere Hunde und Katzen und war nebenberuflich als Autorin für ein Berliner Hundemagazin tätig«, erläuterte Katryna. »In diesem Zusammenhang hat sie mehrfach Artikel über die Hundeschule von Bela Sandor und dessen Engagement für Hunde in Rumänien geschrieben und ihn sogar auf Reisen dorthin begleitet. Die beiden kannten sich seit einigen Jahren. Einen ersten Entwurf für einen weiteren Artikel zu diesem Thema haben wir neben anderen Text- und Bildbeiträgen von ihr gestern in der Redaktion von ›Hund & Co‹ erhalten.«

Sie tauschte einen Blick mit Piet, bevor sie fortfuhr. »Darin ist auf den ersten Blick nichts Ungewöhnliches festzustellen, und es sind auch keine großartigen Neuigkeiten im Vergleich zu anderen Beiträgen von Bettina zu erkennen, sieht man einmal davon ab, dass das Material aktualisiert wurde. Es gibt jede Menge Zahlen, Fakten, dazu ein bisschen Statistik, einige Fotos mit ausgemergelten Hunden, die unter übelsten Bedingungen dahinvegetieren, Landschaftsaufnahmen, Bilder von Hermannstadt in Siebenbürgen, Sandor als Retter, seine Helfer und Begleiter, ein Interview, das Bettina mit ihm geführt hat, und so weiter und so fort. Übrigens ...« Katryna legte eine Kunstpause ein.

»Bettina Springer ist durch Bisse von zwei Hunden getötet worden, das hat Doktor Mohl zweifelsfrei festgestellt, obwohl noch einige Analysen und das Ergebnis der Obduktion sowie der Beratung mit einem Veterinärmediziner ausstehen. Es sieht ganz danach aus, als hätte man Kampfhunde auf sie gehetzt und die Leiche anschließend in einem geklauten Auto abgelegt ...«

»Ach du Scheiße«, kommentierte Joachim Binder und zupfte an seinem Bärtchen.

»Ja, ganz meine Meinung«, stimmte Katryna zu. »Bemerkenswert ist außerdem, dass sie heftig geschlagen, unter Umständen gefoltert wurde und ihr Laptop sowie sämtliche Speichermedien aus ihrem Arbeitszimmer verschwunden sind – auch in der Redaktion und an ihrem Arbeitsplatz in der Unternehmensberatung hatte sie nichts hinterlegt. Wir erinnern uns: Der Leiche waren alle persönlichen Sachen abgenommen worden, und es ist durchaus denkbar, dass der oder die Täter sich mit ihrem Schlüssel Zugang zum Haus verschafft haben. Ihr Lebensgefährte Maik Teesen war nachgewiesenermaßen in der Mordnacht bis in die frühen Morgenstunden unterwegs und lag danach stundenlang blau in seinem Bett – Zeit und Gelegenheit gab es also zur Genüge. Und Bettinas Hunde, die hätten anschlagen können, befanden sich zu diesem Zeitpunkt bei der Schwester, wo sie sich am Wochenende nach einem heftigen Streit mit Teesen eingenistet hatte.«

Katryna unterbrach ihre Darstellung, um die Eindrücke sacken zu lassen. Es herrschte nachdenkliche Stille. Sie spürte, dass ihr Puls leicht erhöht war – in einer ähnlichen Frequenz wie früh am Morgen, als sie zumindest den halben Kreuzberg hinaufgejoggt war. Mirko Schulz musterte sie forschend. Fabian Stumm schob sich ein Kaugummi in den Mund.

»Ihr geht also davon aus, dass es ein handfestes Motiv gibt und ein geplantes Verbrechen vorliegt? Sehe ich das richtig?« Hoffer sah Piet an.

Der nickte. »Sehr wahrscheinlich. So viele Zufälle auf einmal wären schon ungewöhnlich. Ich bin jedenfalls gespannt auf die Begegnung mit Sandor.«

»Okay – ihr ermittelt also einmal in diese Richtung. Weiter«, sagte Hoffer fordernd.

»Über Sandor finden wir wahrscheinlich auch heraus, wer Gregor ist«, fuhr Piet nach einem kurzen Blickwechsel mit Katryna fort. »Einen Nachnamen hat der Knabe noch nicht. Bislang wissen wir nur, dass er Student ist, Mitte zwanzig, er der Geliebte von Bettina Springer war und die beiden sich höchstwahrscheinlich bei Sandor über den Weg gelaufen sind – so äußerte sich Sigrid Springer, die Schwester des Opfers, jedenfalls. Gregor jobbt nebenbei in einer Diskothek, wo genau, wissen wir auch noch nicht. Wir wissen aber, dass Bettina am Freitagabend von ihrer Schwester aus dorthin gefahren ist, um Gregor zu treffen – angeblich hatte sie wegen ihres Artikels über Sandor etwas mit ihm zu klären beziehungsweise zu besprechen. Worum es dabei gehen sollte, steht zurzeit in den Sternen.«

»Aha. Da laufen ja offensichtlich einige Fäden zusammen. Und was hat es mit Robert Wagner auf sich?«, fragte Max.

»Das ist der Chef einer piekfeinen Unternehmensberatung in Dahlem, in der Bettina halbtags gearbeitet hat«, übernahm Katryna wieder das Wort. »Wir haben ihn gestern nicht mehr angetroffen, nur eine Mitarbeiterin, die sich äußerst lobend über Bettinas kaufmännische Fähigkeiten geäußert hat. Was sogleich ins Auge sticht, ist die Tatsache, dass Wagner und Bettina Springer sich über – na, ratet mal – ja klar: Bela Sandor kennengelernt haben.«

»Okay, na dann wollen wir mal hören, welche Informationen über den Typen vorliegen.« Hoffer sah Martina an. »Leg los!«

Die beugte sich über einen Computerausdruck. »Bela Sandor, fünfzig Jahre alt, verheiratet, zwei inzwischen erwachsene Söhne, ungarische und rumänische Vorfahren, gilt als angesehener Bürger, der sich in vorbildlicher Weise im Tierschutz engagiert. Seit knapp zwanzig Jahren leitet er eine eigene Hundeschule in Lichtenrade, wie wir bereits mehrfach gehört haben«, begann sie die Einzelheiten ihrer frühmorgendlichen Recherche in sachlich lockerem Ton herunterzuspulen.

»Das Angebot ist vielfältig: Man kann seinen Vierbeiner in einer Junghundgruppe anmelden und ihm unter fachkundiger Anleitung Manieren beibringen, ihm das Jagen abgewöhnen oder ihn als idealen Familienhund eintakten lassen, wie auch immer. Es gibt Welpengruppen und Problemhundeberatung, und wenn jemand für ein Wochenende oder auch länger seinen Vierbeiner anderweitig unterbringen muss, kann er ihn in der Pension abgeben, die Sandors Frau Nikola leitet. Sandor hat Tierpfleger gelernt, eine kaufmännische Ausbildung absolviert und diverse Zusatzausbildungen in Hundetherapie, Erziehung, Training, Psychologie und so weiter gemacht. Er ist erfolgreich, bekannt, geschätzt.«

»Das kann ich bestätigen«, warf Piet ein. »Ein Freund von mir, der sich kürzlich einen jungen Hund angeschafft hat, dem er gerade bei Sandor anständiges Benehmen beibringen lässt, ist hellauf begeistert von dessen Fähigkeiten.«

»Klingt nach Wunderknabe«, grummelte Mirko Schulz.

»Ja, eindeutig! Außerdem kann Sandor nicht nur mit Hunden gut, er gilt darüber hinaus als echter Womanizer«, ergänzte Piet lächelnd. »Zitat meines Freundes.«

»Wie dem auch sei. In den neunziger Jahren hat er sich für Hunde aus Spanien und Griechenland eingesetzt und sie nach Deutschland, Holland, Belgien vermittelt«, fuhr Martina fort. »Seit ungefähr 2000 engagiert er sich in Rumänien und holt regelmäßig aus dortigen Tierheimen Hunde beziehungsweise rettet sie aus Auffang- und Tötungsstationen und bringt sie nach Deutschland. In den Medien wurde mehrfach darüber berichtet: immer lobend und wohlwollend.«

»Wir haben es also mit einem äußerst ehrenwerten Bürger zu tun«, fasste Piet Martinas Erläuterungen zusammen.

»Danach hört es sich an«, nickte Hoffer. »Und es hat nie irgendwas gegen ihn vorgelegen?«

»Doch.« Martina wartete, bis alle Augen fragend auf sie gerichtet waren. »Vor einigen Monaten wurde anonym Anzeige gegen Sandor erstattet.«

Katryna beugte sich vor. »Ach?«

»Er soll sich angeblich seit geraumer Zeit der Geldwäsche schuldig gemacht haben, und zwar in großem Umfang.«

»Gab es ein Ermittlungsverfahren?«

»Sandor wurde überprüft, seine Bilanzen auch, aber es konnte nichts Auffälliges festgestellt werden. Ich habe gerade mit dem zuständigen Beamten vom Finanzamt gesprochen – der wie ich ein begeisterter Frühaufsteher ist.« Martina erlaubte sich einen anzüglichen Blick in die Runde, bevor sie fortfuhr. »Sandors Buchhaltung ist nahezu vorbildlich, auch was die geschäftlichen Kontakte nach Rumänien betrifft. Man muss jedoch berücksichtigen, dass die umfassende Überprüfung seiner Buchhaltung angekündigt wurde, da ja kaum mehr als ein Anfangsverdacht vorlag. Er hatte also Zeit für Korrekturen.«

»In welcher Form wurde die Anzeige erstattet?«, fragte Piet.

»Ein anonymer Anrufer, der sich mit verstellter Stimme meldete, aber bemerkenswert klare Hinweise lieferte.«

»Was heißt das?«

»Keine Polemik, sachliche Infos, es klang nach jemandem, der sich in Buchhaltungsfragen auskennt.« Martina blätterte zwei Seiten weiter. »Ja, so drückte der Beamte sich aus.«

»Interessant«, murmelte Katryna.

»Es wird noch interessanter«, versprach Martina. »Ratet mal, wo Sandor seine Steuererklärungen machen lässt?«

Katryna runzelte die Augenbrauen.

»In dem Steuerberatungsbüro, das unter derselben Adresse wie Wagner Consult anzutreffen ist – womit wir nunmehr bei Robert Wagner angelangt wären.«

Katryna und Piet wechselten einen langen Blick.

»Ebenfalls ein interessanter Kandidat«, stellte Martina fest. »Wagner ist achtundvierzig, stammt aus Hannover und hat sich nach der Maueröffnung als junger beratender Betriebswirt in den neuen Bundesländern ausgetobt. War im Rahmen der LPG- und VEB-Auflösungen im Raum Magdeburg in einige nicht immer ganz saubere Grundstücksgeschäfte verwickelt, um es mal vorsichtig zu formulieren, kam aber stets mit einem blauen Augen davon oder hatte die richtigen Fürsprecher und alten Seilschaften auf seiner Seite. Ende der neunziger Jahre hat er sich schließlich in Berlin niedergelassen und zusammen mit einem Steuerberater und einem Anwalt eine Bürogemeinschaft gegründet; ein weiterer Anwalt und ein Buchprüfer kamen hinzu. Wagner Consult kümmert sich hauptsächlich um mittelständische und Kleinunternehmer sowie Freiberufler. Individuelle Gründungs- und Sanierungskonzepte sind seine Spezialität.«

»Glaube ich gern – bei der langjährigen Osterfahrung«, warf Binder grinsend ein.

Martina überging den Einwurf und sah Piet und Katryna an. »Könnt ihr damit erst mal was anfangen?«

»Und ob!«, meinte Katryna. »Danke für die flotte und umfassende Recherche. Kannst du uns einen Ausdruck mit den Infos mitgeben?«

Martina öffnete ihren Hefter. »Na klar. Hab ich dabei.« Sie schob Katryna mehrere zusammengeheftete Seiten über den Tisch zu. »Termine habe ich auch schon vereinbart. Bei Wagner könnt ihr gleich vorbeifahren. Sandor ist erst ab mittags im Hause.«

Katryna nickte anerkennend. »Bestens. Danke.«

»Gerne.« Martina ließ so etwas wie den vagen Anflug eines Lächelns erkennen. Für zwei bis drei Millisekunden.

Max Hoffer rieb sich die Hände. »Okay, ihr macht euch dann gleich auf den Weg?«

Piet und Katryna standen gleichzeitig auf.

»Zwei Dinge schwirren mir im Kopf herum«, bemerkte Katryna, als Piet den Wagen vom Parkplatz gelenkt hatte und die Dudenstraße in Richtung Schöneberg herunterfuhr. Ihr Puls hatte sich wieder auf normale Betriebsfrequenz heruntergetaktet.

»Ich bin ganz Ohr.«

Katryna musterte sein Profil. Davon bin ich überzeugt, dachte sie und räusperte sich.

»Bettina kannte Sandor seit Jahren, war zweimal mit ihm in Rumänien, um Hunde zu retten, hat über ihn Wagner kennengelernt und in dessen Firma einen Job bekommen sowie ihren Geliebten in Sandors Haus kennengelernt – warum kann uns Maik Teesen nicht mal diesen Namen nennen, als wir ihn danach fragen?«

Piet nickte langsam. »Stimmt, das klingt nicht sonderlich überzeugend. Andererseits erklärt Teesen, dass er sich mit dem Thema nie näher befasst hat, in letzter Zeit schon gar nicht mehr, und in dieser Tierschutznummer immer viele Namen gefallen sind. Außerdem dürfen wir nicht vergessen, dass er gestern verständlicherweise ziemlich durch den Wind war und ein starkes Beruhigungsmittel intus hatte.«

»Ja, schon … trotzdem …«

»Vielleicht hat er einfach alles ausgeblendet, was mit Bettina und ihren Viechern zusammenhing, weil er darin die entscheidende Ursache für seine gescheiterte Beziehung sieht«, fügte Piet hinzu.

»Ich möchte das trotzdem noch mal checken.«

»Okay, wir halten das fest. Was war das zweite?«

»Nur so eine Idee. Bei einem anderen Fall des Hoffer-Teams spielt auch Rumänien eine Rolle«, erklärte Katryna zögernd. »Anfang letzter Woche gab es in Prenzlauer Berg eine Auseinandersetzung zwischen zwei rivalisierenden Banden aus dem osteuropäischen Mafiamilieu, bei der drei Menschen starben.«

»Ja, ich habe davon gehört.«

»Die Ermittlungen drehen sich ziemlich im Kreis«, erläuterte sie.

»Wie so häufig in diesem Milieu.« Er sah sie kurz an.

»Ein Verletzter und ein Toter sind Rumänen gewesen oder stammten aus Rumänien. Die Auseinandersetzung fand in einer Diskothek statt. Worum genau es ging, darüber wird sich ausgeschwiegen.« Katryna runzelte die Stirn. »Bela Sandor hat rumänische Vorfahren und fährt regelmäßig nach Siebenbürgen. Bettina wird wahrscheinlich auf dem Heimweg von einer Diskothek überfallen, die sich in der Innenstadt befindet. Es mag konstruiert wirken, dennoch: Vielleicht gibt es einen Zusammenhang mit den Geschehnissen in der Diskothek in Prenzlauer Berg.«

»Interessanter Ansatz«, bemerkte Piet. »Kann nicht schaden,

wenn wir das im Auge behalten.« Wieder ein Seitenblick. »Wie wollen wir eigentlich bei Wagner vorgehen? Hast du schon eine Vorstellung?«

»Brauchen wir denn eine?«

»Ich denke, ja.«

Katryna zuckte mit den Achseln. »Ich schätze, die wird sich finden, sobald wir ins Gespräch gekommen sind. Ich möchte erst mal abchecken, was das für ein Typ ist.«

Piet zögerte. »Wie du meinst.«

Sie hörte ihm an, dass er lieber mit einem Konzept in die Vernehmung gegangen wäre. Zumindest hatte sie den Eindruck, dass er mit ihrer weitestgehend ungeplanten Vorgehensweise nicht einverstanden war und zum ersten Mal anderer Meinung war als sie, jedenfalls soweit sie das einschätzte.

Katryna entschloss sich, dennoch bei ihrer Entscheidung zu bleiben. Sie hatte stets gute Erfahrungen damit gemacht, ohne detaillierte Absprachen in Befragungssituationen einzusteigen – Ausnahmen bestätigten natürlich die Regel – und sich dabei auf der einen Seite auf die bekannten Fakten zu stützen und auf der anderen darauf zu vertrauen, dass das Gespräch seinen Lauf nahm und damit auch die entsprechenden Stichworte lieferte. Ihr war klar, dass diese Arbeitsweise nicht jedermanns Sache war und durchaus Risiken barg, dennoch: Robert Wagner war bislang ausschließlich der Arbeitgeber des Opfers, kein Tatverdächtiger oder Zeuge.

Larissa Burghaupt war auch an diesem Tag wie aus dem Ei gepellt. Das kirschrote Kostüm war einem schwarzen Samtanzug gewichen, in dem ihre grazile Figur fast noch besser zur Geltung kam, das dezente Make-up bestach durch perfekte Farbabstimmung und überspielte ihre Blässe. Katryna bemühte sich, aufsteigende Neidgefühle im Keim zu ersticken, indem sie sich vorstellte, wie dürftig das Frühstück der Sekretärin aller Wahrscheinlichkeit nach ausgefallen war, während sie selbst sich nach einer halben Stunde Joggen Rühreier mit Schinken und ein Croissant mit Himbeergelee gegönnt hatte.

»Herr Wagner erwartet Sie bereits«, sagte Larissa Burghaupt

in leisem Ton und führte sie in ein Büro, das sich am Ende des Ganges befand, der hinter dem Empfangsbereich abzweigte.

Der Raum war groß und mit wuchtigem Mobiliar ausgestattet; hinter dem u-förmig angeordneten Schreibtisch erhob sich ein Mann, zu dem die Ausstattung des Arbeitszimmers wie die Faust aufs Auge passte. Wagner war ein massiger dunkelblonder Typ mit leicht rötlicher Gesichtsfarbe, hellblauen Augen und Designerbrille. In seiner Jugend hatte er offensichtlich unter starker Akne gelitten, zahlreiche Narben zeugten von unsachgemäßer Pickelbekämpfung mittels brutalem Gedrücke.

Hautunreinheiten dürften aber inzwischen das kleinere Problem darstellen, dafür ist der Mann durchaus ein Kandidat für den frühzeitigen Herzinfarkt, dachte Katryna, als ihr Blick den stattlichen Bauch streifte, der trotz des gut geschnittenen Anzuges deutlich ins Auge stach.

»Guten Morgen«, sagte Wagner und ergriff zunächst Katrynas, dann Piets Hand. Sein Händedruck war fest, die Stimme klang ernst, aber beherrscht. Er sah ihnen direkt in die Augen. »Bitte nehmen Sie Platz.«

Wagner führte sie zu einer Sitzecke und setzte sich erst, nachdem er sich vergewissert hatte, dass weder Piet noch Katryna etwas trinken wollten.

»Was für eine fürchterliche Geschichte. Ich bin immer noch wie betäubt.« Er lehnte sich zurück und verschränkte die Finger ineinander.

Katryna bemerkte den raschen Seitenblick, mit dem Wagner registrierte, dass Piet ein Notizheft aufschlug. Sonderlich betäubt wirkte der Mann nicht auf sie.

»Was genau ist mit Bettina passiert? Ich hoffe, Sie können mir heute schon mehr sagen als gestern meiner Sekretärin«, fügte er hinzu.

»Sie ist ermordet worden«, sagte Katryna. »Wir sind dabei, ihr gesamtes Umfeld zu erforschen – in der Hoffnung, Ansatzpunkte zu finden, die uns bei den Ermittlungen weiterhelfen. Ihre Sekretärin erzählte uns gestern Abend, dass Bettina eine begabte Bürokauffrau gewesen sei, die Sie sehr geschätzt haben.«

»Ja, ohne Zweifel«, gab Wagner zurück und nickte. »Sie war

wirklich gut, besser als manch studierter Schnösel, der nach acht Semestern meint, er hätte die Weisheit mit Löffeln gefressen.«

Er milderte seine Worte mit einem Lächeln ab und hob beschwichtigend die Hände. »Wir beschäftigen manchmal Praktikanten – die haben sich an Bettina stets die Zähne ausgebissen. Na ja, das nur so nebenbei. Sie war, wie gesagt, ziemlich gut.«

»Wie lange war sie Ihre Mitarbeiterin?«

»Gut vier Jahre, das genaue Datum habe ich natürlich nicht im Kopf, aber wenn das wichtig ist ...«

»Nein, zumindest im Moment nicht.«

Wagner lächelte, als hätte er genau diese Antwort erwartet.

»Hat Bettina sich in Ihrer Firma beworben?«, ergriff Piet plötzlich das Wort.

»Nicht direkt«, erwiderte Wagner und drehte Piet langsam den Kopf zu. »Sie hatte ein feines Gespür für Hunde, wie Sie ja inzwischen erfahren haben dürften. Wir sind uns in einer Hundeschule über den Weg gelaufen, die ich seinerzeit mit meiner Hündin besucht habe, und Bettina verstand auf Anhieb, meiner Mora die Angst zu nehmen. So sind wir ins Gespräch gekommen.«

Interessant, wie er Sandor umschifft, dachte Katryna und tauschte einen kurzen Blick mit ihrem Kollegen.

»Wissen Sie noch, welche Hundeschule das war?«, schob Piet beiläufig hinterher.

»Ja, natürlich, es war die von Bela Sandor. Hatte ich das nicht erwähnt?«

»Nein, hatten Sie nicht.«

»Oh, na ja, egal. Jedenfalls schätzte und unterstützte Bettina Sandor und seine Arbeit sehr.«

»Sie kennen Sandor auch näher?«, fragte Katryna.

»Was meinen Sie mit näher?«

»Über die Erziehung Ihrer Hündin hinaus.«

Wagner blieb entspannt sitzen, während er nickte, als wolle er Verständnis für die Frage der Kommissarin signalisieren.

»Ja. Ich habe Sandor hin und wieder in betriebswirtschaftlichen Fragen beraten.«

»Dann kennen Sie sicherlich auch seinen Steuerberater?«, hakte Katryna nach.

Wagner lächelte fast amüsiert. »Was haben diese Fragen mit Bettinas Tod zu tun?«

»Das wissen wir noch nicht.«

»Aber Ihnen ist doch sicherlich bewusst, dass ich keine Fragen zu Klienten zu beantworten brauche.«

»Natürlich«, bestätigte Katryna. »Das ist uns nur allzu klar, und wir respektieren das auch. Aber wissen Sie – wir sind auf der Suche nach einem Mordmotiv. Und in dem Zusammenhang rutschen mir manchmal spontan alle möglichen Fragen heraus, und nicht bei jeder einzelnen überlege ich mir vorher, ob sie unter Umständen unangemessen sein könnte.« Sie hob das Kinn.

»Ich verstehe. Wir wollen ja schließlich alle wissen, was passiert ist.« Wagner setzte wieder sein verständnisvolles Gesicht auf.

Der Typ ist wirklich mit allen Wassern gewaschen, dachte Katryna. Der sagt nur, was er unbedingt sagen muss, lässt durchblicken, dass er seine Rechte bestens kennt und auch wahrnimmt; ansonsten mimt er den großmütigen Polizeiunterstützer. Vielleicht lernt man das als Unternehmensberater mit nicht immer ganz sauberen Methoden.

»Ist Ihnen bekannt, dass Bettina für ein Hundemagazin Artikel verfasste?«, fragte sie.

»Ja, darüber wusste ich Bescheid.«

»Wissen Sie auch, womit sich ihr letzter Artikel befasste?«

»Nein. Wir haben nicht darüber gesprochen.«

»Es ging um Bela Sandor.«

»Ja, kann sein«, gab Wagner ungerührt zurück. »Sandor ist häufiger mal Gegenstand von Artikeln.«

»Wo waren Sie am Freitagabend, Herr Wagner?«, schaltete Piet sich wieder ein. »Reine Routine.«

»Ist mir klar. Ich muss die Frage zwar nicht zwingend beantworten, aber ich tue es, wenn es der Aufklärung dient: Ich war nach einem Auswärtstermin in Leipzig auf der Geburtstagsfeier meines Schwiegervaters«, erwiderte Robert Wagner prompt. »Und ich gebe Ihnen sogar ohne Umschweife Namen und Anschrift meiner Schwiegereltern.« Seine Stimme klang ernst. »Vielleicht können Sie mir dafür im Gegenzug verraten, wie Bettina ums Leben gekommen ist.«

Piet nickte unmerklich. Katryna sah Wagner fest in die Augen.

»Zwei Hunde haben sie totgebissen, und es spricht eine Menge dafür, dass jemand die Tiere in Mordabsicht auf sie gehetzt hat.«

Wagner starrte sie wortlos an. Mehrere Sekunden herrschte Stille.

»Das kann ich nicht glauben«, meinte er schließlich leise und hielt sich eine Hand vor den Mund. Sein Entsetzen wirkte absolut glaubwürdig. »Hunde? Sie wurde von Hunden totgebissen?«

Katryna sah ihn abwartend an. »Haben Sie irgendeine Idee dazu?«

»Wie darf ich das denn verstehen?«

»Wissen Sie von jemandem, mit dem Bettina auf Kriegsfuß stand? Womöglich jemand aus der Tierschutz- und Hundeszene? Hat sie mal von Konflikten erzählt – womöglich mit Leuten, die bissige Hunde besitzen?«

»Nein, aber so gut kannte ich sie auch wieder nicht. Ich war ihr Chef –«

»Sie hat Ihren Hund erfolgreich therapiert, wenn ich das richtig verstanden habe«, unterbrach Katryna ihn. »Kommt man sich da nicht ein bisschen näher?«

Wagner zog eine skeptische Miene. »Ich bemühe mich, Beruf und Privatleben zu trennen.«

»Aha.«

»Wieso werden Sie ironisch?« Wagner hatte sich wieder gefangen. Er musterte sie forschend.

»Vielleicht möchte ich Sie ein bisschen aus der Reserve locken.«

Ein winziges arrogantes Lächeln huschte über Wagners Gesicht. »Aha.«

Katryna lächelte kühl zurück.

»Herr Wagner, kennen Sie sich eigentlich mit Kampfhunden aus?«, meldete sich Piet wieder zu Wort.

»Wie kommen Sie denn darauf? Rubrik: spontaner Gedanke?« Wagner warf Katryna einen Seitenblick zu, bevor er Piet wieder ansah.

»Ganz und gar nicht. Es waren gleich zwei Kampfhunde, die Bettina zerfetzt haben. Hatten wir das nicht erwähnt?«

Wagner schüttelte langsam den Kopf. »Nein, das hatten Sie nicht erwähnt.«

»Also?«

»Nein, ich kenne mich nicht mit Kampfhunden aus, und ich bin auch kein Fan dieser Rassen. Meine Hündin ist ein kunterbunter Straßenmix.«

»Wissen Sie, ob Bettina mit Hunden dieser Rassen zu tun hatte?«

»Nein, darüber weiß ich nichts.«

»Wissen Sie etwas über Bettinas Lebensgefährten Maik Teesen?«

Wagner lehnte sich zurück. »Nur so viel, dass sie seit einigen Jahren mit ihm zusammenlebte. Er ist selbstständiger Tischler – hat mir übrigens meinen Schreibtisch und die Schränke im großen Besprechungsraum gebaut. Ein begabter Mann.«

»Wussten Sie, wie es um die Beziehung der beiden stand?«

»Ich sagte vorhin schon, dass …«

Katryna winkte ab. »Natürlich, aber man bekommt doch unweigerlich mal das eine oder andere mit.«

»Na ja …« Wagner nickte. »Besonders glücklich wirkte sie in letzter Zeit nicht.«

»Und das hatte mit ihrer Beziehung zu tun?«

»Davon gehe ich aus.«

»Sagt Ihnen der Name Gregor etwas?« Katryna bekam aus den Augenwinkeln mit, dass Piet tief einatmete. Entweder hielt er ihren Vorstoß für falsch, oder er befürchtete, dass sie zu viel verraten würde.

Wagner überlegte. »So auf Anhieb nicht. Wie lautet denn der Nachname?«

»Er ist Mitte zwanzig, Student«, überging Katryna einfach seine Gegenfrage. »Klingelt es jetzt bei Ihnen?«

»Tut mir leid«, verneinte Wagner seufzend. »Das sagt mir im Moment gar nichts.«

»Nun, vielleicht fällt Ihnen zu einem späteren Zeitpunkt noch etwas zu dem Namen ein.«

»Ja, vielleicht.«

Piet klappte sein Heft zu. Katryna erhob sich.

»Danke, dass Sie uns Ihre Zeit zur Verfügung gestellt haben.«

»Das ist doch selbstverständlich.« Wagner stand ebenfalls auf. »Alles Gute und viel Erfolg bei den weiteren Ermittlungen. Meine Sekretärin gibt Ihnen die Adressdaten meiner Schwiegereltern. Hinterlegen Sie doch bitte bei ihr Ihre Visitenkarte, damit ich mich gegebenenfalls mit Ihnen in Verbindung setzen kann.«

Wie gut, dass du an alles denkst, dachte Katryna und hoffte, dass sich der Gedanke nicht auf ihrem Gesicht widerspiegelte.

Zwei Minuten später saßen sie im Wagen. Piet steckte den Schlüssel ins Zündloch, startete den Motor aber nicht.

»Was ist los?«, fragte Katryna. »Irgendwas gefällt dir nicht, oder? Sag es ruhig.«

Piet sah sie an. »Alles in Ordnung. Aber bei Typen wie Wagner muss man wirklich gehörig aufpassen ...«

»Das habe ich durchaus mitbekommen.«

»Ich weiß.« Er lächelte. »Du brauchst übrigens nicht zu befürchten, dass ich dich unterschätze. Ich hätte die Befragung zwar ein wenig anders aufgezogen, aber wenn ich mir das Ergebnis ansehe, so stelle ich fest, dass, wie so häufig, mehrere Wege nach Rom führen.«

Katryna lächelte zurück. »Und? Was hältst du von Wagner?«

»Der weiß viel mehr, als er sagt.«

»Logisch. Hattest du auch den Eindruck, dass er über Bettinas Tod gar nicht so überrascht war, aber ganz schön blass um die Nase wurde, als wir von dem tödlichen Angriff der Hunde berichteten?«

»Das hat ihn ziemlich entsetzt, in der Tat. Andererseits ...« Piet grübelte einen Moment. »Er hatte Zeit, sich mit der Nachricht von Bettinas Ermordung zu befassen – seine Sekretärin hat ihn informiert –, und es gehört zu seinem Geschäft, kontrolliert und souverän zu bleiben, auch in außergewöhnlichen Situationen.«

Er startete den Wagen und wendete.

»Teilst du meine Ansicht, dass Bettina die anonyme Anzeigenerstatterin beim Finanzamt gewesen sein könnte?«, fragte Katryna einen Augenblick später.

»Gut denkbar. Immerhin hatte sie über ihren Job sehr wahrscheinlich Zugriff auf die Firmenunterlagen von Sandor und hat während der Reisen und der Artikelrecherchen vielleicht auch dies und jenes aufgeschnappt. Insofern stimme ich dir zu. Allerdings … Warum wollte sie Sandor in die Pfanne hauen?«

Katryna runzelte die Stirn. »Was meinst du?«

»Sandor war ihr Vorbild, sie hat ihn seit Langem bewundert und geschätzt, war wahrscheinlich befreundet mit ihm«, erläuterte Piet. »Wenn seine Einnahmen wirklich nicht sauber verbucht waren oder er das eine oder andere Nebengeschäft schwarz getätigt hat – na und? Was kümmerte es sie? Was kann bei einem Hundetrainer schon dahinterstecken? Außerdem dürfte ihr klar gewesen sein, dass eine anonyme Anzeige nicht viel bringt, wenn Wagner persönlich oder der Steuerberater oder beide zusammen Zeit haben, für eine wasserdichte Buchhaltung zu sorgen, die sogar das Finanzamt begeistert.«

»Tja, interessante Fragen. Vielleicht wollte sie nur einen Warnschuss loslassen.«

Piet sah sie von der Seite an. »Oder es gibt keinen Zusammenhang zwischen der einen und der anderen Geschichte, und mit der Anzeige wollte sich jemand wichtigmachen, vielleicht ein Konkurrent aus der Hundetrainerbranche.«

»Das ist natürlich auch nicht auszuschließen. Zu schade, dass Bettinas Laptop verschwunden ist – ich würde gern wissen, was es damit auf sich hat.«

»Dem kann ich mich nur anschließen.«

Ein kleiner Sportflitzer überholte sie mit aufheulendem Motor. Piet würdigte ihn keines Blickes, während Katryna am liebsten ganz undamenhaft den Mittelfinger gereckt hätte.

»Wir haben noch ein bisschen Zeit bis zum Termin mit Sandor. Gehen wir einen Kaffee trinken?«, fragte Piet. »Wir könnten in Ruhe unser Vorgehen durchsprechen. Gleich um die Ecke ist die ›Luise‹ – Café, Biergarten und so weiter. Sehr zu empfehlen.«

»Gute Idee.«

Ein Stück Kuchen wäre auch nicht schlecht, überlegte Katryna. Ihr Frühstück war längst verstoffwechselt. Zumindest fühlte sich ihr Magen so an. Und die Sache mit dem Kostüm oder anderen hautengen Kleidungsstücken hatte sich ohnehin erledigt, fürs Erste zumindest.

Katrynas Handy vibrierte, als sie ihren Streuselkuchen, der ganz hervorragend war, noch nicht einmal zur Hälfte vertilgt hatte. Sie legte die Gabel beiseite und sah aufs Display, bevor sie die Verbindung herstellte. »Ja?«

»Hier Martina. Ich hab was für euch.«

»Okay, ich höre.« Katryna spürte leise Genugtuung darüber aufsteigen, dass Martina sich direkt an sie wendete. Das war eigentlich albern, aber sie kostete das Gefühl trotzdem für einen Moment aus.

»Eine Merle Behrens hat gerade angerufen. Sie ist Redaktionsassistentin bei ›Hund & Co‹, erklärte Martina. »Sagt euch der Name was?«

»Noch nicht«, meinte Katryna. »Aber ich gehe jede Wette ein, dass du uns gleich mehr verraten wirst.« Sie spürte Piets fragenden Blick und hob kurz die Augenbrauen.

»Die junge Frau hat gerade mit dem Redaktionschef Sebastian Krüger telefoniert und von dem Mord erfahren«, fuhr Martina fort. »Sie sagt, dass sie die eine oder andere Anmerkung zu machen habe.«

»Nur zu.« Katryna hob Piet zunickend einen Daumen. »Wir sind gespannt. Hast du ihre Adresse?«

»Ja, aber das wird euch nichts nützen. Merle Behrens macht gerade Urlaub in Portugal und kommt nicht vor Ende der Woche zurück. Ich habe ihre Handynummer – du solltest sie anrufen.«

»Okay – schickst du sie mir aufs Handy? Wir sind auf dem Weg zum Auto.«

Piet stand auf und bezahlte. Einen Moment lang trauerte Katryna um den durchaus beachtlichen Rest ihres Kuchens, dann schlüpfte sie in ihre Jacke und eilte dem Kollegen hinterher.

Merle Behrens hatte ihren Anruf erwartet. Sie nahm nach dem ersten Rufzeichen ab. Ihrer Stimme war auch über die Entfernung der Schock anzuhören. Katryna setzte Aufzeichnungs- und Lautsprechermodus ihres Handys in Gang, nachdem sie die junge Frau darüber in Kenntnis gesetzt hatte.

»Meine Kollegin sagte mir, dass Sie eine Aussage machen möchten«, hob Katryna an.

»Das ist richtig. Zumindest möchte ich auf etwas hinweisen, was vielleicht wichtig sein könnte, aber … Wie dem auch sei: Sebb, also ich meine natürlich Sebastian Krüger, der Redaktionschef von ›HuCo‹, also von ›Hund & Co‹, hat mich darüber informiert, was passiert ist und …« Sie legte eine Pause ein, und Katryna konnte hören, dass sie weinte. »Er hat erwähnt, dass Sie auch danach gefragt haben, woran Bettina gerade gearbeitet hat«, fuhr sie schließlich fort.

»Ja«, bestätigte Katryna. »Wissen Sie Genaueres darüber?«

»Ja. Sie hat einen Artikel über Bela Sandor vorbereitet.«

»Das ist uns bekannt, und den Entwurf haben wir auch schon vorliegen«, erwiderte Katryna. »Ihr Chef hat ihn uns freundlicherweise zur Verfügung gestellt.«

»Ich weiß«, entgegnete Merle Behrens. »Sebastian hat es erwähnt. Allerdings finde ich, dass die Bezeichnung Entwurf nicht ganz zutreffend ist.«

»Wie meinen Sie das?«

»Bettina hat uns vor einigen Wochen einen Großteil ihres zusammengestellten Materials zugemailt, darunter auch Textdokumente und Fotos, die sie bereits für andere Artikel verwendet oder vorgesehen hatte. ›HuCo‹ hat ja bereits einige ihrer Beiträge zum Thema Sandor und dessen Engagement in Rumänien veröffentlicht, und Krüger wollte mal einen Blick drauf werfen, wie umfangreich das Ganze wird und was es Neues gibt.«

»Und? Gibt es Neues?«

»Das ist es ja: Bis auf das Interview und einige Details und Aktualisierungen sowie ein paar Fotos – nein. Dabei liegt die Rumänientour schon etliche Monate zurück – ich glaube, die sind im Mai runtergefahren –, und Bettina braucht normalerweise nicht so lange, um einen Artikel abzugeben.«

»Haben Sie eine Erklärung dafür?«

»Tja, vielleicht. Als ich sie letztens fragte, wann wir denn nun mit ihrem fertigen Bericht rechnen könnten, meinte sie, dass sie gerade mitten in der Arbeit sei. Und nach einer Pause fügte sie im Flüsterton hinzu, dass der Artikel sich in jeder Hinsicht von ihren bisherigen Sandor-Beiträgen unterscheiden würde.«

»Hat sie das so gesagt?«

»Fast wortwörtlich«, betonte Merle Behrens. »Sie hat sogar noch mit geheimnisvoller Miene hinzugefügt, dass wir alle mächtig staunen würden, und das klang ganz und gar nicht so, als hätte sie sensationell Erfreuliches zu berichten, ganz im Gegenteil. Ich war ziemlich baff und habe natürlich nachgefragt, wie sie das meinte, aber Bettina wollte nicht mit der Sprache herausrücken. Noch nicht, wie sie sagte, und sie nahm mir das Versprechen ab, ihre Andeutungen unbedingt für mich zu behalten und auch keinesfalls an Krüger weiterzugeben.«

»Warum nicht?«

»Na ja, Krüger ist ein absoluter Fan von Sandor – wie so viele –, und die beiden kennen sich auch persönlich«, erläuterte Behrens. »Außerdem ist Sandor ein guter Kunde, er schaltet eine Menge Anzeigen bei uns, wenn Sie verstehen, was ich meine.«

»Durchaus. Bettinas Andeutungen klingen nach negativer Berichterstattung, und die hätte Krüger, sagen wir mal: zumindest verunsichert oder aufgeschreckt, weil er das Risiko befürchtet, einen zahlungskräftigen Kunden zu vergraulen, stimmt's?«

»So könnte man es formulieren«, bestätigte Behrens.

»Und Sie haben überhaupt keine Vorstellung, was Bettina gemeint haben könnte?«

»Nein. Überhaupt nicht. Aber ich hatte den Eindruck, dass sie von Sandor zutiefst enttäuscht war, vielleicht sogar entsetzt, aber das ist nur meine ganz persönliche Einschätzung, die ich nicht weiter belegen kann. Ob all das tatsächlich wichtig für Ihre Ermittlungen ist, weiß ich natürlich nicht ...«

»Das wissen wir auch noch nicht, Frau Behrens, doch eine plötzliche und unerklärliche Verhaltens- oder Meinungsänderung ist natürlich ein relevantes Indiz für uns, dem wir nachgehen werden.«

»Ja, das dachte ich mir. Darum habe ich mich auch bei Ihnen gemeldet.« Sie räusperte sich. »Eine Bitte hätte ich allerdings in dem Zusammenhang. Solange nicht klar ist, was Bettina bezüglich Sandor bewegt hat und inwieweit das Ganze tatsächlich mit dem Mord an ihr zu tun hat, wäre ich Ihnen sehr verbunden, wenn Sie meinen Namen –«

»Ich verstehe schon«, unterbrach Katryna sie. »Wir werden Sie soweit es geht heraushalten. Danke erst mal für Ihre Hinweise. Wann kehren Sie nach Berlin zurück?«

»Ende der Woche.«

»Wir würden uns dann noch einmal mit Ihnen in Verbindung setzen.«

»Ja, natürlich.«

Katryna beendete das Gespräch und sah Piet fragend an. Sie hatte das deutliche Gefühl, dass sich die Hintergründe des Mordes allmählich aufzuhellen begannen, aber natürlich war es voreilig, einen interessanten Hinweis sofort als Motiv zu werten.

»Na, was hältst du von der Sache?«

Piet fuhr sich übers Kinn, was ein kratzendes Geräusch erzeugte. »Tja, so wie uns Bettinas Persönlichkeit bislang beschrieben wurde, kann sich hinter ihren Andeutungen meines Erachtens alles Mögliche verbergen. Vielleicht hat Sandor ein paar entscheidende Fehler bei der Hundeerziehung gemacht, die in ihren Augen und in denen anderer Hundefans ganz besonders verwerflich sind, Otto Normalverbraucher aber völlig nebensächlich erscheinen. Zum Beispiel –«

»Das glaube ich nicht«, unterbrach Katryna kopfschüttelnd seine Einschätzung. »Bettina mag durchaus speziell gewesen sein, nach unserem Empfinden vielleicht sogar etwas abgedreht, was ihre Tiervernarrtheit angeht. Aber so wie Behrens ihr Verhalten und ihre merkwürdigen Andeutungen schildert und einordnet, dürfen wir wohl davon ausgehen, dass es sich nicht um ein Allerweltsthema handelt, das in der nächsten Ausgabe des Magazins von Hundefreunden heiß diskutiert wird, ansonsten jedoch niemanden interessiert. Das klingt alles deutlich dramatischer, zumindest ... ja: schwerwiegender. Ich bin davon überzeugt, dass Merle Behrens uns kaum aus Portugal kontaktiert hätte, wenn sie nicht sicher wäre, dass etwas Entscheidendes im Gange war.«

»Oder sie ist auf tierschutzrelevante Vergehen gestoßen, die manch überzeugten Sandor-Anhänger verstören würden«, setzte Piet seine Überlegungen ungerührt fort.

»Hm ... ja ... vorstellbar.«

»Oder er hat in Rumänien Mist gebaut – auf welche Art und Weise auch immer.«

Katryna ließ den Gedanken einen Moment auf sich wirken, dann nickte sie. »Vielleicht hat Sandor sich dort irgendetwas zuschulden kommen lassen: Möglicherweise hat er sich bei zwielichtigen Geschäften bereichert, die im Zusammenhang mit der Rumänienhundehilfe stehen – denk an die anonyme Anzeige! Zeitlich würde das passen, denn offensichtlich hat Bettina sich ja schon länger mit dem Thema befasst.«

»In diesem Punkt stimme ich dir zu.«

»In anderen nicht?«

Piet lächelte. »Ich ziehe zunächst immer so viele Erklärungen wie irgend möglich in Betracht, statt mich zu früh festzulegen und den Fokus damit unnötig zu verengen.«

»Ich verenge meinen Fokus nicht«, entgegnete Katryna sofort. »Ich setze nur gern Schwerpunkte, die mir wichtig und logisch scheinen, statt mich mit Dutzenden von gerade mal theoretisch möglichen Beweggründen zu befassen und damit unnötig zu beschweren.«

Das klang ein wenig bissig und verdammt nach Rechtfertigung. Katryna biss sich auf die Unterlippe. Manchmal wäre es klüger, einfach die Klappe zu halten.

Piet lächelte noch breiter. »Liebe Kollegin, ich kritisiere dein Vorgehen nicht, ich beschreibe nur, wie ich mich bei solchen Fällen vorantaste. Du machst es eben anders.«

Katryna sah ihn einen Augenblick stumm an, dann atmete sie tief durch. »Okay.«

»Auf zu Sandor. Wird Zeit, dass wir ihn endlich kennenlernen.«

5

Er war an einen Stuhl gefesselt. Durch die Augenbinde konnte er nichts sehen. Er wusste nicht, wo er sich befand und wer die Männer waren, die ihm Fragen stellten und ihn schlugen, und wie lange diese Tortur schon andauerte. Eine Stunde? Drei? Einen halben Tag? Sie kamen immer zu zweit und prügelten abwechselnd auf ihn ein, aber nur einer stellte die Fragen.

Ein Alptraum, dachte er. Ein grässlicher Alptraum, dessen Ende nicht in Sicht war. Das Einzige, worüber Klarheit herrschte, war die Tatsache, dass es um Bettina ging.

Die Tür knarrte, und Gregor begann zu zittern. Der Mann, der die Fragen stellte, hatte eine irritierend freundliche Stimme. Er lullte ihn mit scheinbar beiläufigen, manchmal fast besorgt klingenden Fragen und Bemerkungen ein, um ihm dann ohne Vorankündigung in die Nieren zu schlagen oder in den Unterleib zu treten oder seinen Kompagnon vortreten und agieren zu lassen.

»Wie geht es dir, Gregor?«

Gregor zitterte. »Ganz gut.«

Der Schlag ließ seinen Kopf von einer Seite zur anderen fliegen.

»Du lügst, Junge«, kommentierte der Mann seufzend. »Dir kann es gar nicht gut gehen, nach dem, was wir bislang mit dir gemacht haben. Und was haben wir vereinbart – hm? Sag es mir.«

»Die Wahrheit, nichts als die Wahrheit«, sagte Gregor leise. »Ich wollte nur –«

»Du antwortest nur auf meine Fragen, und du sprichst immer nur die Wahrheit, haben wir uns endlich verstanden?«

»Ja.« Gregor versuchte zu nicken, aber sein Kopf schmerzte so sehr, dass er es sofort wieder ließ.

»Also – wie geht es dir?«

»Nicht gut. Ich habe Schmerzen und Angst.«

»Ja, das kann ich mir vorstellen.« Das klang bedauernd. »Also, noch mal von vorne. Du warst Bettinas Lover?«

»Ja.« Gregor sagte nicht, dass er diese Frage bestimmt schon ein

Dutzend Mal, vielleicht sogar zwanzig-, dreißigmal mit einem Ja beantwortet hatte, obwohl ihm der Hinweis trotz allem auf der Zunge lag.

»Das heißt, du hast sie gevögelt?«

»Ja.«

»Warum? Du hast eine tolle junge knackige Freundin, wie du uns schon verraten hast – was wolltest du mit einer Vierzigjährigen?«

Gregor fuhr sich mit der Zungenspitze über die ausgetrockneten blutigen Lippen. »Wir sind uns einfach nähergekommen. Sie hat mich irgendwie fasziniert, zumindest eine Weile.«

»Wie habt ihr euch kennengelernt?«

»Bei Bela Sandor. Sein ältester Sohn Leif und ich studieren zusammen. Bettina hat sich für Belas Arbeit interessiert. Sie hat auch Artikel über ihn geschrieben. Die beiden kannten sich schon länger.«

»Was wollte sie am Freitagabend von dir?«

»Sie wollte mich sehen und etwas mit mir besprechen.«

»Was genau?«

Gregor atmete tief durch. »Das weiß ich eben nicht. Ich habe nur mitbekommen, dass sie Zoff mit Bela hatte.«

»Zoff?«

»Ja, so klang es. Sie wollte mir irgendwas darüber erzählen, aber ich hatte Thekendienst, es war laut, und ich hatte auch keine Lust, mir diese Hundegeschichten anzuhören ...«

Der Schlag in die Rippen raubte ihm für einen langen Moment die Luft.

»Ich denke, du weißt nicht, worum es ging«, meinte der Mann schließlich, und seine Stimme klang sanft.

Gregor japste. »Nein ... eben nicht ... genau.«

»Denk nach – was für Hundegeschichten?«

»Ich weiß es wirklich nicht. Sie war irgendwie sauer auf ihn und meinte, dass Bela sich noch wundern würde und einige andere auch. Wir haben uns dann für Samstag verabredet, da wollte ich auch Schluss mit ihr machen ... Kurz danach ist sie gegangen, und ich bin wieder hinter die Theke. Das war das letzte Mal, dass ich sie gesehen oder gesprochen habe.«

Für mindestens zwei Minuten blieb es still. Gregor hörte seinen eigenen vor Angst zusammengepressten Atem und die tiefen, entspannten Atemzüge des Mannes.

»Du hast eine süße Freundin.«

Gregor spürte, wie sich ihm die Nackenhaare aufstellten. Ihm wurde speiübel.

»Meine Freunde und ich haben einige Ideen, was wir mit ihr anstellen könnten. Du dürftest sogar zusehen. Das würde uns sehr gefallen – ihr aber wohl deutlich weniger. Und dir wahrscheinlich auch.«

»Bitte nicht«, flüsterte Gregor.

»Denk darüber nach, was dir deine Freundin wert ist. Eine einzige Lüge und …«

Die Tür knarrte und fiel ins Schloss.

Gregor starrte die Augenbinde an. Und betete.

***

Katryna schnallte sich an. Gleich wird er mich fragen, wie wir die Befragung Sandors gestalten wollen, dachte sie. Aber Piet verlor kein Wort, bis sie in Lichtenrade vor einem großen umzäunten Haus mit mehreren Nebengebäuden angelangt waren und aus dem Wagen stiegen.

»Da wären wir.«

Vielstimmiges Hundegebell ertönte, als er die Klingel am Gartentor betätigte. Als der Türsummer erklang, fasste Piet kurz nach Katrynas Arm. Sie sah ihn an.

»Wir brauchen dringend den Nachnamen von Gregor«, sagte er leise.

Eine hübsche, auffallend zierliche Frau öffnete die Haustür. Die Frau des Meisters, dachte Katryna. Sie stellte sich und Piet kurz vor, und Nikola Sandor führte sie durch eine breite Diele in einen Aufenthaltsraum, der bemerkenswerte Ähnlichkeit mit dem Wartezimmer einer florierenden Arztpraxis aufwies: reihum gemütliche Stühle, auf einem Sideboard standen Kaffee und Getränke für Herrchen und Frauchen bereit, großformatige Fotos mit Hundemotiven schmückten die Wände.

Auf kleinen Beistelltischen lagen Notizblöcke und Stifte sowie hochwertige Magazine und Zeitschriften bereit, am Boden waren mehrere Wasserschüsseln verteilt, deckenhohe Pflanzen in großen Kübeln füllten die Zimmerecken aus.

Jede Wette, dass die täglich zigfach angepinkelt werden, dachte Katryna und musterte eine Zwergdattelpalme mit besorgtem Blick. Die aber machte einen ausgesprochen frischen und vitalen Eindruck ... In einem Buchenholzregal drängten sich zahlreiche Fachbücher zum Thema – wie sollte es auch anders sein? – Hund und Erziehung.

»Mein Mann muss jeden Moment kommen«, sagte Nikola Sandor, nachdem sie Piet und Katryna gebeten hatte, Platz zu nehmen, während sie selbst unschlüssig in der Tür stehen blieb.

»Er ist gerade mit der Junghundegruppe draußen, und die Stunde dauert meist länger als geplant.« Sie wies auf das Sideboard. »Vielleicht mögen Sie eine Erfrischung.«

»Danke, im Augenblick nicht«, erwiderte Katryna. »Setzen Sie sich doch kurz zu uns.«

Nikola Sandor zögerte, kam dann aber der Aufforderung nach. Sie steht nicht gern im Mittelpunkt, dachte Katryna. Piet schlug sein Notizbuch auf.

»Sie haben Bettina auch gekannt, nicht wahr?«, begann Katryna das Gespräch.

»Ja. Nicht so gut wie Bela, aber ... ja, natürlich kannte ich sie. Es ist ... unfassbar.« Sie sah zu Boden und schüttelte den Kopf. »Wir sind völlig sprachlos.«

»Wie haben Sie von ihrem Tod erfahren?«

»Bela hat es mir erzählt. Ich glaube, Robert Wagner hatte ihn gestern angerufen – Bettina war bei ihm beschäftigt, wie Sie wohl wissen.«

»Wissen Sie zufälligerweise genauer, wann Ihr Mann von Wagner informiert worden ist?«

Nikola Sandor sah sie irritiert an. »Bela war unterwegs. Als er Montagabend nach Hause kam, erzählte er es mir«, meinte sie zögernd. »Ich nehme an, sie haben per Handy telefoniert. Warum ist das wichtig?«

Katryna hob mit einer unbestimmten Geste die Hände. »Routine, Frau Sandor, reine Routine – so wie wir alle Leute abklappern und befragen, die mit Bettina Springer zu tun hatten, und sei es nur am Rande. Apropos: Sagt Ihnen der Name Gregor etwas?«

»Gregor? Gregor Mahler?«

»Ja, genau den meine ich«, behauptete Katryna.

»Das ist ein Freund und Studienkollege meines Sohnes Leif«, antwortete Nikola verwundert. »Aber was hat Gregor mit Bettina zu tun?«

»Die beiden sind sich in Ihrem Haus begegnet, wie wir erfahren haben.«

»Ja, das stimmt wohl, aber …«

Katryna nickte ihr zu. »Wie gesagt, wir prüfen sämtliche Kontakte.« Mit einem Seitenblick registrierte sie, dass Piet sein Handy gezückt hatte und bereits dabei war, den Namen einzugeben.

»Wann haben Sie Bettina zum letzten Mal gesehen oder gesprochen?«, wechselte Katryna das Thema.

»Ich weiß es, ehrlich gesagt, nicht genau … Bela hat –«

Im gleichen Augenblick klappte die Haustür. Sekunden später wieselte ein schokoladenbrauner, drahtiger Hund mit Schlappohren und abstehenden Schnauzhaaren um die Ecke, warf sich Nikola winselnd vor die Füße und streckte ihr hechelnd seinen Bauch entgegen.

»Choco!«, rief Nikola und strahlte übers ganze Gesicht.

Katryna musste zugeben, dass der Name perfekt zu dem Hund passte, der darüber hinaus auch noch den Charme eines Schokoriegels verströmte. Nachdem er seine Streicheleinheiten bei Nikola eingeheimst hatte, wandte er sich an Piet und Katryna und ging natürlich auch dort nicht leer aus.

»Er weiß sehr genau, wie er Menschen für sich einnehmen kann«, erklang plötzlich eine männliche Stimme.

Katryna blickte hoch. Bela Sandor, den sie mühelos den Fotos zuordnen konnte, die sie bislang von ihm gesehen hatte, wirkte in natura deutlich beeindruckender, obwohl er kleiner und schmächtiger war, als sie erwartet hatte. Dafür punktete er mit großen braunen Augen und dunklen Locken, in denen das Grau wie eine spielerisch gesetzte Note wirkte, sowie einem markanten Gesicht mit lebendigen Zügen. Und das Lächeln, obwohl es zurückhaltend wirkte, hatte es in sich.

Er kam direkt auf sie zu, begrüßte sie und Piet mit Handschlag und zog sich einen Stuhl heran, nachdem er Choco angewiesen hatte, sich abseits hinzulegen. Der Hund streckte sich sofort aus und schien gar nicht auf die Idee zu kommen, Sandor zu bedrängen oder seinen Befehl zu ignorieren.

»Ich hoffe, ich habe Sie nicht allzu lange warten lassen«, sagte er leise.

Katryna registrierte, wie er schnell von ihr zu Piet blickte und einzuschätzen versuchte, wer von ihnen beiden die Befragung leitete und das Sagen hatte. Gute Frage, dachte sie.

»Aber nein«, meinte Katryna. »Wir haben uns bereits kurz mit Ihrer Frau unterhalten, Herr Sandor. Gleich mal vorneweg: Wie haben Sie von Bettinas Ermordung erfahren?«

Sandor lehnte sich auf seinem Stuhl zurück. Er hob die Hände mit unbestimmter Geste – schlanke, aber kraftvolle, zupackende Hände.

»Robert Wagner hat mich am Montagabend von unterwegs angerufen – sein Büro hatte ihn informiert«, erklärte er. »Und auch heute haben wir bereits telefoniert. Sie wissen ja sicherlich, dass Bettina dort …«

»… gearbeitet hat. Ja, das wissen wir«, nickte Katryna. Wagner und Sandor haben sich also über die Befragung von Bettinas Exchef ausgetauscht, dachte sie. Interessant. Oder auch ein ganz normaler Vorgang angesichts der Tatsache, dass eine gemeinsame Bekannte auf grausige Art zu Tode gekommen ist. »Frau Springers Kontakt zu Wagner ist über Sie zustande gekommen, nicht wahr?«

»Ja. Bettina hatte damals einige Kurse bei mir besucht und ihr großes Talent unter Beweis gestellt. Robert war seinerzeit sehr beeindruckt, wie Bettina mit seiner Hündin umging. Als er mitbekam, dass sie einen Job suchte, gab er ihr eine Chance in seiner Firma und hat es nie bereut …«

Sandor räusperte sich. »Sagen Sie … wissen Sie schon Näheres über den Mord oder die Hintergründe? Wagner erzählte mir, dass man Hunde auf sie gehetzt hat … Das ist nicht zu begreifen.« Seine Lippen verfärbten sich plötzlich weiß, wodurch seine Augen noch dunkler wirkten.

»Ja, das ist schwer nachzuvollziehen.« Katryna fasste ihn scharf ins Auge. »Da stellt man sich natürlich die Frage, warum Bettina ausgerechnet auf diese Weise zum Schweigen gebracht wurde. Es gibt viele andere, weniger spektakuläre Tötungsarten. Ist Ihnen irgendetwas aufgefallen, das Ihnen jetzt zu denken gibt? Hatte Bettina Feinde?«

Sandor schüttelte langsam den Kopf. »Nein, nicht soweit ich weiß. Vielleicht hat sie sich hier und da mal unbeliebt gemacht – wie viele Menschen, die sich im Tierschutz engagieren –, aber Feinde, die zu solchen Methoden greifen ...«

»Bettina hat an einem Artikel gearbeitet, in dessen Mittelpunkt Sie und Ihre Arbeit in Rumänien stehen.«

»Ja, sie war zweimal mit dabei und hat mehrfach über mein Wirken berichtet – übrigens nicht nur in diesem Zusammenhang.«

Das klang durchaus eitel, fand Katryna, aber die Wertung behielt sie für sich. »Und sie waren sich immer einig?«

»Natürlich nicht. Wer ist sich mit wem schon immer einig?« Sandor zeigte wieder sein flüchtiges, fast scheues Lächeln, mit dem er, wie Katryna mutmaßte, so manches Frauenherz jeden Alters erobern konnte. »Wir haben häufig diskutiert – über alles Mögliche.«

Er sah seine Frau an. »Stimmt's? Bettina hat nichts einfach so hingenommen.«

»Nein, das war nicht ihre Art«, bestätigte Nicola.

»Könnten Sie konkreter werden?«

»Wenn Sie es wünschen: natürlich.« Sandor überlegte einen Moment. »Mein Ansatz in der Hundeerziehung und -therapie ist relativ einfach: Wie bringe ich dem Hund bei, was ich von ihm will? Wie teile ich mich ihm so mit, dass er mich versteht? Kurzum: Wie gelingt es mir, sein Verhalten zu begreifen und aktiv zu beeinflussen?«, begann er schließlich.

»Zauberwort Kommunikation, stimmt's?«

Sandor nickte anerkennend. »Ganz genau. Ich muss die Kommunikationsstrukturen des Tieres verstehen und sie anwenden, statt ewig und drei Tage darauf hinzuarbeiten, dass der Hund meine Sprache, meine Kommandos erlernt – wozu er ohne Zweifel fähig ist – aber diese Vorgehensweise dauert lange und ist von vielen Missverständnissen begleitet. Ein Beispiel: Mein Hund steht einhundert Meter von mir entfernt und interessiert sich für einen anderen Hund oder eine Spur oder sonst was. Wenn ich will, dass er die Aufmerksamkeit auf mich richtet und zu mir kommt, dann muss ich Signale aussenden und eine Körpersprache verwenden, die auf ihn abgestimmt, klar und unmissverständlich ist. Auf ihn zulaufen und nach ihm rufen, bedeutet für ihn: Herrchen kommt zu mir und netterweise sagt er auch noch dauernd meinen Namen. Ist doch toll, oder? Warum sollte der Hund sich noch in meine Richtung bewegen, wenn ich das schon für ihn übernehme?«

Sandor lächelte amüsiert. Er schien dieses Beispiel zu schätzen und besonders gern zu verwenden.

»Ein typischer Fehler vieler Hundebesitzer. Ein kluger und williger Hund lernt natürlich irgendwann, was von ihm erwartet wird, was er machen soll, auch wenn es ihm nicht hundekonform mitgeteilt wird, aber es gibt einen einfacheren Weg: Rufen Sie Ihren Hund, drehen Sie sich gleichzeitig von ihm weg und gehen Sie in die entgegengesetzte Richtung. Die Chancen stehen ziemlich gut, dass der Hund relativ zügig zu Ihnen kommt, denn er will Sie nicht aus den Augen verlieren. Dann belohnen Sie ihn, und beim nächsten oder übernächsten Mal wird er deutlich mehr Eifer an den Tag legen und zu Ihnen eilen – das ist jetzt natürlich sehr vereinfacht dargestellt, und Ausnahmen bestätigen selbstverständlich die Regel, aber ich denke, Sie verstehen so in etwa, was ich zum Ausdruck bringen möchte.«

»Ja, in etwa. Und Bettina war anderer Meinung?«

»Bettina war grundsätzlich der Auffassung, dass wir unsere Tiere unnötig manipulieren beziehungsweise dressieren und für unsere Zwecke missbrauchen sowie Zwängen aussetzen, die im Widerspruch zu ihren natürlichen Bedürfnissen stehen. Sie war zum Beispiel grundsätzlich gegen den Einsatz von Hunden bei Polizei und Militär oder beim Sport – Agility fand sie kurz gesagt zum Kotzen. Sie hat aber im Laufe unserer gemeinsamen Arbeit eingesehen, dass das moderne Zusammenleben von Mensch und

Tier gerade in der Stadt besonderen Regeln unterliegen sollte – zum Schutze aller. Wenn Sie Ihren Hund von einer viel befahrenen Straße oder einer Rangelei weglocken wollen, ist es ganz hilfreich, zu wissen, wie man ihn manipulieren kann! Und wenn ein Freund oder Kind unter einem zusammengestürzten Haus begraben wurde, ist ein gut ausgebildeter Rettungshund häufig die einzige Chance, sie lebend zu bergen. Sie sehen – wir haben uns häufig die Köpfe heißgeredet.«

»Trotz Ihrer Meinungsverschiedenheiten war sie sehr talentiert – das haben Sie selbst betont.«

»Richtig. Bettina hatte das große Glück, dass die meisten Hunde sie als Chefin respektiert haben, ohne dass sie etwas Besonderes dazu tun musste. Sie führte das auf gegenseitige Achtung, Vertrauen und Liebe zurück, ich habe andere Begriffe verwendet und ihre Führungsbegabung hervorgehoben. Gemeint haben wir wahrscheinlich im Grundsatz das Gleiche.«

Im Hintergrund klingelte ein Telefon. Nikola Sandor wandte den Kopf und stand auf. »Wenn Sie mich nicht mehr brauchen, würde ich gern …«

Katryna nickte ihr zu. »Für den Moment danke.«

Piet erhob sich ebenfalls. Er zeigte auf sein Handy. »Ich muss mal kurz in Ruhe telefonieren. Machst du solange allein weiter?«

Katryna vermutete, dass es um Gregor ging. »Klar.«

Sie wandte sich wieder an Sandor und lächelte herzlich. »Ich brauche noch einige Angaben von Ihnen, die wir routinemäßig abfragen. Außerdem müssten Sie in den nächsten Tagen mal eine halbe Stunde erübrigen und im LKA vorbeischauen, damit wir ein Protokoll anfertigen können«, erläuterte sie in liebenswürdigem Ton, während Piet in die Diele ging und Sandors Frau ans Telefon eilte.

Sandor lächelte zurück. »Kein Problem.«

»Wo waren Sie am Freitagabend?«

Das Lächeln schwächte sich unmerklich ab. »Freitagabend? Letzten Freitagabend?«

»Genau den Freitagabend meine ich.« Katryna nickte eifrig.

»Warten Sie mal, da müsste ich nachschauen …« Er überlegte, dann griff er in die Innentasche seiner Jacke und zog einen Terminkalender mit deutlichen Abnutzungsspuren hervor. Dass er keinen elektronischen Organizer verwendete, sondern ein Heft in ledernem Einband mit sich herumschleppte, passte zu ihm.

»Ich hatte bis ungefähr neunzehn Uhr zwei Termine mit sogenannten Problemhunden«, erklärte er, nachdem er die entsprechende Seite aufgeschlagen hatte. »Die Kunden werden Ihnen das bestätigen. Ich gebe Ihnen gern Namen und Telefonnummern mit.«

»Das wäre klasse. Und danach?«

»Bin ich nach Hause gefahren. Meine Frau hat gekocht, unsere Söhne waren mit ihren Freundinnen zum Essen eingeladen. Wir haben bis ungefähr halb elf zusammengesessen. Gegen halb zwölf sind wir schlafen gegangen. Meine Frau wird Ihnen das bestätigen.«

»Das kann ich mir vorstellen.«

Sandor runzelte die Brauen. »Ehrlich gesagt, weiß ich nicht so recht, wieso Sie …«

Piet tauchte wieder in der Tür auf. Er wirkte angespannt. Mit einem angedeuteten Nicken signalisierte er Katryna, dass es Neuigkeiten gab. Er setzte sich und blickte Sandor an. »Kurze Zwischenfrage von meiner Seite: Wie gut kennen Sie Gregor Mahler?«

Sandor hob die Augenbrauen. »Er ist ein Freund meines Sohnes und manchmal auch Gast in unserem Haus.«

»Das beantwortet meine Frage nicht.«

Sandor atmete laut aus. »Ich kenne und schätze ihn seit einigen Jahren. Er ist ein netter Junge, studiert BWL, jobbt nebenbei, hat eine hübsche Freundin. Ich mag seine Gradlinigkeit. Besser?«

»Wesentlich besser. Wussten Sie, dass Bettina und Gregor eng befreundet waren und sogar ein Verhältnis hatten?«, schob Piet hinterher.

Katryna warf dem Kollegen einen schnellen fragenden Blick zu, aber er reagierte nicht darauf.

»Oh … das ist mir … neu.«

»Sie haben auch nichts geahnt?«

»Nein, aber selbst wenn – was hat das mit Bettinas Tod zu tun?«

Piet schnalzte mit der Zunge. »Nun, wir wollen hoffen, dass

das eine nichts mit dem anderen zu tun hat. Allerdings ist Gregor Mahler seit heute Morgen verschwunden. Das gibt uns nach den bisherigen Geschehnissen zu denken, wie Sie vielleicht nachvollziehen können.«

Katryna atmete scharf ein.

Sandor starrte Piet an. »Er ist verschwunden – wie meinen Sie das?«

»Das LKA hat Kontakt zu ihm aufnehmen wollen und in dem Zusammenhang mit seiner Freundin Emma Parold gesprochen – die beiden wohnen ja zusammen. Sie hat ausgesagt, dass Gregor in aller Herrgottsfrühe aus dem Haus gegangen und seitdem nicht mehr erreichbar ist, obwohl sie nach seinem Morgenseminar fest verabredet gewesen waren. Sie ist beunruhigt. Kommilitonen von ihm, unter anderem Ihr Sohn Leif, mit dem Emma telefoniert hat, haben Gregor nicht an der Uni gesehen. Auch sein Wagen ist nicht dort abgestellt, wo er ihn sonst immer parkt.«

Scheiße, dachte Katryna. Nun war klar, warum Piet die Zügel in die Hand nahm und eine schärfere Gangart einlegte. Sie nickte ihm zu.

Sandor schüttelte den Kopf. »Aber das kann doch alles Mögliche bedeuten ...«

»Zum Beispiel?«, hakte Katryna nach.

»Er hat die Verabredung vergessen, ganz einfach, und sein Handy ausgestellt.«

»Nicht seine Art, wie Emma uns sagte und wie Sie sicherlich auch wissen, wenn Sie ihn, wie gerade erwähnt, bereits länger kennen und seine Gradlinigkeit schätzen«, bemerkte Piet. »Außerdem war das Seminar sehr wichtig – Gregor macht demnächst Prüfung, und ein Fehlen ohne hinreichend wichtigen Grund kommt zurzeit gar nicht in Frage.«

Sandor kratzte sich am Hinterkopf. »Okay, aber ... vielleicht hat er von Bettinas Tod erfahren und braucht ein bisschen Zeit für sich. Das könnte doch sein.«

»Und von wem hat er die Nachricht erhalten?«

»Das weiß ich nicht – von mir jedenfalls nicht.« Sandor verschränkte die Arme vor der Brust.

»Wir wissen, dass Bettina Gregor am Freitagabend in der Diskothek besucht hat, in der er nebenbei jobbt«, ergriff Katryna wieder das Wort. »Danach ist sie verschwunden. Sie wollte mit ihm über den Artikel reden, den sie gerade über Sie und Ihre Arbeit in Rumänien verfasst. Bettina war stark beunruhigt, aufgewühlt. Wir wissen, dass sie ein paar unerfreuliche Entdeckungen gemacht hat. Sie haben keinerlei Vorstellung, um was es dabei geht?«

Sandor war blass geworden, aber er sah Katryna gerade in die Augen. »Nein, ich weiß nicht, was sie beschäftigt oder verstört hat. Wirklich nicht. Es gab keinen Streit zwischen Bettina und mir.«

»Es wurde übrigens in Bettinas Arbeitszimmer eingebrochen. Laptop und sämtliche Speichermedien sind gestohlen worden, aller Wahrscheinlichkeit nach in der Nacht von Freitag auf Samstag.«

»Das tut mir leid. Aber was hat das mit mir zu tun?«

Piet stand so abrupt auf, dass Katryna zusammenfuhr.

»Herr Sandor, ich denke, wir sollten das Gespräch im Präsidium fortsetzen.«

»Warum?«

»Wir brauchen Ihre offizielle Aussage.«

Sandor überlegte einen Augenblick, dann zuckte er mit den Achseln und erhob sich. »Wie Sie meinen.«

Die Luft in dem kleinen Büro war abgestanden, dafür war es wenigstens kuschelig warm. Katryna trank ihren Kaffee in kleinen, langsamen Schlucken und biss hungrig von dem Salami-Käse-Baguette ab, das Piet ihr aus der Cafeteria mitgebracht hatte. Es schmeckte fade, stillte aber den größten Hunger. Piet schlürfte einen Espresso. Er hatte die Füße aufs Fensterbrett gelegt und sah schweigend hinaus. Katryna musterte ihn von der Seite.

Mittlerweile war es später Nachmittag. Sandor saß noch allein im Vernehmungsraum und las das Protokoll der Befragung durch, die Piet und Katryna im Präsidium ein zweites Mal durchgeführt hatten – ohne großartige Abweichungen vom Gespräch im Hause Sandor festgestellt zu haben. Immerhin verfügten sie nun über ein gutes Dutzend Namen und Adressen, um Bela Sandors Alibi zu überprüfen und seine Arbeit insgesamt und die in Rumänien genauer unter die Lupe zu nehmen. Martina war bereits dabei, ihre Datenbank zu füttern und Telefonate zu führen.

Irgendwas hat er auf dem Kerbholz, dachte Katryna, aber noch haben wir keinen wirklichen Ansatzpunkt. Auch beim Thema Kampfhunde, das sie kurz angeschnitten hatten, hatte er sich keine Blöße gegeben.

»Das sind interessante Rassen, die mit Vorsicht zu genießen sind. Für sie braucht es Fachkenntnis«, hatte er achselzuckend geäußert.

Nun gut. Obwohl sie ziemlich geschafft war, sah sie dem Gespräch mit Emma Parold erwartungsvoll entgegen. Die junge Frau hatte nach wie vor keine Nachricht von Gregor und war im Moment noch zu Hause, telefonierte sich die Finger wund, schrieb Mails, hielt sich bereit und würde später ins Präsidium kommen.

Katryna hatte bereits kurz mit ihr telefoniert und den Eindruck gewonnen, dass Gregors Freundin eine ausgesprochen souveräne junge Frau war, die trotz großer Verunsicherung die Nerven behielt und sich ganz selbstverständlich um die naheliegendsten Erledigungen kümmerte.

»Wir reden nachher in aller Ausführlichkeit«, hatte Katryna betont. »Ich brauche jedoch vorab schon mal einige Informationen, um sie mit unseren laufenden Ermittlungen abzugleichen.«

»Na klar.«

»Wie Sie ja bereits wissen, haben wir einen Mordfall aufzuklären, und Gregor kannte das Opfer.«

»Sie können ganz offen mit mir reden – ich weiß, dass Gregor eine Affäre mit Bettina hatte.«

»Das erleichtert die Situation natürlich. Können Sie mir sagen, in welcher Diskothek Gregor gearbeitet hat?«

»Ja, in dem großen Schuppen am Ostbahnhof – im ehemaligen Heizkraftwerk.«

Das ist definitiv nicht die Diskothek, in der es in der Woche zuvor zu tödlichen Auseinandersetzungen gekommen ist, überlegte Katryna, aber schließlich war es nicht verboten, Zusammenhänge zu vermuten. »Wie lange arbeitet er dort schon?«

»Ich glaube, ein Jahr oder so.«

»Kennen Sie seinen Chef?«

»Nur dem Namen nach: Thomas Briskow. Ein netter Typ, betont Gregor immer, und er bezahlt anständig.«

Katryna schrieb eifrig mit. »Danke, das wär's erst mal. Wir sprechen uns später.«

Sie hatte die Informationen sofort an Martina weitergegeben und sich erneut darüber gefreut, dass die Kollegin es offensichtlich aufgegeben hatte, ihr die kalte Schulter zu zeigen.

Piet nahm die Füße vom Fensterbrett, als Katryna sich den Rest des Baguettes in den Mund steckte. Er drehte sich zu ihr um.

»Ich denke, wir müssen uns aufteilen«, sagte er. »Zumindest für den weiteren Verlauf des Tages.«

Katryna seufzte unterdrückt. Dabei war Piets Vorschlag nicht nur vernünftig, sondern natürlich auch als Kompliment zu werten. »Was schlägst du vor?«

»Du kümmerst dich allein um Emma Parold, ich fahre raus zum Ostbahnhof und versuche, ein erstes Gespräch mit Briskow zu führen. Dann sehen wir weiter.«

»Klingt vernünftig.«

»Und warum guckst du dann so betroffen?«

»Ich gucke betroffen?« Katryna war peinlich berührt.

»Eindeutig.« Er lächelte.

»Das bildest du dir ein.«

»Okay.« Piet stand auf. »Dann bilde ich es mir ein.« Er wandte sich um.

»Ganz kurz noch«, hielt Katryna ihn auf. »Was hältst du von Sandor? Hat er was damit zu tun?«

Piet lehnte sich an die Tür. »Ich weiß es nicht. Ganz sauber ist der Junge sicherlich nicht, und ich nehme ihm auch keineswegs ab, dass er keine Ahnung hat, was Bettina bewegte, aber ob und wie er mit einem derart brutalen Mord in Verbindung gebracht werden kann, ist mir im Moment schleierhaft. Unter Umständen weiß er etwas – etwas, dessen Tragweite sich uns im Augenblick noch gar nicht erschließt. Und ob der Laptop tatsächlich gestohlen wurde und mit dem Mord und Bettinas Recherchen zu Sandor zusammenhängt, ist bislang nichts als eine Annahme, die der Staatsanwalt uns um die Ohren hauen wird, sofern wir nicht eindeutige Beweise dafür finden.«

Katryna nickte langsam. »Wir sollten bei Gelegenheit noch mal mit Nikola Sandor reden, ohne ihren Mann, und vielleicht auch mit Leif.«

»Gute Idee.« Piet hob grüßend die Hand und verließ den Raum. Einen Moment lang war es fast gespenstisch still. Und leer.

6

Voice war spät aufgestanden. Es ging schon auf die Mittagszeit zu, als er sich einen ersten Kaffee eingoss, zwei Scheiben Brot in den Toaster warf, die Musikanlage aufdrehte und einen gerade angesagten Rap-Song mitzuträllern begann.

Voice war natürlich nicht sein richtiger Name, aber Voice hörte sich cool an, jedenfalls deutlich cooler als Kai-Uwe Hausmann, und hatte eine Menge damit zu tun, dass Musik sein Leben war und er sich insgeheim mit Xavier Naidoo auf eine Stufe stellte. Mindestens. Wenn er nicht sang oder Musik hörte, Gitarre spielte oder ausschlief, verdiente er sich seine Brötchen in einer schummrigen Soulbar im Schöneberger Kiez. Das war kein Job für die Ewigkeit, aber mit fünfundzwanzig machte er sich noch keine Gedanken über Zukunft, geschweige denn Ewigkeit, Rentenversicherung und ähnlichen Kram. Außerdem würde er in Kürze ohnehin entdeckt werden und die ganz steile Karriere machen. Geld war dann gar kein Thema mehr, jedenfalls kein unangenehmes. Dann könnte er auch endlich mal Merle ganz schick zum Essen einladen.

Voice warf seine Rastalocken über die Schulter zurück und holte Frischkäse und Brombeermarmelade aus dem Kühlschrank. Er dachte an Merle, seine Nachbarin – eine richtig klasse Frau, sah gut aus, war locker drauf und hatte immer eine Tasse Kaffee übrig oder etwas Zucker oder Mehl. Und über ihre Figur könnte man glatt einen Song machen. Im Moment war sie im Urlaub, und Voice kümmerte sich um ihre Katze und leerte den Briefkasten … Apropos Katze – die hatte wahrscheinlich längst krass Kohldampf. Er legte sein Brot beiseite, fischte den Schlüssel vom Küchenschrank und ging hinüber in Merles Wohnung.

Die Katze hieß schlicht Pummel, und jedem war sofort klar, warum. Eigentlich erwartete sie ihre erste Mahlzeit bis spätestens zehn Uhr morgens, am liebsten gegen acht, und entsprechend mies gelaunt empfing sie den langschläfrigen Nachbarn.

»Ach, stell dich nicht so an. Du kannst locker mal ‘ne Mahlzeit auslassen. Kommt deiner Taille zugute«, brummte Voice, als Pummel ihn in vorwurfsvollem Ton anmaulte.

Er füllte ihren Napf, säuberte anschließend mit angehaltener Luft und abgewandter Nase das Katzenklo und wunderte sich zum wiederholten Male darüber, wie heftig Katzenscheiße stinken konnte. Aber vielleicht war das nur bei Pummel so …

Während Merles Liebling schmatzend und wonnevoll stöhnend eine ordentliche Portion verdrückte, stiefelte Voice hinunter zu den Briefkästen. In seinem war wie immer nichts Aufregendes – da lohnte sich kaum das Nachsehen –, aber Merles war seit dem letzten Briefkastencheck vor einigen Tagen unerwartet gut gefüllt: Drei offiziell aussehende Briefe, eine Zeitschrift, trotz rotem Reklame-Verbots-Schild Werbung und ein kleiner brauner Umschlag ohne Briefmarken. »Merle« stand darauf, Absender: »B. Springer«, daneben: »Wichtig!«

Voice lief zwei Stufen auf einmal nehmend die Treppe wieder hinauf, deponierte die Post auf Merles Schreibtisch und griff nach kurzem Überlegen zu seinem Handy, um sie anzurufen. Sie würde sich bestimmt freuen, wenn er so aufmerksam war, sie über wichtige Nachrichten zu informieren. Dass die unter Umständen schon drei, vier Tage vor sich hin schmorten, weil er gewöhnlich selten mehr als zweimal wöchentlich einen Blick in den Kasten warf, brauchte er ja nicht zu erwähnen.

»Zu wenig Guthaben«, erklärte ihm sein Mobilfunkbetreiber, als er die Verbindung herstellen wollte.

»Na klasse«, schimpfte Voice. »Wenn man dich wirklich mal braucht, lässt du mich im Stich …« Darüber könnte man eigentlich mal einen Song machen.

Auch eine SMS wollte sein Handy nicht mehr verschicken. Voice konnte frühestens am kommenden Tag Geld von seinem Chef erwarten, und bevor die Knete nicht geflossen war, brauchte er angesichts seines Kontostandes an eine Guthaben-Aufladung nicht einmal zu denken. Über einen Festnetzanschluss verfügte Voice nicht, und um den von Merle guten Gewissens für einen Auslandsanruf zu nutzen, müsste schon ein bisschen mehr passiert sein, als dass B. Springer »Wichtig« auf einen Umschlag schrieb.

So dringend wird es nun auch wieder nicht sein, redete er sich selbst zu. Die Leute schrieben ja heutzutage auf jeden Infoscheiß »wichtig« oder »sehr wichtig« oder sonst was in der Preisklasse. Wahrscheinlich hatte es mit Merles Job zu tun, und der konnte warten – immerhin hatte seine Nachbarin Urlaub. Vielleicht würde sie ihm sogar einen Vogel zeigen – bildlich gesprochen –, wenn er sie deswegen anrief, noch dazu von ihrem Festnetz aus.

Voice nahm den braunen Umschlag erneut in die Hand und tastete ihn behutsam ab. Er fühlte einen Gegenstand – klein, hart, annähernd rechteckig. Merle arbeitete in einer Redaktion. Es war keine großartige geistige Leistung, darauf zu tippen, dass ihr jemand, der B. Springer hieß, einen Datenstick in den Briefkasten geworfen hatte. Wahrscheinlich war er oder sie ganz in der Nähe gewesen und hatte sich das Porto gespart. Knete sparen war immer gut. Und warum hatte B. Springer sich nicht gleich an die Redaktion gewandt, wenn es »wichtig« war? Ganz einfach: Wahrscheinlich hatte sie/er nicht gewusst, dass Merle verreist war. Aber was ging ihn, Voice, das eigentlich an? Merle hatte ihn gebeten, die Katze zu füttern und ihren übel stinkenden Kot zu beseitigen und die Post auf den Schreibtisch zu legen. Sie erwartete nicht, dass er sich bei jeder Zusendung tief greifende Gedanken machte. Oder täglich den Briefkasten überprüfte.

Voice nickte. Genau so war es. Pummel strich plötzlich um seine Beine und schnurrte behaglich. Angenehmes Gefühl, dachte Voice. Darüber könnte man auch mal einen Song machen. Er bückte sich und kraulte Pummel. Eigentlich war sie ganz süß. Und für ihre stinkende Scheiße konnte sie schließlich nichts. Das konnte niemand. Wie hatte sein Großvater immer so schön betont: »Niemand kackt Rosen.« Wohl wahr.

Als Voice wieder aufstand, wischte er mit dem Ärmel seines Sweatshirts versehentlich den braunen Umschlag vom Tisch. Er hob ihn auf und bemerkte, dass sich der Kleberand an einer Seite öffnete. Unter Umständen war B. Springers Post doch so wichtig, dass ihr umgehend Beachtung geschenkt werden sollte. Voice zögerte noch einen Augenblick, dann schüttelte er den Umschlag, bis ein USB-Stick, der die Form eines Hundekopfes hatte, zusammen mit einem zusammengefalteten Notizzettel, auf dem einige handgeschriebene Zeilen standen, herausrutschte:

»Hallo Merle, ich hab bei HuCo erfahren, dass Du ein paar Tage freihast«, las Voice, *»und hoffe, dass Du Dich dennoch mit meinen Recherchen beschäftigen magst. Ich möchte, dass Du Dir mein Material als Erste ansiehst – bislang hat es noch niemand zu Gesicht bekommen. Deine private Mailadresse habe ich nicht, und in die Redaktion will ich es nicht schicken. Wenn Du es gelesen hast, wirst Du verstehen, warum! Ich bin am Wochenende unterwegs und nur über mein Handy zu erreichen. Ruf mich ruhig an, wenn Du Fragen hast oder vielleicht ähnlich fassungslos und entsetzt bist wie ich. Ansonsten sehen wir uns nächste Woche. Bis dann. Bettina.«*

***

Thomas Briskow empfing Piet in seinem Büro, das sich in der obersten Etage über den Dancefloors im ehemaligen Heizkraftwerk auf dem weitläufigen Gelände des Ostbahnhofs im Bezirk Friedrichshain befand und über einen Fahrstuhl am Hintereingang zu erreichen war. Der Raum war nüchtern und unauffällig, fast spartanisch eingerichtet – an einen Discobetrieb erinnerte hier gar nichts. Ein maulfauler junger Kerl in weißen Jeans und schwarzem Muskelshirt hatte Piet nach oben gebracht und sich sogleich wieder zurückgezogen.

Briskow war schätzungsweise Mitte bis Ende vierzig und Inhaber und Teilhaber verschiedener Bars, Clubs und Diskotheken, wie Martina in aller Eile recherchiert hatte. Er trug Anzug und ein freundliches Lächeln im Gesicht.

Der Mann hat Stil, stellte Piet fest. Auf den ersten Blick gab Briskow den tüchtigen Unternehmer und gesetzestreuen Bürger, der gewöhnlichen Geschäften nachging, während ihm selbstverständlich klar war, dass einem LKA-Beamten die Gepflogenheiten und Besonderheiten seiner Branche bewusst waren.

In der Diskotheken- und Clubszene waren beste Verbindungen und Kontakte nötig, um langfristig Erfolg zu haben, darüber hinaus die Bereitschaft, sich seine Position mit allen Mitteln zu erarbeiten und zu erhalten, zum Beispiel mit Ellenbogen, verharmlosend ausgedrückt. Und niemand konnte sich lange behaupten, der gegen die stillschweigend zu befolgenden ungeschriebenen Gesetze und Regeln verstieß oder sie missachtete.

Ein Gesetz lautete, dass die Zusammenarbeit mit der Polizei in der Regel verpönt war und bei einer Befragung lediglich Offensichtliches mitgeteilt wurde. Daran würde sich Briskow mit großer Wahrscheinlichkeit halten, ohne dies ausdrücklich zu betonen. Ein weiteres Gesetz besagte, dass Konflikte innerhalb der Branche gelöst wurden und ansonsten totgeschwiegen. Das war durchaus wörtlich zu verstehen.

Einen Moment lang sah Piet zum Fenster hinter Briskows Schreibtisch hinaus und bewunderte die Aussicht über die Gleise, die zwischen großen brachliegenden Flächen, verlassenen, dem Verfall preisgegebenen Gebäuden und alten Bahnanlagen eingebettet waren. Im Hintergrund war der Funkturm im Nebel nur zu erahnen.

»Womit kann ich der Polizei dienlich sein?«, fragte Briskow, als Piet vor seinem Schreibtisch Platz genommen hatte.

»Wir untersuchen einen üblen Mord«, erwiderte Piet knapp. Er hatte sich im Vorfeld überlegt zu verschweigen, dass Gregor vermisst wurde.

»Und in dem Zusammenhang kommen Sie ausgerechnet zu mir?«, fragte Briskow fast amüsiert.

»Vielleicht kennen Sie das Opfer: Bettina Springer, vierzig, aktive Tierschützerin, befreundet mit Bela Sandor und Ihrem Mitarbeiter Gregor Mahler. Sie war am Freitagabend zwischenzeitlich hier ...«

Briskow hob eine Hand. »Ja, natürlich, warten Sie – davon habe ich gehört.«

»Ach? Inwiefern?«

»Ich habe Gregor gestern Abend angerufen, um ihn zu fragen, ob er in dieser Woche zusätzlich einspringen kann«, erklärte Briskow mit ernster Miene. »Er wirkte sehr verstört und erzählte mir schließlich von dem Mord an einer nahen Freundin ... ja, ganz richtig, ich glaube, er sprach von einer Frau namens Bettina.«

»Kannten Sie die Frau?«

»Nein.«

»Hat Gregor erwähnt, woher er die Information über den Mord hatte?«

Briskow überlegte kurz und kniff dabei die Augen zusammen. »Ich glaube, er hat gesagt, dass er mit der Schwester der Frau gesprochen hat … ja, so war es.«

»Wann hatte Gregor am Freitag Dienst?«

»Ab acht Uhr bis in die frühen Morgenstunden, ich denke, er dürfte gegen vier, fünf Feierabend gemacht haben. Brauchen Sie das ganz genau?«

»Das wäre gut.«

Briskow griff sofort zum Telefon und konnte Piet wenig später bestätigen, dass Gregor laut Auskunft des Thekenchefs um halb fünf seinen Dienst beendet hatte.

»Hat Gregor etwas darüber verlauten lassen, worüber Bettina mit ihm gesprochen hat?«

»Nein. Er meinte, sie hätten in seiner Pause nur ein bisschen gequatscht und sich dann für den nächsten Tag verabredet.«

»Sagt Ihnen der Name Bela Sandor etwas?«

Briskow legte die Stirn überzeugend in Denkerfalten. »Auf Anhieb nicht, nein.« Er schüttelte den Kopf.

»Der Mann betreibt eine sehr erfolgreiche Hundeschule in Lichtenrade.«

»Nicht unbedingt mein Bezirk und mein Hobby«, meinte Briskow mit angedeutetem Grinsen.

»Das sehe ich ein. Ich würde gern den Leuten, die am Freitagabend Theken- und Türsteherdienst hatten, ein Foto von Bettina zeigen und nachfragen, ob sie die Frau gesehen haben.«

»Ja, natürlich. Ich sage unten Bescheid, und man wird Ihnen die Namen und Anschriften der Leute heraussuchen. Vielleicht sind ja auch schon zwei, drei Jungs von der ersten Abendschicht eingetroffen«, stimmte Briskow zu, und das klang völlig entspannt und selbstsicher.

»Danke fürs Erste.«

»Keine Ursache.«

Briskow stand auf und ergriff Piets ausgestreckte Hand.

In der Tür drehte Piet sich noch einmal um. »Haben Sie eigentlich einen Hund, Herr Briskow?«

»Meine Frau hat einen Pudel, den sie wahrscheinlich mehr streichelt als mich.« Briskow lachte auf. »Aber das wollten Sie wahrscheinlich gar nicht wissen. Warum fragen Sie?«

Piet lächelte zurück, blieb die Antwort schuldig und verließ das Büro. Nichts passte weniger zu Briskow als ein Pudel.

Die anschließende Befragung mehrerer Angestellter verlief ergebnislos. Niemand kannte Bettina Springer oder hatte sie am Freitagabend gesehen. Natürlich nicht. Ein junger Mann namens Sven Kliberg war seit einigen Tagen krankgemeldet und nicht zu erreichen. Piet machte sich eine Notiz, setzte sich ins Auto und rief Sigrid Springer an, die ihm Briskows Aussage bezüglich des Gesprächs mit Gregor bestätigte. Nach kurzem Überlegen wählte er Martinas Nummer, die glücklicherweise noch im Dienst war.

»Hast du schon was über dieses rumänische Tierheim in Hermannstadt herausgefunden?«, fragte er ohne Umschweife.

»Nichts Auffälliges. Es wird teilweise mit Spenden aus Deutschland finanziert, eine Tierschutzorganisation aus Berlin, in der, wen wundert's: Bela Sandor aktiv ist, tut sich da besonders eifrig hervor, und alle freuen sich, wenn er anreist und wieder einmal Hunde rettet. Und so weiter und so fort.«

»Okay«, seufzte Piet. »Wenn wir da in die Tiefe gehen wollen, und das auch noch behutsam, damit Sandor nichts mitkriegt, muss etwas mehr her als ein vager Verdacht und ein paar Dutzend Vermutungen oder merkwürdige Zufälle. Der Chef wird einer offiziellen Ermittlung beim jetzigen Stand der Dinge kaum zustimmen, von weitergehenden Maßnahmen im Datenbereich ganz zu schweigen.«

»Das sehe ich ähnlich, aber ...«

Piet horchte auf. »Hast du eine Idee?«

»Ich könnte mal meine Fühler ausstrecken. Wir ermitteln ja zurzeit ohnehin im osteuropäischen Bereich. Da gibt es zwei verdeckt arbeitende Kollegen. Vielleicht haben die ja eine Idee«, schlug Martina vor.

»Klingt gut. Aber behalt das erst mal für dich. Keine Aktennotiz oder so.«

»Verstehe. Auch Katryna gegenüber?«

»Nein, natürlich nicht. Ich meine Polder, Max und Co.«

»Okay.«

»Danke dir. Übrigens: Sie ist in Ordnung.«

»Hm.«

Piet lächelte.

»Kommst du noch mal rein?«, fragte Martina nach kurzer Pause.

»Na klar, bin quasi unterwegs. Ich will allerdings vorher kurz bei Maik Teesen vorbeifahren. Informiere doch Katryna bitte schon mal darüber, dass Gregor seit Montagabend von dem Mord an Bettina wusste, da er mit der Schwester Verbindung aufgenommen hatte. Es könnte sein, dass das für die Befragung der Freundin von Gregor wichtig ist.«

»Mach ich. Bis nachher – wäre übrigens schick, wenn das nicht ganz so spät wäre, weil ich bald mal Feierabend machen will.«

***

Katryna unterdrückte einen Anflug von Neid. Emma Parold war bildhübsch, sportlich schlank – ihr BMI lag garantiert nicht über 20 – und ohne Zweifel eine kluge, wenn auch im Moment alles andere als glückliche junge Frau.

Während die Kommissarin fürs Protokoll einige Fragen allgemeiner Natur stellte, schweifte ihr Blick mehrfach forschend über die ebenmäßigen Gesichtszüge, das glänzende blonde Haar und die zierlichen, perfekt manikürten Hände. Emma trug dezenten Silberschmuck und einen diamantbesetzten Ring. Sie sah Katryna mit offenem Blick an und verhehlte nicht, dass sie zutiefst beunruhigt war.

»Es gibt also nach wie vor keine Nachricht von Gregor, und es hat auch niemand Kontakt mit ihm gehabt?«, fragte Katryna und bedeutete Emma Parold mit einer beiläufigen Handbewegung, ins bereitgestellte Mikrofon zu sprechen.

»Nein. Alle, an die ich mich bislang gewandt habe, wissen nicht, wo Gregor ist, und haben ihn heute weder gesehen noch gesprochen. Es gab auch keine Mails, SMS oder Chatbeiträge von ihm. Und sein Wagen ist auch nicht auffindbar.«

»Sie sagten, es sei ungewöhnlich, dass Gregor nicht über sein Handy zu erreichen ist und eine Verabredung einfach platzen lässt.«

Emma nickte. »Absolut. Normalerweise kann ich mich darauf verlassen, dass er pünktlich ist oder rechtzeitig absagt, wenn er weiß, dass etwas dazwischenkommt. Und wenn er länger unterwegs ist, sagt er mir Bescheid.«

»Wie war Gregor denn in letzter Zeit so drauf?«

Emma verzog den Mund und sah kurz auf ihre Hände, bevor sie wieder hochblickte. »Ich sagte ja schon am Telefon, dass ich über seine Affäre mit Bettina ...«

»Bettina Springer?«

»Er sprach lediglich von Bettina«, erwiderte Emma. »Die Geschichte ging seit einigen Wochen, oder besser gesagt: Ich bekam vor einigen Wochen mit, dass etwas im Gange ist. Am letzten Sonntag habe ich ihn schließlich darauf angesprochen. Er gab die Affäre unumwunden zu und sagte, dass er ohnehin vorhatte, die Geschichte zu beenden. Dann versuchte er, Bettina zu erreichen, erwischte aber nur ihre Mobilbox und hinterließ ihr eine Nachricht.«

»Waren Sie dabei, als er telefonierte und auf die Box sprach?«

»Ja, ähm ... Nein, er ist in den Flur gegangen, aber ich habe keinen Grund, daran zu zweifeln.«

Katryna wartete einen Moment, aber Emma ließ die Aussage so stehen. »Gut. Und dann?«

»Am Montag haben wir uns am Abend nur kurz gesehen. Ich hatte einen langen Tag, bin spät heimgekommen und war ziemlich geschafft. Er wirkte ... tja, abwesend, einsilbig.«

»Worauf führten Sie das zurück?«

Emma überlegte. »Nun ja, ich nahm an, dass die Bettina-Geschichte ihn wohl doch mehr mitgenommen hatte, als er es selbst einschätzte und ich es wahrhaben wollte ...«

Katryna hob eine Hand. »Was genau meinen Sie damit?«

Emma stutzte. »Ich verstehe Ihre Nachfrage nicht.«

»Wie erklärten Sie sich am Montagabend Gregors Einsilbigkeit und, wie sagten Sie – Abwesenheit?«, präzisierte Katryna ihre Frage.

»Mit der Tatsache, dass er seine Gefühle für diese Frau wohl ein wenig unterschätzt hatte und es nicht einfach für ihn war, die Sache zu beenden. Warum wollen Sie es so genau wissen?«

»Ganz einfach – wir haben inzwischen herausbekommen, dass Gregor, nachdem er Bettina gar nicht erreichen konnte, am frühen Montagabend Kontakt mit der Schwester des Opfers aufgenommen und durch sie von Bettinas Ermordung erfahren hatte.«

»Ach?«

»Könnte seine Stimmung auch damit zu tun gehabt haben?«

Emma nickte sofort. »Doch, ja.«

»Aber er hat keinerlei Andeutungen gemacht, auch keine, die sich Ihnen erst jetzt erschließen?«

»Nein, wie gesagt, ich kam sehr spät und bin kurz darauf ins Bett gegangen. Seine, wie ich dachte, miese Stimmung war unübersehbar, und ich fand es am besten, ihn in Ruhe zu lassen. Außerdem war das Thema ja auch für mich nicht so einfach – schließlich ging ich davon aus, dass er schlichtweg unter Liebeskummer litt …« Sie räusperte sich. »Gregor kam später nach, konnte aber wohl nicht schlafen und ist wieder aufgestanden. Er ist dann heute Morgen sehr früh aus dem Haus gegangen.«

»Sein Seminar begann aber erst um halb zehn – das sagten Sie meiner Kollegin.«

»Richtig. Ich habe mir nichts dabei gedacht. Manchmal ist er vor der Uni noch an der Krummen Lanke spazieren gegangen. Erst als er nicht zu unserer Verabredung kam und sein Handy abgeschaltet war, wurde ich unruhig.«

Katryna lehnte sich zurück. Die junge Frau hielt sich beachtlich. Ihr Freund war spurlos verschwunden, sie hatte seit Wochen den Verdacht, dass er untreu war; wenige Tage zuvor hatte er zugegeben, eine Beziehung mit einer wesentlich älteren Frau eingegangen zu sein, die inzwischen Opfer eines grausigen Mordes geworden war. Das bringt so manch reife Frau aus dem Gleichgewicht, von Männern ganz zu schweigen, dachte sie. Ich wäre wahrscheinlich auch längst im Karree gesprungen …

»Erlauben Sie mir eine persönliche Frage?«, sagte Katryna einen Moment später.

Emma nickte.

»Ist Gregor ein Seitensprungtyp, wenn ich es mal so salopp ausdrücken darf, und Sie haben sich damit arrangiert?«

»Dürfen Sie. Gregor ist nicht der Treueste, das stimmt, aber das hat mich nur wenig gestört, sofern keine Beziehung daraus entstanden ist.«

»Aber in diesem Fall war es genau so.«

»Ja.« Emma sah wieder auf ihre Hände, drehte an ihrem Ring. »Richtig. Das fand ich auch alles andere als prickelnd, das können Sie mir glauben. Ich ... habe mich aber ganz gut unter Kontrolle.«

»In der Tat. Dennoch muss es ein Schlag für Sie gewesen sein, noch dazu als Sie feststellten, dass Ihre Konkurrentin deutlich älter ist.«

Emma sah hoch. »Ja, das war ein Schlag. Sie sieht oder sah ja noch nicht mal besonders toll aus, hatte aber offensichtlich –«

Katryna stutzte. »Woher wissen Sie, wie Bettina aussah?«

»Ich habe sie gesehen.«

»Ach? Wann?«

»Am Freitagabend.«

Katryna beugte sich ruckartig über den Tisch zu Emma vor. »Wie bitte? Wann und wo genau?«

Emma zog den Kopf zurück und warf der Kommissarin einen verdutzten Blick zu. »Ich habe mitbekommen, dass Gregor sich mit ihr verabredet hat ... Wenn Sie es genauer wissen wollen: Ja, ich habe ihm in letzter Zeit ein bisschen hinterhergeschnüffelt, weil ich wissen wollte, mit wem ich es tun zu habe und warum Gregor derart auf eine andere Frau abfährt. Ich lasse mich nicht gern überraschen. So einfach ist das.«

Katrynas Herzschlag hatte sich deutlich beschleunigt. »Weiter.«

»Ich habe mir Klamotten angezogen, in denen Gregor mich nicht sofort erkennen würde, und bin am Freitagabend ins Heizkraftwerk gefahren, um mir die Frau anzusehen.«

»Wann war das genau?«

»Gegen halb zehn, zehn.«

»Und?«

»Die beiden haben etwas abseits zusammengestanden.«

»Und?«

»Nichts und!«, entgegnete Emma plötzlich unwirsch. »Sie umarmten sich, redeten offensichtlich ein bisschen, sofern das in dem Gewühl möglich war, dann ist Gregor wieder hinter die Theke, und Bettina hat sich auf den Weg gemacht. Das Ganze hat nur wenige Minuten in Anspruch genommen.«

»Können Sie den Zeitraum präzisieren?«

»Hm, vielleicht zehn Minuten, höchstens.«

»Haben Sie gesehen, wo Bettina hingegangen ist?«

»Nein.«

»Sie waren nicht neugierig und hatten plötzlich die Idee, ihr noch ein paar Schritte zu folgen, um sich die Frau genauer anzusehen? Oder sie sogar anzusprechen und ihr vielleicht klarzumachen, dass sie die Finger von Gregor lassen sollte?«

»Nein.«

»Warum nicht?«

»Ganz einfach«, gab Emma zurück. »Ich war völlig von den Socken, dass Gregor mit einer Frau rummachte, die fast seine Mutter sein könnte, und habe mich minutenlang überhaupt nicht vom Fleck rühren können.«

Verständliche Reaktion, dachte Katryna. Immerhin wussten sie nun genau, dass Bettina gegen zweiundzwanzig Uhr in der Diskothek gewesen war. Wenigstens etwas. »Ist Ihnen irgendwas aufgefallen, als Sie schließlich aufbrachen? Besondere Unruhe, Leute, die Ihnen merkwürdig vorkamen? Gedränge, Streit?«

Ein unerwartetes Lächeln huschte kurz über Emmas Gesicht. »Na, Sie sind ja gut: Freitagabend, eine riesige Disco – da gibt es an allen Ecken Unruhe, merkwürdige Leute, Gedränge, unter Umständen auch Streit und Rempelei.« Sie wirkte für einige Augenblicke amüsiert.

Katryna winkte ab und seufzte. »Na schön. Wie ist es mit Hunden?« Die Frage schien ihr albern, aber sie stellte sie trotzdem.

»Hunde?« Emma zögerte. »Merkwürdig, dass Sie danach fragen.«

Die Kommissarin blickte auf. »Wieso?«

»Da waren in der Tat einige Leute mit Hunden.«

Katryna war plötzlich wie elektrisiert. »Erzählen Sie!«

»Es gibt nicht viel zu erzählen«, wehrte Emma ab. »Ich bin über den Parkplatz am Hinterausgang zum Bahnhof gegangen. Es war sehr viel los – Wochenende eben. Unter anderem waren ein paar Typen mit Hunden unterwegs ...«

»Was für Hunde und wie viele?«

»Keine Ahnung – ich kenne mich mit Hunderassen nicht aus. Es waren zwei oder drei, mehr habe ich jedenfalls nicht gesehen. Wahrscheinlich sind sie mir ohnehin nur aufgefallen, weil Gregor mir erzählt hatte, dass Bettina mehrere Hunde hat ...« Sie zuckte mit den Achseln. »Das war ja so 'ne Tierschutzfrau.«

»Was haben Hunde auf dem Parkplatz einer Diskothek zu suchen?«, fragte Katryna mehr sich selbst als Emma.

»Ich könnte mir vorstellen, dass sie zu einem Sicherheitsdienst gehören«, meinte Emma. »Das Gelände am Ostbahnhof ist sehr weitläufig, da treiben sich manchmal schon schräge Typen rum, auch in der Nähe des Parkplatzes.«

Katryna nickte langsam. Das war eine einleuchtende Erklärung. Sie nahm ihr Handy und stand auf. »Ich würde das gern sofort überprüfen – bin gleich wieder da.«

Auf dem Flur schlug sie die Richtung zum Kaffeeautomaten ein und drückte dabei die Kurzwahl. Piet meldete sich nach dem zweiten Klingeln. »Ist dein Briskow-Interview schon beendet?«

»Ja.«

»Was Besonderes?«

»Nein, Briskow war höflich und freundlich und nichtssagend, wie nicht anders zu erwarten war. Am Montagabend hat er mit Gregor telefoniert, weil der in dieser Woche eine zusätzliche Schicht machen sollte. In dem Gespräch hat Gregor übrigens erwähnt, dass seine Freundin ermordet worden ist.«

»Hm, Emma gegenüber war er nicht so gesprächig – die beiden sind sich bei dem Thema Bettina völlig aus dem Weg gegangen, haben sich allerdings am Montagabend auch nur kurz gesehen.«

»Sonst was Interessantes?«, fragte Piet.

Katryna bekam mit, dass er im Auto saß. »Ich glaube schon. Emma ist am Freitag auch in der Disco gewesen, um sich ihre Konkurrentin mal aus der Nähe anzuschauen. Wir haben also erstmals eine Augenzeugin, die bestätigen kann, dass Bettina um circa zweiundzwanzig Uhr in der Diskothek am Ostbahnhof war, aber das ist noch nicht alles.« Katryna hielt kurz inne. »Emma hat auch mehrere Leute mit Hunden gesehen. Ihrer Einschätzung nach könnten das Sicherheitsleute gewesen sein. Ich halte es für eine gute Idee, Briskow diesbezüglich noch mal auf den Zahn zu fühlen.«

Piet lachte kurz auf. »Briskow ist kein Typ, dem man auf den Zahn fühlt. Aber ich werde mich da noch mal reinhängen. Die Info klingt interessant.«

»Finde ich auch. Wo bist du eigentlich gerade?«

»Ich biege in diesem Moment auf den Oberhofer Weg ab. Ich will Maik Teesen noch einen kleinen Besuch abstatten und ihn fragen, wieso ihm der Name Bela Sandor so gar nicht geläufig ist. Danach komme ich noch mal rein.«

»Alles klar.«

Eine halbe Stunde später verabschiedete Katryna Emma Parold.

»Versuchen Sie sich nicht allzu große Sorgen zu machen. Vielleicht gibt es ja doch eine ganz harmlose Erklärung, und wenn nicht: Die Vermisstenanzeige ist raus, und ich bin sicher, dass wir bald eine Spur haben werden.«

Dass der Hinweis tröstlich war, wagte Katryna zu bezweifeln, aber ihr fiel nichts anderes ein, und schon gar nichts Besseres. »Rufen Sie mich an – auch nachts, falls Gregor auftaucht oder Sie plötzlich eine Idee haben, wo man ihn suchen könnte.«

Emma nickte. »Ja, danke.«

Piet kam ins Büro, als Katryna gerade dabei war, sich ein paar Notizen für ihren Bericht zu machen. Sein Bartschatten war deutlich zu erkennen. Er rieb sich die Augen und atmete tief und kraftvoll aus.

»Briskow hat keinen Sicherheitsdienst mit Hunden«, erklärte er ohne einleitende Worte. Er goss sich ein Glas Wasser ein und leerte es zur Hälfte. »Und Teesen hat mir eben erklärt, dass ihm Bettinas Tierschutzfreunde schon lange scheißegal wären – O-Ton –, und ihre Namen erst recht …« Er machte eine wegwerfende Handbewegung.

»Kennt er denn Bela Sandor?«

»Ja, den Namen hat er natürlich schon von ihr gehört, den und zig andere. Der Mann ist ziemlich fertig.« Piet trank erneut einen Schluck. »Verständlich, oder?«

»Ja, durchaus. Liegt eigentlich für heute noch was an?«

»Ich muss noch mal kurz zu Martina. Sie hat was für mich recherchiert – unter Umständen kann ich mit einem verdeckten Ermittler reden, der gerade in Osteuropa unterwegs ist und vielleicht zum Tierheim in Hermannstadt eine Idee hat.«

»Okay – Feierabend?«

»Ja.« Piet lächelte. »Ruh dich aus.«

»Du auch.«

Katryna verzichtete auf die berühmte Berliner Currywurst und bestellte sich beim Inder gegenüber eine große Portion Tandoori Chicken mit Fladenbrot und Salat zum Mitnehmen. Der Fernseher lief, während sie hungrig aß. Sie konnte nach einem anstrengenden Tag voller Befragungen und Verhöre am besten abschalten, wenn sie sich mit einem leckeren Essen vor die Kiste setzte und irgendeinen Schnulzenfilm, ein Fantasy-Drama oder eine Comedy-Sendung verfolgte. Horrorfilme funktionierten auch ganz gut – allerdings nur wenn sie nicht bierernst gemeint waren. Nur Krimis sollte sie meiden, wenn sie zur Ruhe kommen wollte. Jedenfalls klappte das in Duisburg meistens. Oder sie telefonierte. Verabredete sich mit Freunden zu einem Kneipenrundgang, blickte träumend auf den Rhein …

Katryna schüttelte den Kopf über sich selbst. Stell dich nicht so an, dachte sie. In ein paar Wochen bist du wieder zu Hause.

Diese Nacht sollte kurz werden.

7

Voice hatte nicht geahnt, dass seine Neugier so stark war und er sogar zum Schnüffeln neigte. Zweimal legte er den USB-Stick wieder aus der Hand und verließ eilig Merles Wohnung, aber am frühen Abend, als er ungefähr zum zehnten Mal auf dem Gedanken herumkaute, dass Bettina Springer auf ihrem Notizzettel nicht von Fassungslosigkeit und Entsetzen reden würde, wenn es sich nicht um überaus wichtige Recherchen handelte, gewann sein nagender Wissensdrang schließlich die Oberhand.

Merle wird mir zutiefst dankbar sein, fügte er als zusätzliches Argument an. Das klang zwar ziemlich weit hergeholt, aber Voice speicherte trotzdem eine Kopie der Daten auf seinem PC, schwor bei der Mutter seines ersten Gitarrenlehrers, die ihn seinerzeit nach allen Regeln der Kunst verführt hatte, dass er alles wieder löschen würde, sollte sich herausstellen, dass er seine Nase völlig zu Unrecht in die Belange anderer Leute steckte, stopfte den USB-Stick anschließend samt Notizzettel zurück in den kleinen braunen Umschlag, verschloss ihn sorgsam und spendierte Pummel eine besonders reichhaltige Mahlzeit. Was das eine mit dem anderen zu tun hatte, blieb sein Geheimnis.

Auf dem Stick befanden sich mehrere Dateien mit Fotos, die sich Voice der Reihe nach ansah, ohne dass sich ihm zunächst irgendeine Besonderheit, geschweige denn Brisanz erschlossen hätte: Das Hauptmotiv waren Hunde, aufgenommen in einem Tierheim in Hermannstadt in Rumänien, wie Voice den Bildunterschriften entnahm. Die Tiere waren in keinem guten Zustand. Auf mehreren Fotos waren zwei, drei Männer und eine Frau zu erkennen, die die Tiere liebevoll untersuchten und schließlich in einem geräumigen Transporter in Boxen verstauten. »Medizinischer Check vor der langen Reise nach Berlin«, stand darunter.

Als hätten wir hier bei uns nicht genug Viecher, dachte Voice und schüttelte seinen Rastalockenkopf. Eine zweite Serie zeigte das Team des Tierheims, einige Aufnahmen von offensichtlich neu errichteten oder sanierten Gebäudeteilen sowie die Reisebegleiter aus Berlin, drei Männer und zwei Frauen, die einer Tierschutzorganisation angehörten. Eine davon war Bettina Springer – eine unauffällige Frau in mittleren Jahren.

Eine dritte Serie befasste sich erneut mit Hunden. Voice wollte sich schnell durch die Aufnahmen klicken, doch beim dritten Foto fiel ihm auf, dass diese Tiere wenig mit den geschwächten Hunden zu tun hatten, die er sich gerade angesehen hatte. Die drei einzeln abgebildeten Tiere waren die reinsten Kraftpakete. Sie erinnerten Voice an gut trainierte Kampfhunde. Er klickte zurück und suchte nach einer Bildunterschrift, die über die Namensnennung hinausging, ohne jedoch fündig zu werden. Wahrscheinlich sind hier versehentlich Dateien abgespeichert worden, die zu einer anderen Story gehören, resümierte er schließlich und öffnete ein Dokument mit dem Titel »Die Geschäfte des Bela Sandor«.

Ich habe Bela Sandor einige Jahre hoch geschätzt und respektiert und bin ihm freundschaftlich verbunden gewesen. Sein hoher Sachverstand und seine Feinfühligkeit bei der Arbeit mit noch so problematischen Hunden (oder schwierigen Hundehaltern, die ja meistens das eigentliche Problem sind!) haben mir stets imponiert und mich zu manchem Artikel für Hund & Co inspiriert und darüber hinaus veranlasst, meine eigenen Erfahrungen und Anschauungen immer wieder zu überprüfen. Dass wir nicht grundsätzlich einer Meinung waren, tat meiner Bewunderung und Achtung keinerlei Abbruch. Sein Engagement für die verlorenen Hunde in Rumänien hat mich so begeistert, dass ich mich ihm ganz selbstverständlich unterstützend angeschlossen habe. Die Zustände in Hermannstadt waren katastrophal. Bela hatte mich vorgewarnt, dennoch habe ich noch Wochen später von den armseligen Kreaturen mit den erloschenen Augen in den dreckerstarrten dunklen Verliesen geträumt. Nirgendwo schien unsere Unterstützung sinnvoller und nötiger als dort.

Im Frühjahr dieses Jahres nahm ich zum zweiten Mal an einer Fahrt nach Rumänien teil. Dabei habe ich Dinge mitbekommen, die mich noch tiefer entsetzten und meine Recherchen zu Bela Sandor in eine Richtung lenkten, die ich niemals für möglich gehalten hätte.

Es begann mit einem Zufall. Wir waren in dem kleinen, neu errichteten Verwaltungsgebäude des Tierheims, in dem uns Gästezimmer zur Verfügung standen, untergebracht. In der Nacht vor der Abreise nach Deutschland bin ich nachts wach geworden. Ich hörte Geräusche in der Nähe der Transporter. Da die Hunde bereits verladen waren, damit wir am nächsten Morgen gleich in aller Frühe aufbrechen konnten, wollte ich nach dem Rechten sehen und benutzte den Hinterausgang über den Hauswirtschaftsraum. Zwei Männer standen an der Fahrerkabine des ersten Transporters zusammen und unterhielten sich leise, mal auf Deutsch, dann wieder auf Rumänisch. Sie bemerkten mich nicht. Im schummrigen Licht, das aus dem Wagen fiel, erkannte ich Bela Sandor, der andere Mann war mir unbekannt. Wahrscheinlich besprechen sie noch Einzelheiten der Reiseroute, überlegte ich und wollte mich gerade beruhigt abwenden, um unbemerkt auf mein Zimmer zurückzugehen und vor der langen Fahrt noch ein paar Stunden zu schlafen, als Sandor auflachte. Ich sah, wie er sich auf den Boden hockte. Erst jetzt erkannte ich an den Silhouetten, dass zwei Hunde zwischen den Männern standen.

»Ihr seid richtige Prachtkerle«, schwärmte Bela.

Typisch, dachte ich – selbst für diese kranken und schwachen Tiere kann er sich so begeistern, dass er sie prächtig nennt, obwohl sie weit davon entfernt sind.

»Das sind sie«, sagte der zweite Mann in gebrochenem Deutsch. »Die Medikamente von unserem Doktor wirken Wunder. Aber vergiss nicht: Du musst sie weiterhin jeden Tag trainieren. Scharf trainieren, damit sie in Form bleiben.«

»Na klar.«

»Wenn das Weibchen Junge werfen soll, müsst ihr die Medis früh genug absetzen – sicher ist sicher.«

Bela klopfte dem Mann auf die Schulter. »Ich weiß, keine Sorge, mein Lieber, das kriege ich schon hin. Die anderen machen sich jedenfalls schon richtig klasse.«

Bela öffnete den Lastwagen, und wenig später waren die Hunde verstaut und der Wagen verschlossen. Die beiden Männer verabschiedeten sich auf Rumänisch voneinander. Bevor Bela mich entdecken konnte, schlüpfte ich ins Haus zurück und eilte auf mein

Zimmer, wo ich die halbe Nacht damit verbrachte, nach einer sinnvollen Erklärung für den unabsichtlich belauschten Dialog zu suchen, ohne zu einem befriedigenden Ergebnis zu kommen. Natürlich wurden die kranken Hunde medikamentös behandelt, aber von einem scharfen Training hörte ich zum ersten Mal – der Ausdruck passte überhaupt nicht hierher, genauso wenig wie die Beschreibung Prachtkerle.

Ich beschloss, meinen Mund zu halten und mir die einzelnen Hunde bei unserer Rückkehr genauer anzusehen. Doch dazu kam es nicht, denn als wir mit zwanzig Hunden nach Berlin zurückkehrten, kümmerte sich Sandor höchstpersönlich um sie, ohne sich dabei helfen zu lassen. Alle Tiere wurden kurzfristig bei ihm versorgt, bevor sie in andere Tierheime oder zu neuen Besitzern kamen. Besondere Medikamente oder ein spezielles Training erhielt keines der Tiere – zumindest bekam ich nichts davon mit.

Vielleicht hätte ich den Vorfall vergessen oder, besser gesagt, verdrängt, wenn mir einige Zeit später im Job nicht Belas betriebswirtschaftliche Unterlagen in die Hände gefallen wären. Der Kollege, der sie bearbeitete, war kurzfristig krank geworden und bat mich telefonisch, die Akte Sandor stillschweigend zu übernehmen und zu bearbeiten, und zwar ohne den Chef darüber zu informieren. Der sollte auf gar keinen Fall mitbekommen, dass Sandors Bilanz immer noch nicht vorbereitet war und ich mich nun damit beschäftigen würde.

Sandors Einnahmenseite verblüffte mich sofort. Ich kannte sein Geschäft und seine Branche ganz gut, viele seiner Kunden auch; ich wusste ungefähr, welche Preise aufgerufen wurden, dass Sandor erfolgreich, beliebt und gefragt war und seine Kurse schnell ausgebucht waren. Sicherlich gehörte er in der Berliner Branche zu den guten Verdienern. Doch die Honorare, die er und auch seine Frau Nikola mit ihrem Pensionsbetrieb verbuchten, waren verdammt üppig, gerade in den letzten Jahren. Die Kundenliste war lang, aber sehr viele Namen sagten mir nichts, obwohl ich mir einbildete, einen Großteil der Leute, die bei Sandor ein und aus gingen, zu kennen oder schon von ihnen und ihren Hunden gehört zu haben. In den Kursen, die auch ich besucht hatte, waren Teilnehmer verzeichnet, von denen ich noch nie etwas gehört hatte. Mit anderen Wor-

ten: Sandor verbuchte Einnahmen, die mir viel zu hoch schienen und deren Herkunft ich mir nicht erklären konnte. Aber warum? Wer hohe Einnahmen angab, musste jede Menge Steuern zahlen. Und die zahlte Sandor pünktlich und auf Heller und Cent.

In mein Erstaunen mischte sich bald eine gehörige Portion Unruhe und Skepsis, dann wollte ich genauer wissen, was los war. Ich war zu lange und zu gut in meinem Job, um trotz meiner herzlichen Beziehung und Freundschaft zu Sandor vor mir selbst verschleiern und lange verdrängen zu können, dass hier ein begründeter Anfangsverdacht auf illegale Einnahmequellen vorlag.

Um keinen Argwohn zu erregen, rief ich stichprobenartig nur einige der Kunden auf Belas Liste an, gab mich als Sekretärin aus und bat um Verifizierung der Rechnungsnummern und Beträge. Von sechs Kunden existierten zwei gar nicht – die mit den üppigsten Honoraren. Ein weiterer wichtiger Einnahmebereich basierte laut Sandors Buchhaltung auf der Vermittlung von ausgebildeten Hunden. Hierfür waren horrende Beträge angefallen. Ich durfte mir natürlich nicht einbilden, über sämtliche Einzelheiten von Sandors Geschäftstätigkeit Bescheid zu wissen, aber über eine derartige Vermittlungstätigkeit war mir noch nie etwas zu Ohren gekommen, und meines Wissens nach wurden dafür auch keine fünfstelligen Beträge gezahlt. Je mehr ich mich mit Belas Buchhaltung beschäftigte, desto suspekter schien sie mir.

Im Frühsommer fuhr er erneut und allein nach Rumänien – angeblich ausschließlich, um dringend benötigte Hilfsgüter zu liefern und höchstens zwei, drei besondere Notfälle aus dem Heim mitzubringen. Als er eine Woche später zurückkehrte, wartete ich nachts in einem geliehenen Wagen unauffällig in einem Seitenweg vor seinem Haus und beobachtete, wie er die Tiere auslud. Er hatte sechs Hunde mitgebracht – drei ältere, hilfsbedürftige und drei Hunde, die selbst von Weitem und bei schlechten Lichtverhältnissen kräftig und agil wirkten und die rassetypischen Merkmale von Kampfhunden aufwiesen – ganze Prachtkerle!

Wenige Tage später sah ich mich in der Pension um, die Nikola führte. Die drei Kampfhunde waren als Betreuungsgäste untergebracht. Ich fotografierte sie unbemerkt. Belas Frau erwähnte mit keiner Silbe, dass die Tiere aus Rumänien stammten. Es schien ihr unangenehm, dass gerade diese Hunde meine Aufmerksamkeit fesselten, aber es ist nicht auszuschließen, dass ich ihr Verhalten aufgrund meines Hintergrundwissens überbewertete.

Zwei Wochen später hatten zwei Prachtkerle die Pension wieder verlassen, der dritte wartete angeblich noch auf sein Herrchen, das sich auf einer längeren Geschäftsreise in den Staaten befand. Moritz war ein bildschöner Staffordshire-Terrier-Mischling mit sanften Augen, den ich auf Anhieb in mein Herz schloss und dem Bela, wie ich mitbekam oder besser gesagt: herausfand, sehr viel Zeit widmete – allein und immer im Einzeltraining.

Mein Verdacht, dass Sandor im fernen Rumänien Kampfhund-Rassen züchtet, sie ausbildet und in Deutschland damit Liebhaber versorgt, die bereit sind, horrende Summen auf den Tisch zu legen, erhärtete sich zunehmend. In bestimmten Kreisen ist es schick, sich mit einem solchen Hund sehen zu lassen, wenn er dann noch aufs Wort hört, ist umso mehr Eindruck damit zu schinden.

Ich war entsetzt, wie er sich im Windschatten seiner Tierschutzarbeit eine zusätzliche, äußerst lukrative Einnahmequelle verschafft hatte, die seine stets betonten Grundsätze und die moralischen Aspekte seines Wirkens völlig auf den Kopf stellt – das konnte ich nicht einfach so stehen lassen. Der große Hundefreund Sandor macht heimlich Geschäfte mit speziellen Züchtungen und verdient sich dabei eine goldene Nase, während er nach außen den engagierten Helfer und Versteher spielt, dem bei seiner Arbeit nichts wichtiger als der Tierschutz ist!

Meine erste Überlegung, mit ihm zu reden, schob ich schnell wieder beiseite. Immerhin hatte ich ihn ganz offensichtlich einige Jahre lang völlig falsch eingeschätzt, und angesichts derartig großer Gewinnspannen würde er sich kaum eines Besseren besinnen, nur weil ich ihm auf die Schliche gekommen war. Ein weiterer Aspekt war für mich, dass niemand in seinem Umfeld auch nur zu ahnen scheint, was Sandor in Rumänien treibt. Unredliche Geschäfte mit Tieren – man würde mich schlicht für verrückt halten. Alle, die Bela Sandor kennen, haben grundsätzlich eine hohe Meinung von ihm und seiner Arbeit. Als ich hier und da mal vorsichtig nachhakte und stocherte, erntete ich nur verblüffte Blicke.

Schließlich entschied ich mich, beim Finanzamt anonym Anzei-

ge zu erstatten. Ich verband damit die Hoffnung, Bela einen ordentlichen Schrecken einzujagen und ihn aufzurütteln. Er sollte das Gefühl bekommen, dass seine Geschäfte nicht so verborgen geblieben waren, wie er annahm. Ob ich glaubte, damit zu erreichen, dass er seine Aktivitäten aufgeben würde? Nun, ich hoffte es zumindest.

Als Robert Wagner sich plötzlich persönlich um Sandors Bilanzen zu kümmern begann und kein anderer mehr Zugang zu seinen Daten und Unterlagen hatte, wusste ich, dass das Finanzamt tätig geworden war. Ich hielt Augen und Ohren offen und war nicht verwundert, dass Sandor ein paar Wochen später eine geplante Rumänienreise absagte – aus organisatorischen Gründen, wie er erklärte. Ich konnte mir ein Lächeln nicht verkneifen.

Moritz wird nach wie vor in der Pension verpflegt. Vor zwei Tagen bin ich zufälligerweise gerade zur Hundeschule gekommen, als Bela den Hund in seinen Wagen steigen ließ. Ich überlegte nicht lange, sondern folgte ihm. In der Innenstadt verlor ich ihn leider aus den Augen.

Liebe Merle, ich habe das ungute Gefühl, dass hinter Sandors Aktivitäten noch einiges mehr steckt. Hast Du eine Idee, was wir unternehmen können? Ich möchte unbedingt mit dir reden, bevor ich meine Recherchen offiziell bei HuCo vorlege. Oder mich vielleicht sogar entschließe, zur Polizei zu gehen. Wir müssen Sandor das Handwerk legen.

Voice las den Bericht zweimal. Er war kein großer Tierfreund oder gar Kenner der Tierschutzszene und konnte Bettinas emotionalen Aufruhr nur teilweise nachvollziehen, aber dass es hier um viel Geld und durchaus schmutzige Geschäfte ging, die hinter einer seriösen und geachteten Tätigkeit versteckt wurden und deren Aufdeckung jenen Bela Sandor in erhebliche Bedrängnis bringen würde, verstand er sofort. Einige Minuten grübelte er darüber nach, wie er sich am besten verhielt. Dann googelte er den Namen und die Festnetznummer von Bettina Springer.

Es war sicher nicht die schlechteste Idee, die besorgte und eifrige Hundefreundin anzurufen und ihr mitzuteilen, dass Merle noch im Urlaub war und er sich um ihre Post kümmerte. Der Hinweis »Wichtig« auf dem Umschlag hätte ihn dazu veranlasst, Kontakt mit ihr aufzunehmen … Das klang durchaus glaubwürdig. Voice lächelte. Damit wäre er aus dem Schneider.

***

Piet rieb sich die Augen und versuchte, wach zu werden. Sein Diensthandy klingelte. Er streckte den Arm aus und stellte die Verbindung her, bevor er die Nachttischlampe einschaltete und sich wieder ins Kissen zurücksinken ließ. »Ja?«

»Ich denke, du bist raus aus dem Job.«

Piet blinzelte. »Charly?«

»He – keine Namen!« Der Anrufer lachte kurz auf. Charly war ein Spitzname, den nur wenige kannten. »Also – ich denke, du machst keine Ermittlungen mehr. Was ist passiert, dass du wieder ins Boot zurückgekehrt bist? War dir langweilig?«

Piet setzte sich langsam auf und blickte auf die Uhr. »Rufst du mich um zwei Uhr nachts an, um mir diese Frage zu stellen?«

»Natürlich nicht. Aber es interessiert mich trotzdem, was du mit Rumänien zu tun hast, nachdem du doch schon so was wie ein halber Pensionär geworden bist, wenn ich mich recht entsinne.«

»Du entsinnst dich richtig. Ich begleite nur ausnahmsweise eine offizielle Ermittlung, um eine neue Kollegin aus Duisburg zu unterstützen.«

»Aha, dabei geht es aber um ein paar inoffizielle Fragen, wenn ich Martina richtig verstanden habe.«

»Ganz genau – wir haben einige Anhaltspunkte, die uns zu denken geben, aber für den Dienstweg reicht das nicht.«

»Verstehe.«

»Bist du gerade in Rumänien unterwegs?«, fragte Piet. Dann fiel ihm ein, dass ein verdeckter Ermittler nicht gefragt wurde, wo er sich gerade befand. »Ich ziehe die Frage zurück«, schob er sofort hinterher. »Was ich brauche, sind Informationen über das

Tierheim in Hermannstadt. Gibt es Besonderheiten? Taucht der Name Bela Sandor in der dortigen Region auch in anderen Zusammenhängen auf? Und Ähnliches.«

»Siebenbürgen, Hermannstadt, Sibiu also. Interessante Gegend. Hast du noch ein paar Stichworte für mich?«

»Hunde. Kampfhunde. Wir haben eine Frau, die von zwei Kampfhunden zerfetzt wurde.«

»Wie unerfreulich.« Charly räusperte sich. »Okay, du kannst dich auf mich verlassen. Ich melde mich wieder.«

»Wann?«

»So schnell ich irgendwas in Erfahrung bringen kann. Da ich aber im Moment ohnehin eine ruhige Kugel schieben muss und quasi in der Warteschleife bin, wirst du bald von mir hören.«

Warteschleife bedeutete, dass Charly sich zurzeit im Hintergrund halten und den richtigen Zeitpunkt abwarten musste, bevor er Kontakt zu Leuten aufnehmen konnte, die nützlich für seine Arbeit waren. Es konnte fatale Folgen nach sich ziehen, zum falschen Zeitpunkt die falschen Leute anzusprechen.

»Danke. Pass auf dich auf.«

»Klar doch. Keine Ursache.«

Piet legte das Handy zur Seite und löschte das Licht. Einen Moment befürchtete er, ins Grübeln zu geraten und die alte Angst heraufzubeschwören, dann übermannte ihn die Müdigkeit, und wenig später war er wieder eingeschlafen.

Als es erneut klingelte, hatte er das Gefühl, dass keine halbe Stunde vergangen war. Aber es war bereits halb sechs Uhr morgens. Er stöhnte und sah aufs Display: Katryna. Das konnte nichts Gutes bedeuten.

Sie sparte sich die Begrüßung. »Man hat Gregor gefunden«, sagte sie leise.

Piet war sofort hellwach. »Was heißt das?«

»Er hing an einem Baum ganz in der Nähe der Krummen Lanke, etwas abseits des Fischerhüttenweges, wie ich gerade erfahren habe.«

Piet strich sich eine Haarsträhne aus dem Gesicht.

»Nach dem ersten Eindruck sieht es aus, als hätte er sich erhängt«, fuhr Katryna nach kurzer Pause fort. »Ein früher Spaziergänger – oder später Heimkehrer – hat ihn vor einer halben Stunde entdeckt. Gregor hatte Papiere dabei, und die Kollegen vor Ort haben uns aufgrund der Vermisstenmeldung sofort informiert.«

Piet hörte, dass sie Mühe hatte, sich zu beherrschen. »Okay, wir fahren am besten gleich raus – ich hole dich ab. Sagst du den Technikern Bescheid?«

»Die sind schon da.«

Während Piet in seine Klamotten schlüpfte und der Zahnbürste einen flüchtigen Besuch abstattete, schoss ihm unablässig der Gedanke durch den Kopf, was um Gottes willen sie übersehen oder falsch zugeordnet hatten und ob er unter Umständen mit der bitteren Wahrheit weiterleben musste, dass Gregors Tod vermeidbar gewesen wäre.

Bernd Gesbrecht zuckte die Achseln. »Wir können zum jetzigen Zeitpunkt unmöglich sagen, ob nachgeholfen wurde. Ihr müsst nachher Mohl fragen, sobald der Zeit hat, sich damit zu befassen.«

Er wies mit einer flüchtigen Handbewegung auf die Leiche, die gerade in einem luftdichten Sack verstaut wurde. Der Reißverschluss gab beim Hochziehen jenes typische knarzende Geräusch von sich, das Piet regelmäßig eine Gänsehaut über den Rücken jagte.

»Er ist jedenfalls noch nicht lange tot – schätzungsweise drei, vier Stunden. Auffällig ist, dass er an einem tiefen Ast nur wenige Zentimeter über dem Boden hing. Falls ein Fremdeinwirken vorliegt, hatten die Täter weniger Mühe beim Hochhieven. Oder aber er hat sich das Klettern erspart – auch eine Möglichkeit. Außerdem hat er zahlreiche Blutergüsse. Könnte sein, dass er vorher Prügel bezogen hat. So weit erst mal von mir. Ich hab zu tun, wie ihr seht.«

Er wandte sich ab und begann, seine Leute zu instruieren. Sie würden im ersten Grau des Tages damit beginnen, den unmittelbaren Tatort zu inspizieren sowie die anliegenden Straßen nach Gregors Wagen und weiteren Spuren abzusuchen.

Katryna war bleich und blickte Piet an, während Gesbrecht

davonstapfte. »Eine Leiche mit Prügelspuren hatten wir kürzlich schon mal. Ich glaube nicht an Suizid, nicht eine Minute glaube ich daran. Gregor ist denselben Leuten in die Hände gefallen wie Bettina, darauf würde ich glatt wetten«, ereiferte sie sich. »Sie haben ihn grün und blau geschlagen, weil sie irgendwas in Erfahrung bringen wollten. Das ist ihnen unter Umständen gelungen, vielleicht auch nicht. Auf jeden Fall musste Gregor endgültig zum Schweigen gebracht werden.«

Trotz der ernsten Situation schmunzelte Piet in sich hinein. Katryna hatte bereits eine fertige Theorie, die zugegebenermaßen durchaus glaubwürdig klang, aber bislang leider durch keinen einzigen eindeutigen Beweis gestützt wurde. Es konnte nicht einfach ausgeschlossen werden, dass Gregor im Verlauf des vorangegangenen Tages in irgendeine Prügelei geraten war und irgendwann in der Nacht, verwirrt und emotional angeschlagen durch den Tod seiner Geliebten, Suizid begangen hatte – zufälligerweise an einem sehr tief hängenden Ast. Theoretisch war alles möglich.

»Siehst du das anders?« Sie sah ihn forschend an.

»Warum sollten sich diese Leute die Mühe machen, einen Suizid vorzutäuschen?«, hielt er dagegen und ahnte, dass sie seinen Einwand nicht gern hören würde.

»Einen Versuch ist es doch wert, oder?«, erwiderte Katryna. »Für Verwirrung ist auf jeden Fall erst mal gesorgt. Vielleicht stand auch gerade kein Kampfhund zur Verfügung.« Das klang sarkastisch. Sie biss sich auf die Unterlippe.

Trotz der frühen Morgenstunde lag ihr Haar bemerkenswert akkurat, und die braune Wildlederjacke passte hervorragend zu den wadenhohen Stiefeln, stellte Piet fest. Genau besehen, war Katryna trotz ihrer Blässe ein erfreulicher Anblick.

»Bis auf die Verletzungsspuren und die Tatsache, dass Gregor Bettinas Lover war, der sie unter Umständen als einer der Letzten lebend gesehen hat, gibt es, jedenfalls neutral betrachtet, im Moment keine gemeinsamen Anhaltspunkte. Gregor hatte sogar Papiere und Schlüssel bei sich, nur das Handy fehlt – sein Auto steht ja vielleicht noch irgendwo hier in der Gegend herum«, gab er zu bedenken.

Katryna sah ihn einen Moment schweigend an. Das ist doch

nicht dein Ernst, schien ihr empörter Blick zu sagen. Sie verstand Piets Gegenargumente offenbar als Kritik an ihrer Betrachtungs- und Vorgehensweise statt als wichtiges Instrument, durch das Abklopfen und die Diskussion aller Möglichkeiten dem Hintergrund einer Tat auf die Spur zu kommen.

»Bei Bettina wollte man Zeit gewinnen«, entgegnete sie schließlich. »Warum auch immer. Bei Gregor war das unter Umständen gar nicht nötig. Außerdem bin ich ziemlich sicher, dass wir den Wagen nicht finden werden, und auch das spricht gegen eine Verzweiflungstat.«

»Kann, muss aber nicht.«

Katryna verdrehte die Augen. Sie war eindeutig genervt. »Meinst du wirklich, er hat einen Spaziergang an der Krummen Lanke gemacht, ist dann den ganzen Tag durch die Gegend geirrt – unerreichbar für jeden –, hat sich dabei irgendwo ein paar Hiebe eingefangen, um dann mit Bus oder Bahn wieder hierher zurückzukehren und sich dann verzweifelt an einem Baum aufzuknüpfen?«

Piet zog die Schultern hoch. »Ich meine ja nur ...«

»Dass ich meinen Fokus nicht verengen soll?«

»Hm. So in etwa.« Er lächelte versöhnlich. »Komm wieder runter. Wie geht es weiter? Was schlägst du vor?«

»Wir brauchen Unterstützung. Zu zweit schaffen wir das nicht mehr, egal, was der Chef zum Thema Personalmangel sagt: Wir haben inzwischen zwei Leichen! Allein die Befragungen sprengen unseren Zeitrahmen.«

»Das sehe ich ähnlich«, stimmte Piet zu.

»Wie schön.« Sie atmete tief durch. »Ich möchte, dass in den umliegenden Häusern nachgefragt wird, ob jemand in der Nacht irgendetwas mitbekommen hat. Das kann von Streifenbeamten erledigt werden. Dann halte ich es für wichtig, Gregors Zimmer, seine persönlichen Unterlagen, wenn möglich E-Mails und so weiter zu durchforsten. Vielleicht hat Bettina ihm etwas geschickt, zugesteckt, gemailt, was im Zusammenhang mit ihrem Artikel steht ...«

»Ich könnte mir auch vorstellen, dass seine Arbeitskollegen in der Diskothek etwas aufgeschlossener reagieren und sich vielleicht doch besser erinnern, wenn sie mit seinem Tod konfrontiert werden«, überlegte Piet.

Katryna nickte. »Ähnlich gründlich sollten wir uns noch einmal Bettinas Arbeitszimmer vornehmen«, ergänzte sie. »Und auch in ihre E-Mails würde ich zu gern einen Blick werfen.«

»Ich halte es für sehr wahrscheinlich, dass Maik Teesen oder auch Sigrid Springer wissen, bei welchem Anbieter Bettina einen Mail-Account hatte«, meinte Piet nachdenklich. »Vielleicht erhalten wir die Genehmigung, uns in ihrem Konto umzusehen.«

Damit hätten wir uns schon gestern beschäftigen sollen, nachdem Merle Behrens sich gemeldet hatte, fuhr es ihm durch den Kopf, doch er behielt den Gedanken für sich, um Katryna nicht zusätzlich zu stressen. Außerdem: Sie konnten sich schließlich nicht zerreißen.

»Gute Idee!«

»Was ist mit Emma?«

»Was soll mit ihr sein?« Katryna sah Piet verwundert an. »Wir müssen mit ihr sprechen und sie zur Identifizierung bitten.« Sie schluckte. »Das wird schwer genug.«

»Ja, aber das meine ich nicht. Vielleicht weiß sie doch mehr über Bettina, als sie bisher zugegeben hat. Oder andere Leute sind davon überzeugt, dass sie etwas wissen könnte.«

Katryna zog die Stirn kraus. »Willst du sagen, sie könnte sich in Gefahr befinden?«

»Können wir das ausschließen?«

»Nicht wenn wir davon ausgehen, dass Gregor ebenfalls ermordet wurde.«

Stefan Polder reagierte ziemlich aufgebracht, als Katryna und Piet ihm knapp zwei Stunden später Bericht erstatteten und die nächsten Schritte und notwendigen Einsätze vor ihm ausbreiteten. Er sah aus, als würde er sich jeden Moment seine nicht vorhandenen Haare raufen. Eines seiner Segelohren nahm eine gefährliche rotviolette Färbung an.

»Da müssen Uniformierte mit ran und der KDD«, sagte er schließlich. »Ich weiß nicht, wie wir das sonst koordinieren sollen.«

»Ich auch nicht«, erwiderte Katryna und hob das Kinn.

Piet griente und setzte eine unschuldige Miene auf, als Polder ihn scharf ansah. »Und mit Ihnen kann ich auch weiterhin rechnen?«

»Na klar. Besteht die Chance auf Genehmigung eines Durchsuchungsbefehls, der auch die Online-Durchsuchung einschließt?«, hakte Piet nach. »Immerhin fahnden wir nach Anhaltspunkten in einem Artikel, der Motiv für zwei Morde sein könnte.«

»Der Konjunktiv gefällt mir nicht ... aber ich formuliere es mal so: Kommt drauf an, bei wem ihr suchen wollt.«

»Zunächst bei den Opfern.«

»Ich kümmere mich darum.«

»Wann?«

Polder atmete angestrengt aus. »Sobald Sie mein Büro verlassen haben.«

»Klingt gut.« Katryna lächelte und sah Piet an. »Wir sollten gehen.«

Charly rief in der größten Morgenhektik an, als Piet und Katryna gerade ein kleines Technikteam sowie zwei Kollegen vom KDD gebrieft hatten und die Duisburger Kollegin zum Hörer griff, um sich mit Dr. Mohl und Emma Parold in der Gerichtsmedizin zu verabreden. Piet beneidete sie nicht um ihre Aufgabe. Martina telefonierte im Nebenzimmer mit Sigrid Springer, anschließend würde sie sich zunächst um Bettinas E-Mail-Verkehr kümmern; zwei Beamte von der vierten Polizeidirektion waren im Aufbruch, um Anwohner des Fischerhüttenwegs zu befragen. Im Büro summte es vor Betriebsamkeit.

»Hast du zwei, drei Minuten?«, fragte Charly leise.

Piet legte die Namensliste der Diskothekenangestellten, die er erneut befragen wollte, beiseite, stellte sich ein paar Schritte abseits ans Fenster und hielt sich ein Ohr zu. »Auch fünf Minuten oder zehn. Du bist aber schnell.«

»Zufall. Der Kontaktmann, den ich befragt habe, hat sich eben gemeldet.«

»Und?« Piet spürte, dass sein Puls stieg. Charly hätte kaum sofort zurückgerufen, wenn es nicht etwas Wichtiges mitzuteilen gäbe.

»Heiße Nummer.«

»Geht das etwas konkreter?«

»Auf jeden Fall, aber eines muss klar sein: Du darfst mich keinesfalls zitieren. Wenn durchsickert, dass –«

»Das versteht sich von selbst. Ich werde niemanden gefährden. Vergiss nicht, dass ich selbst mal verdeckt unterwegs war. Die Infos werden als reine Hinweise für unsere weitere Ermittlungsarbeit gewertet. Keinerlei Quellenangaben. Die Indizien- und Beweislast liegt bei uns. Reicht dir das?«

»Ja, dein Wort reicht mir. Also: Mein Kontaktmann nennt als Stichwort Wettgeschäft.«

»Was?« Piet war völlig verblüfft.

»Sportwetten.«

»Illegale Sportwetten?«

»Und ob! Die rumänische Mafia hängt da mit drin.«

»Und welche Sportarten sind betroffen?«

»In dem Fall nur eine.«

»Nun sag schon!«

»Hundekampf.«

Piet schwieg eine halbe Minute lang. So schockierend es war, passte es doch wie die Faust aufs Auge.

»Das haut dich aus den Socken, stimmt's?«, fragte Charly schließlich.

»Davon kannst du ausgehen.«

»Kennst du dich in der Szene ein bisschen aus?«

»Überhaupt nicht«, gab Piet sofort zu.

»Ihr habt es mit sehr gefährlichen Leuten zu tun, und es geht um viel Geld«, erklärte Charly. »Bei einem Hundekampf werden sechsstellige Summen gewonnen. Ein ausgebildeter siegreicher Kampfhund ist reinstes Gold wert, der Verlierer einer Begegnung wird übrigens per Genickschuss regelrecht hingerichtet und irgendwo im Wald verbuddelt – und diese Regel darf niemals gebrochen werden! Wer einmal in dem Geschäft drin ist, hat große Mühe, wieder auszusteigen. Man lebt riskant, alles läuft sehr geheim ab. Auch Auseinandersetzungen innerhalb der Szene enden brutal und häufig endgültig – meist geht es um Wettschulden, oder jemand hat versucht sein eigenes Geschäft aufzuziehen. Hattet ihr nicht letztens in einer Diskothek eine Banden-Auseinandersetzung mit drei Toten?«

»Allerdings.«

»Da ging es um einen Hundekampf«, erläuterte Charly. »Jemand hat versucht, seinen Boss auszutricksen und eigene Kämpfe zu organisieren. Er hat dafür mit seinem Leben bezahlt und zwei seiner Leute ebenfalls.«

»Ich verstehe. Und was hat Bela Sandor damit zu tun?«, fragte Piet.

»Er züchtet und trainiert Kampfhunde und gilt als Meister seines Fachs. Die Information ist übrigens absolut topsecret! Der Mann hat eine Menge einflussreicher Freunde: in Rumänien und in Berlin. Die halten ihre schützenden Hände über ihn. Und ohne eindeutige Beweislage könnt ihr gar nichts machen.«

»Kannst du Namen nennen?«

»Im Moment nicht. Man hält sich sehr bedeckt.«

»Schade.«

»Piet?«

»Ja?«

»Seid vorsichtig – die schrecken vor nichts zurück.«

»Das kriegen wir auch gerade mit. Wir haben seit heute früh eine zweite Leiche.«

»Passt auf, dass es nicht noch mehr werden.«

»Alles klar. Danke dir!«

Piet unterbrach die Verbindung und löschte den Anruf aus seiner Anrufliste. Sicher war sicher. Als er hochblickte, sah er direkt in Katrynas Augen. Schöne Augen, nebenbei bemerkt.

»Schlechte Nachrichten?«, fragte sie.

Er nickte. Der Fall gewann eine Dimension, die ihm gar nicht behagte.

Katryna war wie vor den Kopf geschlagen. Wie muss sich erst Bettina gefühlt haben, als ihr klar geworden war, welchen Geschäften Bela Sandor nachging, dachte sie. Wahrscheinlich hatten ihr die letzten Beweise gefehlt, um an die Öffentlichkeit zu gehen. Oder sich an die Polizei zu wenden. Also hatte sie auf eigene Faust weiterrecherchiert und war dabei der Wahrheit so gefährlich nah gekommen, dass man kurzen Prozess mit ihr gemacht hatte. Auf grausamste Art und Weise – und passend zu dem Geschäft, dem die Täter nachgingen.

»Und wir können diese Infos wirklich nicht verwenden?«, fragte sie, obwohl sie die Antwort kannte.

»Wir können das nur im Hinterkopf behalten und entsprechend hellhörig ermitteln, um uns eine bessere Beweislage zu schaffen«, entgegnete Piet nachdrücklich. »Ein falsches Wort, aus dem ersichtlich wird, dass wir im Hintergrund Informanten haben, und es wird ungemütlich für meine Kontaktleute. Du ahnst gar nicht, wie schnell das gehen kann.«

»Aber wie verfahren wir jetzt mit Sandor? Wir können doch nicht so tun, als wäre alles in Butter.«

»Ganz einfach: Wir befragen ihn im Laufe des Tages noch einmal im Zusammenhang mit Gregor, in der Hoffnung, er gibt sich irgendeine Blöße, oder wir stoßen inzwischen auf Hinweise, die uns erlauben, tiefer gehende Fragen zu stellen.« Piet lächelte schwach. Seine Hoffnung schien nicht sehr groß zu sein.

Katryna hob die Hände und ließ sie wieder sinken. »Wir brauchen unbedingt Bettinas Recherchen zu ihrem Artikel.«

Piet stand auf. »Ja. Martina hängt sich da rein, und ich mache mich jetzt auch auf den Weg.« Er zog seine Jacke vom Garderobenständer und war im Begriff, aus der Tür zu schlüpfen.

»Warum hat Bettina, abgesehen von einigen Andeutungen, mit niemandem darüber gesprochen?«, hob Katryna erneut an. »Das ist doch ein echter Kracher.«

»Vielleicht genau deshalb. Sie konnte es einfach nicht fassen, und wahrscheinlich hätte ihr ohne eindeutige Beweise auch niemand geglaubt. Und dann war sie zur falschen Zeit am falschen Ort.«

Katryna sinnierte noch einige Minuten vor sich hin, dann machte sie sich schweren Herzens auf den Weg in die Gerichtsmedizin. Dankenswerterweise hatte Mohl aufgrund des vermuteten Zusammenhangs zwischen dem Mord an Bettina Springer und dem Tod von Gregor Mahler eine erste gründliche Untersuchung bereits in aller Frühe durchgeführt. In einer knappen halben Stunde würde Emma eintreffen. Katryna schob den Gedanken an die junge Frau beiseite, als sie vor Mohls Büro stand.

Diesmal ersparte er ihr die Leiche nicht. Katryna spürte ein nervöses Flattern im Magen, als der hagere Gerichtsmediziner sie, ohne eine Miene zu verziehen, mit ebenso knappen wie kühlen Worten begrüßte und im selben Atemzug aufforderte, ihn in den Obduktionssaal zu begleiten. Leichenschau war nicht gerade ihre Stärke.

»Die letzten Stunden dieses jungen Mannes verliefen alles andere als erfreulich«, sagte er und deckte das weiße Tuch ab.

Mohl wies auf großflächige Hämatome, die sich über den gesamten Oberkörper verteilten. Das Gesicht war nach der Strangulation so aufgequollen, dass andere Verletzungen weniger zur Geltung kamen. Katryna sah rasch zur Seite und konzentrierte sich auf Dr. Mohls Worte.

»Gesbrecht konnte Ihnen nach der ersten Begutachtung heute früh vermutlich noch nicht sagen, dass es einen deutlichen zeitlichen Abstand zwischen den Schlagverletzungen und dem Eintritt des Todes durch Erhängen gibt«, mutmaßte Dr. Mohl.

»Davon war noch nicht die Rede«, stimmte Katryna zu.

»Schätzungsweise acht bis zehn Stunden«, erläuterte er. »Außerdem war er ziemlich ausgetrocknet.«

»Man hat ihm nichts zu trinken gegeben?«

»Kein Essen, kein Wasser.«

»Wie Sie sich bestimmt denken können, lautet die entscheidende Frage für uns, ob Gregor Mahler Suizid begangen hat oder wie Bettina Springer zunächst gefoltert und dann ermordet wurde«, bemerkte Katryna.

»Das kann ich mir in der Tat denken, aber zum jetzigen Zeitpunkt ist diese Frage nicht mit hundertprozentiger Sicherheit zu beantworten.«

Wie sollte es auch anders sein, dachte die Kommissarin und stieß einen lautlosen Seufzer aus.

»Er war gefesselt und wurde geschlagen. Ob ihn später jemand an den Baum gehängt hat oder er gezwungen wurde, sich den Strick selbst um den Hals zu legen, oder ob er ohne Fremdeinfluss Suizid begangen hat …« Mohl schüttelte den Kopf. »Das kann ich Ihnen, wie gesagt, nicht zweifelsfrei beantworten. Vielleicht wird dieser Punkt nie zu klären sein, und Sie sind auf Zeugen und ein Geständnis angewiesen. Aber davon abgesehen gibt es Spuren, die einen direkten Zusammenhang zwischen dem Mord an Bettina Springer und Gregor Mahler herstellen.«

Katryna sah ihn verblüfft an. »Ach? Tatsächlich? Und welche?«

Mohl zeigte für den Bruchteil einer Sekunde ein Lächeln. »Zum einen finden sich Tierhaare an seiner Kleidung, genauer gesagt: Hundehaare.«

»Stimmen die mit denen überein, die Sie von Bettinas Kleidung sichern konnten?«, fragte Katryna schnell.

Mohl nickte. »Auf den ersten Blick unter dem Mikroskop: ja, sehr wahrscheinlich. Ein eingehender DNA-Abgleich auch im Hinblick auf die tierischen Blut- und Speichelspuren an Bettinas Kleidung war aber in der Kürze der Zeit noch nicht möglich.«

»Verständlich. Könnte es sein, dass die Hundehaare an Gregors Kleidung aus der Zeit stammen, als er Kontakt mit Bettina hatte?«

»Nein«, erwiderte Mohl sofort. »Die Haare stammen nicht von Bettinas Hunden – zumindest stimmen sie nicht mit den Proben überein, die in ihrem Auto sichergestellt wurden.«

Interessant, dachte Katryna. Sehr interessant. »Man könnte also vermuten, dass Bettina und Gregor von denselben Leuten getötet wurden?«

»Vermuten können Sie viel. Ich würde es im Moment jedenfalls so formulieren: Beide hatten mittelbaren oder unmittelbaren Kontakt zu einem Menschen, der seinerseits mit einem ganz bestimmten Hund in Berührung gekommen ist und Spuren von ihm an beide weitergegeben hat – das geschieht übrigens schon bei flüchtigem Körperkontakt. Andere Möglichkeit: Beide befanden sich an einem Ort, wo jener Hund oder sein Besitzer Haare von ihm zurückgelassen hat.«

»Das könnte passen«, sagte Katryna leise.

Mohl sah sie forschend an. »Hilft Ihnen das weiter?«

»Und ob. Gibt es noch andere verbindende Spuren?«, fragte Katryna.

»Durchaus. Die Schlagtechnik.«

»Wie bitte?«

»Ein Teil der Schlagverletzungen weist bei beiden Opfern auf einen Täter hin, der wahrscheinlich einen Siegelring oder einen kleinen Schlagring trug – sowohl bei Bettina als auch bei Gregor finden sich typische Abdrücke.«

»Warum ein Teil der Verletzungen?«

Mohl warf ihr einen ernsten Blick zu. »Ich nehme an, dass mehrere Schläger im Wechsel oder gleichzeitig tätig waren.«

Katryna schluckte. »Danke, Doktor Mohl. Sie haben uns sehr weitergeholfen.«

Mohl nickte beiläufig, als hätte er nichts anderes erwartet, und deckte Gregors Leiche wieder bis zum Hals zu. Katryna hätte Emma die Identifizierung zu gern erspart, aber es gab keine andere Möglichkeit. Mahlers Eltern wohnten nicht in Berlin, und Geschwister hatte er keine.

Emma Parold hatte es abgelehnt, ein Beruhigungsmittel zu nehmen. Sie trank Kaffee und bat darum, rauchen zu dürfen.

»Ich habe letztes Jahr aufgehört«, sagte sie. »Aber jetzt ...« Sie ließ den Satz unvollendet.

Katryna reichte ihr einen Aschenbecher und nahm sich vor, die Befragung so kurz wie möglich zu halten. Emma stand eindeutig unter Schock. Ihre Hände zitterten, das Gesicht war starr und wurde von dunklen Augenringen beherrscht. Die Identifizierung hatte keine zehn Sekunden gedauert, würde sie aber ihr Leben lang nicht mehr loslassen.

»Kümmert sich nachher jemand um Sie?«, fragte Katryna.

Emma streifte die Asche ab, hustete kurz und zog erneut, um den Rauch tief zu inhalieren. »Ja, eine Freundin ist für mich da.«

»Ich werde mich sehr kurz fassen«, versprach Katryna. »Trauen Sie Gregor einen Suizid zu?«

»Nein. Niemals«, sagte sie entschieden. »Das passt überhaupt nicht zu ihm. Das würde er nicht tun, da bin ich ganz sicher ... und schon gar nicht so ...« Sie brach ab und sah zur Seite. »Nein«, wiederholte sie dann. »Das muss anders abgelaufen sein.«

Davon bin ich längst überzeugt, dachte Katryna. »Gibt es in Ihrem beziehungsweise Gregors Freundes- und Bekanntenkreis außer Bettina und Familie Sandor jemanden, der mit Hunden zu tun hat?«

»Nein«, erwiderte Emma prompt. Wenn die Frage sie erstaunte, ließ sie es sich nicht anmerken, oder es war ihr vollkommen egal, was die Kommissarin wissen wollte – Hauptsache, die Befragung war bald vorüber. »Wir haben ansonsten nichts mit Tieren zu tun.«

»Frau Parold, ich muss noch einmal auf die Situation am Freitagabend in der Diskothek zurückkommen, als Sie Bettina und Gregor beobachtet haben. Bitte versuchen Sie, sich genau zu erinnern. Wir haben Hinweise darauf, dass Bettina und Gregor mit denselben Leuten in Kontakt geraten sind.«

»Ich habe meiner ersten Schilderung nichts hinzuzufügen«, erklärte Emma. »Sie unterhielten sich kurz, umarmten sich, und wenige Minuten später verließ Bettina die Diskothek.«

»Auch bezüglich der Hunde ist Ihnen nichts mehr eingefallen?«

»Nein. Wie ich sagte: Auf dem Parkplatz waren Leute mit Hunden. Irgendwelche Hunde. Ende.«

»Wir müssen uns Gregors PC genauer ansehen – unter Umständen gibt es einen Mailverkehr mit Bettina, der Infos enthält, die für unsere Ermittlungen bedeutsam sind. Ich bitte Sie, dem Kollegen, der Sie im Anschluss an dieses Gespräch nach Hause bringt, Gregors Computer auszuhändigen.«

Emma zögerte kurz. »Das können Sie sich sparen«, erwiderte sie dann. »In seinem Postfach war nichts Besonderes.« Sie hielt wieder inne. »Ich war neugierig und habe nachgesehen …« Sie hob kurz eine Hand. Der Vertrauensbruch schien nicht mehr wichtig.

»Er könnte sich eine neue Mailadresse zugelegt haben, unter der er Nachrichten unter Umgehung seines üblichen Postfachs empfangen hat«, gab Katryna zu bedenken.

Emma schüttelte den Kopf. »Gregor war noch nie ein PC- oder Internet-Freak. Leif hat sich immer darüber lustig gemacht, wie wenig er selbst von Word versteht. Gregor hat einige Mails von Bettina erhalten – Allerweltskram – und sie sofort wieder gelöscht, vergaß allerdings mit schöner Regelmäßigkeit, den Ordner mit den gelöschten Objekten auch zu leeren … Wie gesagt: Er verstand nicht viel davon, viel weniger als ich. Wenn irgendwas nicht funktionierte, hat er mich um Rat gefragt.«

»Das ist ein wichtiger Hinweis, aber wir möchten uns trotzdem vergewissern – es könnte sein, dass Bettina ihm ein wichtiges Dokument gemailt oder irgendwelche Andeutungen dazu gemacht hat, die uns weiterhelfen.«

»Das wüsste ich.«

Katryna nickte ihr zu. »Es muss sein, Frau Parold.« Dass die richterliche Genehmigung für den PC- und E-Mail-Check inzwischen vorlag, wollte sie, wenn irgend möglich, zumindest zu diesem Zeitpunkt unerwähnt lassen.

Emma starrte sie einen Moment abwartend an. »Na schön.«

Einen Augenblick herrschte Stille. Katryna wollte gerade ihre abschließenden Floskeln aufs Band sprechen und Emma nach Hause schicken, als ihr noch etwas einfiel.

»Hatte Gregor eigentlich mit den anderen Angestellten der Diskothek häufiger mal zu tun? Gab es privaten Kontakt über den Job hinaus?«

»Soweit ich weiß nicht. Briskow oder auch mal ein Thekenkollege riefen hin und wieder an, um nachzufragen, ob Gregor einspringen könnte. Ja, Sven, den Nachnamen kenne ich nicht, meldete sich manchmal, um Dienst zu tauschen. Das war es dann auch schon – von einem gemeinsamen Bierchen mal abgesehen.« Emma überlegte einen Moment.

»Es gibt einige Aushilfen, die wie Gregor nebenbei dort jobben und ansonsten studieren oder noch einen zweiten Job haben, andere sind fest angestellt. Gregor hat nie viel davon erzählt – es ist nicht unbedingt seine Welt ... gewesen.«

Sie machte erneut eine Pause und zog an ihrer Zigarette. »Er hat seine Stunden dort abgerissen und gutes Geld verdient, war aber ganz froh, dass er den Job bald nicht mehr brauchen würde, nach der Abschlussprüfung. Das hat er mehrfach erwähnt in letzter Zeit.« Sie nickte nachdenklich. »Er hat aber nie vergessen zu betonen, wie dankbar er Bela nach wie vor war, dass er ihm damals so selbstverständlich aus der Klemme geholfen und den Job vermittelt hat, als er ...«

»Moment mal, Bela Sandor hat ihm den Discojob vermittelt? Thomas Briskow und Bela Sandor kennen sich?«, hakte Katryna sofort nach.

»Hm, das weiß ich nicht genauer, aber Gregor hat erzählt, dass Bela ihm geholfen hätte, an diesen Job zu kommen, als er Geld brauchte. Er sollte sich in der Diskothek im ehemaligen Heizkraftwerk am Ostbahnhof melden – mehr weiß ich nicht darüber.«

»Und das war vor ungefähr einem Jahr?«

»Ja. Gregors Eltern waren zu Besuch in Berlin, und Gregor hat den neuen Wagen seines Vaters zu Schrott gefahren. Es gab damals einen Riesenalarm, Gregor brauchte dringend einen lukrativen Job, um den Schaden begleichen zu können, und hat Leif sein Herz ausgeschüttet, der wiederum mit seinem Vater geredet hat, weil der nun mal Hinz und Kunz kennt ... und so weiter.«

»Fallen Ihnen in diesem Zusammenhang noch irgendwelche anderen Namen ein?«

Emma überlegte. »Ich kann mich erinnern, dass Gregor sich damals bei Thomas Briskow vorstellte. Er erzählte anschließend, dass es neben Briskow, dem Geschäftsführer, dem er gut und gern eine halbe Stunde Rede und Antwort stehen musste, noch einen Kompagnon gibt, einen gewissen Rafael Lenau, der aber wohl nur selten da ist. Gregor hat ihn, glaube ich, noch nie zu Gesicht bekommen. Zumindest hat er ihn nie erwähnt. Auf jeden Fall hat ihm Briskow von Anfang an ziemlich imponiert.«

»Warum?«

Emma drückte ihre Zigarette aus und trank einen Schluck Kaffee.

»Er hat ihn als freundlichen, lockeren und umgänglichen Typen beschrieben, der zugleich aber doch eine ganz natürlich wirkende Autorität ausstrahlt. Ein Mann, mit dem man sich gut stellen wollte ... oder auch sollte – so was in der Art sagte er mal.«

»Gab es je Ärger?«

»Nicht dass ich wüsste. Gregor war kein Typ, der Ärger suchte ...« Emma lächelte hilflos.

Katryna spürte, dass ihre Hände feucht geworden waren. »Kam Ihnen je der Gedanke, dass es in Gregors Job beziehungsweise bei seinem Arbeitgeber nicht immer ganz sauber beziehungsweise legal zuging?«

Emma zuckte mit den Achseln. »Wissen Sie – er arbeitete in einer großen Diskothek. Da werden sicherlich auch Drogen im Umlauf sein, wenn Sie so was meinen, aber damit hatte Gregor nichts am Hut …« Sie zögerte. »Ich erinnere mich, dass er mal von einem Pokerclub erzählte. Aber das gehört wohl zum Geschäft und erstaunt mich nicht besonders.«

Mich auch nicht, überlegte Katryna und sah Emma forschend an. Sie hatte sich im Verlauf des Gesprächs deutlich gefangen und berichtete inzwischen in nahezu lebhaftem Ton. Es gab Angehörige von Verbrechensopfern, die fast dankbar waren, reden zu können, die Zeit zu füllen, um nicht allein mit dem Schock und der Trauer zu bleiben, andere brachen völlig zusammen und brauchten medizinische Hilfe und psychologische Betreuung. Wieder andere waren so durcheinander, dass sie kaum drei Sätze herausbekamen und zu stottern anfingen, und bei manchen zeigte sich im Laufe einer Befragung jeder Aspekt mindestens einmal.

Die Kommissarin ließ das Gespräch ausklingen. Zehn Minuten später war Emma in Begleitung eines Polizisten auf dem Heimweg. In den nächsten Tagen würde häufiger ein Streifenwagen vor ihrem Haus stehen. Katryna verließ den Vernehmungsraum und rief Piet an.

»Es gibt eine Verbindung zwischen Sandor und Briskow«, sagte sie, während sie die Tür zu ihrem Büro aufstieß.

»Sag das noch mal!«

»Es gibt eine Verbindung –«

»Schon gut, erzähl!«

Katryna berichtete ihm von Emmas Aussage.

»Das ist ziemlich interessant, weil Briskow vorgegeben hat, mit Sandors Namen nichts anfangen zu können«, entgegnete Piet.

»Ist das vielleicht die Spur, nach der wir die ganze Zeit gesucht haben?«, fragte Katryna. »Was sollte es denn sonst für einen Grund geben, die Bekanntschaft zu Sandor zu leugnen?«

Darauf sagte Piet nichts. Katryna spürte einen Moment seinem Schweigen nach.

»Noch etwas«, fuhr sie dann fort. »Mohl hält es für sehr wahrscheinlich, dass es sich um ein und dieselben Schläger handelt, die sowohl Bettina als auch Gregor verletzt haben. An beiden Opfern konnte er darüber hinaus identische Hundehaare sicherstellen, die im Übrigen nicht von Bettinas Hunden stammen«, fügte sie hinzu. »Wenn Mohls weitergehende Analysen zudem noch beweisen können, dass auch Gregor Kontakt zu dem Hund oder den Hunden hatte, die Bettina getötet haben, beziehungsweise zu dessen Besitzer, ist der zweite Mord und der Zusammenhang zwischen beiden Fällen wohl endgültig unbestritten, oder?«

»Hm.«

»Könntest du vielleicht etwas weitschweifiger in deinen Kommentaren werden!«, meinte Katryna mit einem Anflug von Bissigkeit.

»Später. Ich bin auf dem Weg zu Sven Kliberg, einem Thekenkollegen von Gregor, der seit einigen Tagen krank ist, aber Freitagabend auch zur Schicht eingeteilt war. Zwei andere Leute vom Ausschank, mit denen ich gerade noch mal gesprochen habe, sind bei ihrer ursprünglichen Aussage geblieben – trotz des offensichtlichen Entsetzens über Gregors Tod.«

»Nimmst du dir Briskow auch gleich noch mal vor?«

»Innerhalb der nächsten Stunden sicher nicht. Wir brauchen mehr, um ihn erneut zu befragen. Viel mehr. Sonst lässt der uns über seinen Anwalt mitteilen, dass wir ihn mal kreuzweise dürfen …«

Katryna nickte vor sich hin. »Vielleicht sollte ich mal wieder in eine Disco gehen …«, überlegte sie halblaut.

»Wie meinst du das?«

»So, wie ich es sage – ich tanze gern. Und ich könnte meine Augen ein wenig offen halten, wenn du verstehst, was ich meine. Dich kennen sie in der Disco, mich nicht.«

»Ich verstehe sehr gut, was du meinst, aber ich glaube, du ahnst nicht, worauf du dich da einlässt.«

»Natürlich nicht!«, giftete Katryna ihn an. »Ich habe ja bislang in Duisburg auch nur mit Leuten zu tun gehabt, die Kaugummiautomaten geknackt und sich gegen eine Festnahme mit niedlichen Backpfeifen zur Wehr gesetzt haben!«

»Katryna!«

»Ja!«

»Reg dich wieder ab und lass uns später noch einmal drüber reden, einverstanden?«

»Hm.«

Katryna pfefferte ihr Handy beiseite. Im gleichen Moment öffnete sich die Tür, und Martina trat ein. Sie warf Katryna einen prüfenden Blick zu, bevor sie auf ihre Notizzettel sah.

»Bei der Befragung der Anwohner im Fischerhüttenweg und in der näheren Umgebung ist bisher nichts herausgekommen«, hob sie schließlich in sachlichem Ton an. »Auch der Fundort gibt keine verwertbaren Spuren her. Gregors Zimmer wird gerade gecheckt, sein Laptop ist auf dem Weg zu uns. In Bettinas Arbeitszimmer gibt es, wie schon bei eurer ersten oberflächlichen Besichtigung festgestellt, nicht einen einzigen selbst beschriebenen Datenspeicher, Fingerabdrücke werden noch ausgewertet. Unser IT-Mensch beschäftigt sich im Moment mit Bettinas Mail-Account. Viel Hoffnung, dort fündig zu werden, solltest du dir aber nicht machen.«

»Warum nicht?«

»Sigrid Springer meint, dass ihre Schwester kein Fan von intensivem Mailen oder Chatten gewesen wäre.«

»Aber ihre Recherchen hat sie vielleicht doch irgendwo erwähnt oder zusätzlich abgespeichert.«

»Ja, mag sein.« Sonderlich überzeugt wirkte Martina allerdings nicht.

»Ein Kollege hat an der Uni mit Leif Sandor gesprochen«, fuhr sie fort. »Der ist völlig fertig, aber es gibt keine Hinweise, die für die weitere Ermittlung wichtig sein könnten. Ich lege dir die Notizen zu der Befragung aber trotzdem vor. Man kann ja nie wissen – vielleicht gibt es ja doch die eine oder andere Andeutung, die sich noch als wichtig erweist. Weitere Kommilitonen und Gregors Tutor werden noch befragt.«

Katryna nahm einen Hefter von Martina entgegen.

»Danke. Sehr gute Arbeit.«

»Ja, so kennt man das LKA.« Martina lächelte für den Bruchteil einer Sekunde. Es konnten auch zwei Bruchteile sein. »Magst du einen Kaffee? Ich habe gerade frischen gekocht. Komm doch kurz mit rüber.«

»Gute Idee, danke«, freute sich Katryna und hatte die Klinke schon in der Hand, als ihr Telefon klingelte. »Ich komme gleich nach«, meinte sie zu Martina, bevor sie sich meldete.

»Hier spricht Merle Behrens.«

Katryna setzte sich. »Hallo, Frau Behrens. Sind Sie wieder in Berlin?«

»Nein, das nicht, aber …«

»Ja?«

»Ich habe gerade einen Anruf von meinem Nachbarn erhalten, der sich während meines Urlaubs um meine Katze kümmert und alle paar Tage den Briefkasten leert …«

Katryna spürte plötzlich ein Kribbeln im Nacken.

»Er hat mich darüber informiert, dass er einen Umschlag mit der Aufschrift ›Wichtig‹ in meinem Kasten vorgefunden hat, Absender: Bettina Springer.«

Katryna setzte sich ruckartig auf.

8

Er war bleich, seine Wangen waren eingefallen, das Haar strähnig. Der Junge sieht aus wie der Tod auf Latschen, dachte Piet, als Sven Kliberg ihn schließlich in die Wohnung ließ. Kliberg wohnte in einer Einzimmer-Altbauwohnung an der Hermannstraße im Bezirk Neukölln. Gegenüber befanden sich ein Netto-Supermarkt und eine Dönerbude, im selben Haus residierte ein Handy- und PC-Laden, nebenan gab es einen Spielsalon, in dem man auch seine Wäsche waschen konnte. Wie praktisch.

»Ich bin krank«, sagte Kliberg überflüssigerweise und wies mit einer erklärenden Handbewegung um sich, als sie durch einen schmalen Flur gingen, in dem sich ein Berg von – dem Geruch nach zu urteilen – hauptsächlich schmutziger Wäsche neben Schuhen, Kartons und leeren Flaschen türmte. »Und noch nicht zum Aufräumen gekommen.«

Ein klappriges Fahrrad versperrte mit seinem Vorderrad die Tür zum Wohn- und Schlafzimmer. Piet betrat die Küche, in der es muffig roch. In der Spüle stapelte sich Geschirr; eine alte Kommode mit offen stehenden Türen diente als Küchenschrank. Die Fenster führten zum Hinterhof und waren beschlagen. Den letzten Anstrich hatten sie wahrscheinlich kurz nach der Wende bekommen. Eine zwei Tage alte Zeitung war neben einem vollen Aschenbecher auf einem wackligen Tisch ausgebreitet. Das Ambiente wirkte nicht, als würde hier überhaupt viel Zeit aufs Aufräumen und Putzen verwendet werden.

Sven Kliberg nahm auf einem Hocker Platz und bot Piet den Stuhl an. »Ich weiß nicht, ob ich Ihnen irgendwie weiterhelfen kann. Wie ich gesagt habe, ich …«

»Sie sind krank, ja, das sagten Sie schon am Telefon. Was haben Sie denn, wenn ich fragen darf?«

»Magen-Darm-Virus.« Kliberg verzog das Gesicht. »Die Scheißerei und Kotzerei, wenn Sie es genauer wissen wollen. Schon seit ein paar Tagen. Stecken Sie sich bloß nicht an.« In den blassblauen Augen blitzte es kurz auf.

Gott behüte, dachte Piet. Den Virus nahm er dem jungen Mann sofort ab. Kliberg sah aus wie jemand, der in kurzer Zeit erheblich an Gewicht verloren hatte. Die Jeans saß viel zu locker, und das Gesicht wirkte abgezehrt. Doch darüber hinaus schien er selten wirklich gesund zu sein oder gesund zu leben. Drogen, dachte Piet. Nicht unbedingt die steile Junkie-Karriere, aber Crack oder Ähnliches konsumierte Kliberg sicher regelmäßig.

»Ich würde Sie nicht stören, wenn es nicht wichtig wäre«, meinte Piet und zückte sein Notizheft, in dem ein Foto von Bettina Springer steckte. »Diese Frau war am Freitagabend im Heizkraftwerk und hat sich dort kurz mit Gregor getroffen, so gegen zehn.« Er schob Kliberg die Aufnahme über den Tisch zu und beobachtete ihn.

»Ja? Ich weiß nicht … Da ist immer so viel los.« Seine Unterlippe zitterte. Er schob das Foto sofort wieder zurück. »Keine Ahnung.«

»Sehen Sie es sich doch bitte noch einmal genauer an. Es ist sehr wichtig.«

Kliberg warf einen zweiten Blick auf das Foto, ohne es in die Hand zu nehmen. »Nö. Wer soll das sein?«

»Das ist Bettina Springer, eine Freundin von Gregor.«

»Echt? Seine Freundin?« Kliberg verzog das Gesicht. »Die ist doch viel älter als er. Ich denke, der hat … ist ja auch egal.« Er winkte ab.

»Ich sagte: eine Freundin, nicht seine. Wie gut kennen Sie Gregor?«

»Nicht besonders. Ein Kollege eben. Wir haben immer alle Hände voll zu tun. Er ist in Ordnung, tauscht auch mal, wenn es sein muss.« Kliberg schielte erneut auf das Foto.

»Und Sie haben diese Frau am Freitagabend nicht gesehen?«

Er schüttelte den Kopf. »Kann mich nicht erinnern. Wieso – was ist denn mit der?«

Piet schlug ein Bein über das andere. »Sie ist tot.«

Kliberg zuckte zusammen, aber Piet nahm ihm nicht ab, dass die Nachricht neu für ihn war. Die polizeilichen Ermittlungen dürften sich mit großer Wahrscheinlichkeit auch bis zu ihm herumgesprochen haben – krank oder nicht krank. Unter Umständen hatte er sogar längst klare Anweisungen erhalten, wie er sich verhalten sollte, falls man ihn befragen würde. Allerdings wusste Kliberg sehr wahrscheinlich nicht, wie Bettina ermordet worden war, denn Piet hatte sowohl Briskow als auch den anderen Angestellten gegenüber die Einzelheiten des Verbrechens unerwähnt gelassen, und in der Presse war lediglich von einer grausigen Gewalttat die Rede gewesen.

»Totgebissen. Von Hunden.«

Kliberg hielt den Atem an.

»Genauer gesagt von Kampfhunden.«

Kliberg verschränkte die Hände ineinander und fuhr sich mit der Zunge mehrfach über die Unterlippe.

»Können Sie mir irgendwas dazu sagen?«

»Nein. Ist ja furchtbar.«

»Damit wir uns nicht missverstehen«, fügte Piet nach kurzer Pause in sanftem Tonfall hinzu: »Es handelt sich um Mord – die Hunde wurden mit an Sicherheit grenzender Wahrscheinlichkeit auf die Frau gehetzt, nachdem man sie eine Zeit lang windelweich geschlagen hat. Fällt Ihnen immer noch nichts dazu ein?«

Kliberg schluckte wieder. »Warum sollte mir dazu etwas einfallen? Wie meinen Sie das denn?«

»Ich will wissen, ob Sie die Frau gesehen und etwas mitbekommen haben! Wir wissen nämlich sehr genau, dass sie um zehn Uhr herum mit Gregor gesprochen hat – in dessen Pause. Zu der Zeit hatten Sie auch Thekendienst. Da guckt man doch mal, mit wem der Kollege so angeregt quatscht oder auch herumknutscht.«

»Ich … nein, ich kann mich nicht erinnern.«

»Wir können uns auch auf dem Präsidium weiterunterhalten, wenn Ihnen das lieber ist.«

Kliberg hob abwehrend die Hände. »Ich bin krank«, flüsterte er. »Und ich sollte das Haus nicht verlassen. Sie können mich nicht dazu zwingen.«

Piet fixierte ihn, nickte dann langsam und beugte sich über den Tisch zu ihm vor. »Okay. Dann reden wir hier. Noch mal: Haben Sie die Frau gesehen?«

»Nein. Ich weiß nicht … Ich …«

»Ach übrigens, bevor ich es vergesse – Gregor ist auch tot. Er wurde aufgehängt, nachdem man ihn halb totgeschlagen hat. Es sollte wohl aussehen wie Selbstmord.«

Kliberg sprang wie von der Tarantel gestochen hoch und rannte zur Tür hinaus. Das Klo befand sich gegenüber. Die Tür fiel krachend ins Schloss. Piet hörte, wie er sich übergab. Er fühlte Mitleid und schob es schnell beiseite. Mitleid war ein schlechter Berater in einer Befragung, bei der es um Mord ging. Kliberg war zweifellos krank, aber das Virus, das er sich eingefangen hatte, konnte auch einen ganz anderen Namen haben.

Fünf Minuten später saß der Junge wieder am Tisch – noch bleicher, falls das überhaupt möglich war.

»Du solltest einen Tee trinken«, sagte Piet.

Das Du war ihm so herausgerutscht. Er nahm es nicht zurück. Manchmal ließ sich auf der Ebene einfacher Vertrauen herstellen – zumindest bei jungen Männern.

Sven nickte. »Ich hab irgendwo noch ein paar Beutel …« Er griff hinter sich und zog eine Schublade der Kommode auf. »Hier.«

Piet stand auf und hielt nach einem Kessel oder Wasserkocher Ausschau.

»Hab ich nicht«, sagte Sven. »Lassen Sie einfach einen halben Liter Wasser in den Boiler. Verbraucht viel Strom, geht aber schnell.«

Eine Minute später stand eine dampfende Tasse Wasser, in der ein Teebeutel schwamm, vor Sven.

Piet setzte sich wieder und sah ihn an. »Du musst reden, klar?«

Kliberg versuchte ein Grinsen. Er griff nach dem Faden am Teebeutel und bewegte ihn hin und her. »Sie haben keine Ahnung.«

»Doch, hab ich.«

»Ich kann nichts sagen, sonst …« Er machte eine Handbewegung zum Hals, die unmissverständlich war. Dann starrte er Piet plötzlich aus schmalen Augenschlitzen an. »Nehmen Sie hier irgendwas auf oder so?«

Piet schüttelte rasch den Kopf. »Nein, keine Sorge. Red einfach mit mir – kein Protokoll, keine Aufnahme, nichts …«

Sven lachte bitter auf. »Das glauben Sie doch selbst nicht. Wenn es hart auf hart kommt, nennen Sie meinen Namen, und dann bin ich so schnell dran, wie Sie gar nicht gucken können, und damit meine ich nicht euren Knast oder so. Das ist dann mein geringstes Problem.«

»Was hast du gesehen?«

Sven lächelte schief. »Keine Chance, Alter – nett, dass du mir einen Tee gemacht hast, aber …«

Piet beugte sich vor. »Steckt dein Chef da mit drin?«

Klibergs Pupillen weiteten sich, aber er schwieg.

Briskow hat seine Leute gut im Griff, dachte Piet. Im gleichen Augenblick spürte er den Vibrationsalarm seines Handys. Katryna. Er überlegte, den Anruf einfach wegzudrücken, dann stand er doch auf und ging in den Flur. »Sehr ungünstige Situation.«

»Nicht mehr, wenn ich dir sage, was wir haben.«

»Okay, schieß los.«

»Wir haben Bettinas Material! Sie hat es auf einem USB-Stick gespeichert und wahrscheinlich am Freitag, bevor sie zum Ostbahnhof gefahren ist, persönlich bei Merle Behrens in den Briefkasten geworfen. Sie wusste nicht, dass Merle schon im Urlaub war beziehungsweise ihren Urlaub außerhalb von Berlin verbringt. Der Nachbar hat den Briefkasten geleert und den Umschlag mit dem Vermerk »Wichtig« in der Tat wichtig genommen und sich mit Merle in Verbindung gesetzt.«

»Das ist ja …«

»Genau. Ein Kollege holt den Stick gerade ab.«

»Ich bin sehr gespannt, aber …«

»Ja?«

»Warum werden wir erst jetzt informiert? Wenn der Umschlag seit Freitag –«

»Ganz einfach: Merles Nachbar hat nur alle paar Tage mal in den Kasten gesehen.«

Piet stöhnte leise auf. »Na schön, da kann man nichts machen.«

»Das sehe ich auch so. Und wie läuft es bei dir?«

»Ich hab hier jemanden, der was gesehen hat, etwas weiß oder ahnt, aber nichts sagen will.«

»Warum nicht?«

»Er macht sich im wahrsten Sinne des Wortes in die Hosen vor Angst.«

»Verstehe. Willst du es noch weiter versuchen?«

»Ja. Kümmere du dich inzwischen schon mal um Bettinas Bericht und ruf mich an, sobald du ihn gelesen hast.«

»Klar. Mach ich. Bis später.«

Piet steckte das Handy wieder ein und ging in die Küche zurück. Sven saß mit verschränkten Armen am Tisch und blickte ihm aus dunkel umschatteten Augen entgegen.

»Das war meine Kollegin«, sagte Piet und setzte sich wieder. »Sie haben entscheidendes Material gefunden.«

»Klasse, dann braucht ihr mich ja nicht mehr.«

Piet lächelte. »Bettina, die Frau, die von den Hunden –«

»Ja, ich weiß, das hast du bereits erwähnt. Lass gut sein«, unterbrach Kliberg ihn hastig. »Oder willst du mich schon wieder kotzen hören?«

»Bettina hat nebenberuflich für ein Hundemagazin Artikel geschrieben und sich im Tierschutz engagiert«, erzählte Piet im Plauderton weiter. »Einer ihrer Mitstreiter, ein Hundetrainer, der in Lichtenrade sehr erfolgreich eine Hundeschule leitet, heißt Bela Sandor. Sagt dir der Name was?«

»Nö.«

»Wirklich nicht? Denk noch mal nach.«

»Ich sagte doch: nie gehört.« Sven verdrehte entnervt die Augen. »Und Hundeschulen interessieren mich einfach mal so was von gar nicht.«

»Na schön. Bettina hat etwas über ihn herausgefunden, etwas sehr Unerfreuliches. Das Ergebnis ihrer Recherchen hat sie bei einer Kollegin hinterlegt, wie wir gerade erfahren haben.«

»Und?«

»Sagt dir der Name Bela Sandor wirklich nichts?«

»Wie oft denn noch: Nein.«

Piet beugte sich so schnell zu Kliberg vor, dass der zusammenzuckte. »Was hat dein Chef auf dem Kerbholz? Mit wem macht Briskow welche schmutzigen Geschäfte? Red schon!«

Sven presste die Lippen aufeinander. »Lass mich in Ruhe, Alter! Ich weiß nichts.«

»Nenn mir, sagen wir: zwei Namen, und du bist mich los.«

»Es gibt keine schmutzigen Geschäfte und keine Namen, die ich dir nennen könnte.«

»Hör auf zu spinnen!«, fuhr Piet ihn an. »Ich will zwei Namen, dann gehe ich. Niemand erfährt, von wem ich sie habe, und du bleibst bei den Ermittlungen völlig außen vor. Dafür sorge ich.«

Kliberg lachte bitter auf. »Na klar doch! Du kannst viel reden, wenn der Tag lang ist.« Er machte eine wegwerfende Handbewegung und schüttelte den Kopf, als zweifelte er an Piets Verstand.

»Zwei Namen und ich gehe«, wiederholte der.

»Du nervst.«

»Darin bin ich ziemlich gut. Komm, ich hab heute auch noch was anderes vor: Es liegt nur an dir, du kannst mich innerhalb von zehn Sekunden los sein.«

»Um morgen wiederzukommen.«

»Nein. Ich pflege mich an Abmachungen zu halten.«

Sven grinste. »Natürlich, was sonst?«

»Ich meine es ernst.«

»Hm, ich auch. Aber wie wäre es damit: Max und Moritz.«

Piet zeigte ihm einen Vogel. »Verarschen kann ich mich allein. Noch mal: Zwei Namen, ich verschwinde, und du bist, Hand drauf, aus dem Schneider.«

Sven starrte Piet einen Augenblick wortlos an. »Du nervst wirklich, das muss man dir lassen. Zwei Namen, keine Verarsche, und du gehst und lässt mich in Ruhe?«

»Genau das ist die Abmachung.« Piet ballte innerlich die Fäuste. Er war also doch auf dem richtigen Dampfer.

Sven räusperte sich. »Okay, aber wenn du hier noch mal auftauchst oder auch ein anderer Bulle, streite ich alles ab und erzähle, dass du mich mit üblen Methoden unter Druck gesetzt hast, klar?«

»Völlig klar.«

Sven schluckte, wischte sich über den Mund und machte eine wegwerfende Handbewegung. »Na schön, Alter. Aber ich tue das nur, damit du endlich abhaust. Und für Gregor. Nicht weil ich an euch Bullen oder diesen beschissenen Staat oder an deine Abmachung glaube.«

»Okay.«

»Rafael Lenau und Moritz, oder auch: Max und Moritz – das ist keine Verarsche.«

»Rafael Lenau und Moritz, Max und Moritz«, wiederholte Piet leise. Er stand auf, ging zur Tür, drehte sich noch einmal um und sah den bleichen Jungen an. »Danke.«

Eine Antwort bekam er nicht. Acht Sekunden später hatte er das Haus verlassen.

»Wir haben alles Mögliche, aber nichts Konkretes«, stellte Piet ernüchtert fest und schüttelte den Kopf. »Verdächtigungen, Hinweise, einige Namen und dank unserer Hintergrundinformationen ganz offensichtliche Zusammenhänge, aber das war es auch schon. Bettina ist Sandor ganz erheblich auf die Pelle gerückt und hat ihn mächtig entzaubert, aber von Hundekämpfen schreibt sie kein Wort – sie geht von verbotenen Züchtungen aus, die Sandor einen Haufen Geld eingebracht haben. Nach Bettinas Einschätzung so viel, dass er die Knete schwarz nicht unauffällig unterbringen konnte und seine Bilanz mit erlogenen Einnahmen frisieren musste. Aber damit kriegen wir ohne weitere Beweise nicht mal eine Hausdurchsuchung genehmigt, sondern allenfalls eine erneute Prüfung seiner Buchhaltung.«

Sie waren Bettinas Bericht mehrfach gemeinsam durchgegangen und hatten ihn mit den bisherigen Vernehmungen und vorliegenden Ergebnissen verglichen, während Martina die Datenbank nach Infos über Rafael Lenau durchforstete und Kontakt zu den Kollegen hielt, die noch unterwegs waren. Eine Kanne Kaffee und eine Platte Bienenstich hatten ihnen die Arbeit etwas versüßt, vielmehr den Zuckerspiegel innerhalb weniger Minuten verhundertfacht und den Mittagshunger vorübergehend gestillt.

Katryna wischte sich den Mund mit einer Papierserviette ab und schob ihren Teller zurück. Obwohl Piet in den vergangenen Tagen häufig als abgeklärter und umsichtiger Ermittler fungiert hatte, der lieber mal die Bremse zog, manchmal sehr zu ihrem Ärger, und vorzugsweise klar strukturiert zu Werke ging, als zu eifrig vorzupreschen, verblüffte sie seine Skepsis ausgerechnet zu diesem Zeitpunkt.

»Das sehe ich aber anders«, entgegnete sie. »Bettina hatte bis Freitagabend, bevor sie aller Wahrscheinlichkeit nach den Umschlag bei Merle einwarf und dann zum Ostbahnhof fuhr, nur noch nicht die letzte und entscheidende Schlussfolgerung aus ihren Beobachtungen gezogen. Geahnt hat sie längst etwas – das wird, wie ich finde, aus ihren persönlichen Zeilen an Merle ziemlich deutlich. Und als ihr klar wurde oder sie entdeckt hat, worum es geht, hat man sie geschnappt – in der Diskothek oder ganz in der Nähe, davon bin ich übrigens felsenfest überzeugt«, betonte sie. Katryna holte tief Luft, bevor sie ihre Argumentationskette fortsetzte.

»Außerdem: Emma sagt aus, dass Sandor Gregor den Discojob vermittelt hat – er kennt Briskow also mit an Sicherheit grenzender Wahrscheinlichkeit ziemlich gut. Sie erwähnt den Namen Rafael Lenau, und dein Zeuge Kliberg, der ganz offensichtlich fast durchdreht vor Angst und höchstwahrscheinlich weiß oder ahnt, was passiert ist, nennt diesen Namen auch, noch dazu in einem Atemzug mit Moritz – meine Güte: Er kennt den Kampfhund, von dem auch Bettina berichtet! Wenn das kein wichtiger Hinweis ist! Meinst du nicht, dass man hier sehr gut eins und eins zusammenzählen und bei Sandor und Briskow aufkreuzen oder auch Lenau befragen kann, sobald wir wissen, wo der Herr anzutreffen ist, um ein paar bohrende Fragen zu stellen und Spuren zu sichern, die uns mit Sicherheit weiterführen? Was fehlt dir noch an Indizien? Ich bin davon überzeugt, dass –«

»Klar könnte man einen großen Auftritt hinlegen! Und dann?«, unterbrach Piet sie mit einer unerwartet heftigen Handbewegung. »Das sind doch keine Anfänger oder Dummköpfe: Die haben die entscheidenden Spuren längst beseitigt, und aus deren Kreis wird niemand den Mund aufmachen – da gehe ich jede Wette ein! Sandor ist allenfalls nachzuweisen, dass Moritz aus Rumänien stammt und bei ihm versorgt wurde, na und? Dass er ihn trainiert hat, na und? Das kratzt zweifellos langfristig an Sandors Ansehen in der Tierschutz- und Hundeflüstererszene, bringt uns aber in der Aufklärung der Mordfälle jetzt in diesem Moment keinen einzigen Schritt weiter. An Bettina konnten Tierspuren gesichert werden – sehr wahrscheinlich können etliche davon unter anderem auch dem Hund Moritz zugeschrieben werden, na und? Bis die DNA-Analysen abgeschlossen sind und ein zweifelsfreies Gutachten dazu vorliegt, bleibt nur eine Feststellung: Sie kannte diesen Hund und hatte fatalerweise Kontakt zu ihm, das schreibt sie sogar selbst! Dieser Köter ist längst über alle Berge oder verscharrt oder wird irgendwo versteckt, falls er mit Bettinas Tod und dunklen Geschäften in Verbindung gebracht werden kann. Sandor wird seine Hände in Unschuld waschen und so lange den Ahnungslosen spielen, wie es irgend geht, von Briskow ganz zu schweigen, denn all diese hübschen Indizien reichen bei Weitem nicht aus, um die richtigen Leute zu überführen und mit Haftbefehl und Mordanklage auf der Matte zu stehen.«

»Aber –«

»Ich bin noch nicht fertig«, ließ Piet Katryna nicht zu Wort kommen. »In dem Moment, wo wir verschärft nach Lenau suchen und Briskow und Co. bedrängen – in der Hoffnung, Nägel mit Köpfen zu machen –, werden in Windeseile weitere Maßnahmen getroffen, um jegliches Risiko auszuschließen, dass etwas nach außen dringt, was die entscheidenden Leute, die Fädenzieher und großen Verdiener, auch nur im Geringsten belasten könnte. Dass diese Herrschaften sich darüber hinaus mit allen Wassern gewaschene Anwälte leisten können, muss ich wohl nicht extra betonen, oder?«

Er unterbrach kurz und sah sie scharf an. »Und was Kliberg angeht – ich habe ihm versprochen, dass er ungenannt bleibt, nur deshalb ist er übrigens mit den Namen von Lenau und Moritz herausgerückt. Im Klartext: Auch er ist lediglich ein verdeckter Zeuge, den wir nicht zitieren dürfen und der Angst um seinen kleinen Arsch hat, mit Recht. Und ich werde mich an mein Wort halten.« Piet hatte sich richtig in Rage geredet. Er schob sich eine Haarsträhne aus dem Gesicht, atmete schwer und schwieg abrupt.

Katryna ließ die Stille einen Moment lang zu. »Du hast Angst, nicht wahr?« Die Frage war ihr einfach herausgerutscht.

Als Piet zusammenzuckte, wusste sie, dass sie mit ihrem Gefühl richtiglag.

Er nickte langsam. »Stimmt. Diese Leute machen mir Angst …«

Er sah sie lange an. »Und ich sage dir, es ist tausendmal besser, übervorsichtig zu sein, als das Risiko auch nur für wenige Augenblicke oder im Zusammenhang mit scheinbar nebensächlichen Entscheidungen zu unterschätzen, geschweige denn beiseitezuschieben, um überhastet nach weiteren Spuren zu fahnden. Unter Umständen müssen zwei Kontaktleute dran glauben oder geraten in allergrößte Gefahr, wenn es uns nicht gelingt, unsere Erkenntnisse als die Früchte eigener Ermittlungsarbeit zu verkaufen. Ich möchte nicht den Rest meines Lebens damit verbringen, immer wieder Rechenschaft vor mir selbst abzulegen, dass wir eigene Leute geopfert und vielleicht auch einen kleinen Thekenburschen namens Sven ans Messer geliefert haben ...«

Das Blau seiner Augen verdunkelte sich um zwei Nuancen. »In den Folterkellern solcher Typen lernst du, was Angst ist. Und Schmerz. Ich habe nur überlebt, weil mich meine Kollegen rechtzeitig befreien konnten.«

Katryna verspürte den Impuls, nach seiner Hand zu greifen, aber im letzten Augenblick verkniff sie sich die allzu vertraute Geste.

»Ich kann deine Bedenken nachvollziehen«, stimmte sie schließlich in leisem Ton zu. »Ich bilde es mir zumindest ein. Ich will nicht voreilig handeln und Menschen gefährden, das muss dir klar sein.«

Er nickte ihr kurz zu, als sie unterbrach und ihn fragend ansah.

»Andererseits müssen wir etwas tun«, fuhr sie fort. »Gregor und Bettina waren weder die ersten Opfer, noch werden es die letzten sein, die diese Leute auf dem Gewissen haben. Wobei Gewissen in dem Zusammenhang garantiert der falsche Ausdruck ist.«

»Ich weiß.« Piet massierte sich die Schläfen. Plötzlich wirkte er erschöpft. »Aber das Letzte, was wir tun sollten – ich betone das noch mal ausdrücklich –, ist, bei Briskow aufzutrumpfen, ohne wirklich etwas in den Händen zu haben, mit dem wir ihn und seine Handlanger aus dem Verkehr ziehen können, oder auch nur Sandor in die Enge treiben zu wollen, obwohl ich große Lust dazu hätte.«

Katryna lehnte sich zurück und verschränkte die Hände im

Nacken. »Und was hältst du davon, wenn wir so tun, als würden wir mit den Ermittlungen nicht weiterkommen und auf der Stelle treten?«

Piet stützte das Kinn in die rechte Hand und sah sie forschend an. »Wie meinst du das?«

»Du befragst Briskow ein bisschen zu Gregor, ich kümmere mich um Sandor, und wir lassen bei beiden durchblicken, dass ein Suizid des jungen Mannes durchaus denkbar wäre. Ein Mord, obwohl im Rahmen des Vorstellbaren, sei nicht nachweisbar, schon gar nicht eindeutig …« Sie zog eine Augenbraue hoch. »Und natürlich kein Wort von Hunden, geschweige denn Hundekämpfen. Man könnte die Affäre zwischen Bettina und Gregor auch ein bisschen hochschaukeln, wenn du verstehst, was ich meine.«

»Ja, so ungefähr«, gab Piet in nachdenklichem Tonfall zurück. »Wenn ich dich richtig verstehe, hast du vor, die Herrschaften in Sicherheit zu wiegen.«

»Genau. Und wir erwähnen mit keiner Silbe, dass Bettinas Recherchen plötzlich aufgetaucht sind.«

Piet verzog den Mund. »Das hab ich bei Kliberg bereits getan …«

Katryna winkte ab. »So wie du ihn schilderst, wird er dem Aspekt keine besondere Bedeutung beimessen oder gar freiwillig die Initiative ergreifen und mit jemandem darüber reden.«

»Das ganz sicher nicht, aber falls ihm jemand im Nacken sitzt und Genaueres von ihm über die polizeiliche Vernehmung wissen will …«

»Erzählt er dem, die Polizei hätte Bettinas Artikel und ihre Recherchen erwähnt – na und? Dass wir von ihrem Hintergrundmaterial wissen, haben wir bereits an verschiedenen Stellen kundgetan, oder? Und Einzelheiten hast du nicht zitiert, wenn ich dich richtig verstehe.«

Piet nickte langsam. »Hm, stimmt. Okay. Weiter.«

Katryna überlegte, wie sie fortfahren sollte. »Stimmst du mir in der Annahme zu, dass das Ambiente der Diskothek am Ostbahnhof gut geeignet ist, um Geschäfte der unterschiedlichsten Art ungestört abzuwickeln? Ich habe mir das Gelände vorhin mal im Internet angeguckt. Da kann man sich ja richtig verlaufen …«

»Davon kannst du ausgehen.«

Sie lächelte. »Tja, wie ich schon letztens sagte: Ich würde mich gern mal wieder so richtig aufbrezeln und tanzen gehen …«

Piet sah sie scharf an.

»Mich kennt dort niemand, du warst allein bei Briskow«, fuhr sie rasch fort, um seine Einwände im Keim zu ersticken. »Außerdem bin ich natürlich nicht allein unterwegs: Im Hintergrund halten sich einige Kollegen bereit, ein kleines und völlig unauffälliges SEK, das aus dem Max-Hoffer-Team besteht, und vielleicht mag mich ja Fabian Stumm als Dancefloor-Partner begleiten … Der passt vom Alter her auch sehr gut in den Laden und sieht cool aus. Finde ich. Jede Wette – der tanzt ganz passabel.« Sie grinste breit.

»Aha. Und dann?«

»Wir tanzen, wir amüsieren uns und schauen uns nebenbei ein bisschen um.«

Piet zog die Augenbrauen zusammen. »Was erhoffst du dir davon?«

»Na, was wohl? Dass wir etwas mitbekommen, Auffälligkeiten und vielleicht sogar Spuren entdecken können, weil Briskow und Co. sich wieder absolut sicher fühlen und ihren üblichen Geschäften nachgehen. Die Polizei hat nichts gefunden – also kann der übliche Alltag einkehren. Und falls Gefahr im Anzug ist, schlage ich natürlich sofort Alarm.«

»Die Aktion kriegst du unter dem Aspekt nie durch«, wandte Piet kopfschüttelnd ein. »Viel zu viel Risiko und Aufwand ohne konkreten Anlass.«

Katryna spitzte die Lippen. »Dann verpacken wir das Ganze eben ein bisschen hübsch.«

»Ach, und wie?«

»Hinweise auf Drogen und Wettgeschäfte zum Beispiel … Damit liegen wir nicht einmal so weit weg, oder?«

Piet zögerte. Offensichtlich fand er die Idee gar nicht so schlecht, wie er vorgab. »Das Ganze scheint ja bereits richtige Formen angenommen zu haben. Hast du dir denn auch schon Gedanken darüber gemacht, wann du loslegen willst?«

»Klar, übermorgen, am Freitag – eine Woche nach Bettinas Ermordung«, erwiderte Katryna prompt. »Damit bliebe uns auch genügend Zeit für die Vorbereitung.«

»Und wer überzeugt Polder und das Team Hoffer?«

»Das machen wir zusammen.«

Piet grinste plötzlich. »Wenn wir deren Okay kriegen, lad ich dich zu einem richtig guten Essen bei mir ein.«

Katryna lächelte. »Und wenn wir es nicht kriegen, lad ich dich ein, und wir überlegen uns etwas anderes.«

Max Hoffer hielt die Idee für völlig absurd und machte Anstalten, bereits im Vorfeld unter der zusätzlichen Belastung zusammenzubrechen; Mirko Schulz hatte Karten für ein Hertha-Spiel und fand es nicht besonders witzig, als Piet ihm vorschlug, lieber am Sonntag zu einem Union-Spiel zu gehen, wenn er erstklassigen Fußball sehen wolle; Joachim Binder zupfte an seinem Bärtchen und meinte, dass er sich Katryna auf der Tanzfläche gut vorstellen könne, was diese mit einem Grinsen, aber ansonsten unkommentiert zur Kenntnis nahm; Fabian Stumm nickte nur wortlos, während Martina darauf hinwies, dass die bisherigen Ermittlungsansätze keine wesentlichen neuen Ergebnisse gebracht hätten, mit denen man entscheidend punkten könnte, auch die Überprüfung des E-Mail-Verkehrs wäre fruchtlos geblieben. Sie sprach es nicht direkt aus – die Intention ihrer Darlegung konnte aber durchaus als Zustimmung zu Katrynas Vorschlag gewertet werden.

Stefan Polder reagierte zunächst abwehrend und sprach von überstürztem und brandgefährlichem Aktionismus, geriet aber ins Wanken und bat sich Bedenkzeit aus, als Piet andeutete, wie gut es sich in den Medien machte, wenn das LKA und sein Leiter in einem Atemzug mit entscheidenden Festnahmen in einem grausigen Doppelmord-Verbrechen genannt wurden, die darüber hinaus nicht nur der Hundekampfszene, sondern auch der rumänischen Mafia einen gewaltigen Schlag versetzen würden. Scheinbar am Rande fügte Piet noch hinzu, dass aller Wahrscheinlichkeit nach sogar ein Zusammenhang mit der Auseinandersetzung in der Diskothek am Prenzlauer Berg eine Woche zuvor angenommen werden konnte.

Am späten Nachmittag traf die Nachricht ein, dass im Grunewald ein toter Kampfhund gefunden wurde, der nach Auskunft der Försterei Eichkamp mit einem Genickschuss getötet, in der Nähe des Teufelssees vergraben und offensichtlich von Wildtieren wieder ausgebuddelt worden war. Bei einer ersten veterinärmedizinischen Untersuchung stellte sich heraus, dass der Hund zudem zahlreiche Narben und Verletzungen aufwies, unter anderem von Bisswunden und Messerstichen.

Polder stimmte der Freitag-Aktion zu, nachdem Blutspuren und der Abgleich mit Bettinas heimlichen Fotos sowie den Hundehaaren auf ihrer Kleidung wenig später zweifelsfrei bestätigten, dass dieser Hund an dem tödlichen Angriff auf sie beteiligt gewesen war. Es handelte sich nicht um Moritz.

Der Mann konnte richtig gut kochen. Katryna schob ihre Verwunderung beiseite und verkniff sich sogar ein, zwei ironische Bemerkungen darüber, dass Piet in einer ausgesprochen piefigen Gegend in einem noch piefigeren Häuschen wohnte, in dem es an allen Ecken und Kanten nach richtig viel Arbeit aussah, als er in der geräumigen und zugegebenermaßen urgemütlichen Küche zu hantieren begann – mit großer Leichtigkeit und offensichtlicher Freude und in kürzester Zeit umhüllt von leckeren Düften.

Es gab über offenem Feuer gegrillten Fisch, dazu Röstkartoffeln, Spinat und Salat. Als Nachtisch Schokoladenpudding mit Vanillesoße. Piet kochte, während sie am Fenster saß, in den verwilderten Garten blickte und schließlich von ihren Eltern zu erzählen begann. Von zu Hause, von Duisburg und Grillpartys im Schrebergarten, von ihrer Liebe zum Rhein, der Zeche und den Bergleuten in ihrer Familie. Ihrer Leidenschaft zum Beruf. Später deckte sie den Esstisch im Wohnzimmer. Piet zündete eine Kerze an. Katryna genoss das Essen und fing an, sich zu entspannen.

»Wartet in Duisburg jemand auf dich?«, fragte Piet, als sie beim Nachtisch angelangt waren. Er hätte auch fragen können, ob sie lieber Barsch oder Hecht mochte, so sachlich war sein Tonfall. Sie hätte übrigens Barsch vorgezogen.

»Ich hoffe, dass dort ein paar Menschen auf mich warten«, gab sie lächelnd zurück, wohl wissend, dass er etwas anderes meinte.

Piet erwiderte das Lächeln.

»Nein, es gibt seit einigen Monaten keine feste Beziehung mehr«, fügte Katryna schließlich hinzu.

»Der Beruf?«

»Wie?«

»Ist der Beruf schuld gewesen?«

»Nein. Oder höchstens am Rande.«

»Ich kann verstehen, wenn sich jemand nicht mit einem Polizisten oder einer Polizistin einlassen will«, meinte Piet. »Nach meiner Erfahrung ist dieser Job der Tod fast jeder Beziehung. Gott behüte, dass ich mich je in eine Polizistin verliebe!« Er lachte.

Katryna fiel in das Lachen ein. Eine knappe Stunde später übermannte sie die Müdigkeit mit ganzer Wucht. Piet bot ihr sofort an, sie nach Hause zu fahren, und sie nahm das Angebot gern an. Ihr letzter Gedanke vor dem Einschlafen war, dass Gott oder wer auch immer viele Wünsche erfüllte. Und ebenso viele nicht.

***

Der Anruf kam um drei Uhr nachts. Kliberg war erst wenige Minuten zuvor eingedöst und schreckte mit Herzrasen hoch.

»Unbekannt« stand auf dem Display seines Handys. Das musste man nicht wörtlich nehmen. Seine Hände zitterten. Er wischte sich über den Mund und drückte die grüne Annahme-Taste. »Ja?«

»Na, wie geht's dir? Immer noch die Scheißerei?« Die Stimme klang freundlich und warm.

Svens Gaumen trocknete augenblicklich aus. »Ja, ist wohl irgend so ein hammermäßiges Virus-Teil. Geht mir echt beschissen – ha, wie passend!«

»Hm. Und sonst?«

Nichts Falsches sagen, dachte Sven, und ein Anflug von Panik schnürte ihm den Hals zu. Nicht zu viel, aber auch keineswegs zu wenig – das konnte manchmal der schlimmere Fehler sein.

»Ein Bulle war hier.«

»Aha. Und?«

»Hat nach einer toten Frau gefragt und mir ein Foto unter die

Nase gehalten. So wie den anderen Jungs auch. Ob ich die Alte kenne oder schon mal gesehen habe.«

»Hm. Und?«

»Na, nichts. Ich kenne die nicht und hab die auch nicht gesehen. Noch nie.«

»Wann?«

»Wann der Bulle hier war?«

»Ja.«

»Gestern Vormittag, Mittag, so um den Dreh.« Sven hatte zu schwitzen begonnen. »Steht plötzlich vor meiner Tür und lässt sich auch nicht abwimmeln. Na ja, was soll's, dachte ich. Die anderen sind ja auch befragt worden.«

»Und wann sollst du diese Frau gesehen haben?«

»Freitagabend«, erwiderte Sven prompt. »Aber ich hab die nicht gesehen.«

»Ja, das sagtest du schon. Du warst Freitag 'ne ganze Weile nicht hinter der Theke – wurde mir berichtet.«

Sven wagte ein Auflachen, das selbst in seinen Ohren verdammt künstlich klang. »Ich bin da schon dauernd aufs Scheißhaus gerannt.«

»Aha. Und was hat der Bulle noch von sich gegeben?«

»Dass Gregor ... tot ist.«

Stille. Dann: »Hat er gesagt, was passiert ist?«

»Er sagte was von ... erhängen«, erwiderte Sven nach kurzem Nachdenken.

»Scheußlich.«

»Ja, ziemlich.«

»Weiter.«

Sven schluckte. »Es klang, als ob diese Frau und Gregor ... was miteinander hatten. Der Bulle meinte, die hätten sich in der Disco getroffen und wohl herumgeknutscht. Vielleicht hat Gregor sich ja was angetan, weil die Frau tot ist. Ich meine ...«

»Schätzt du ihn so ein?«

»Eigentlich nicht, aber ... schwer zu sagen. Man steckt ja nicht drin in so einem anderen.«

»Ja, das stimmt wohl.« Und nach einer kurzen Pause: »Okay, das wär's erst mal. Komm wieder auf die Beine. Ich brauch dich hier.«

»Ja, alles klar.«

»Schaffst du es, Freitag auf der Matte zu stehen?«

»Na ja, mal sehen …«

»Wär schon gut. Hau rein. Bis dann.«

Sven legte das Handy beiseite, sank ins Kissen zurück und starrte ein großes Loch in die Luft.

Zum hundertsten Mal fragte er sich, warum er so dämlich gewesen war, den Pokerkeller nicht wie sonst immer gleich Donnerstagnacht aufzuräumen, wenn die Jungs nach Hause oder in eine Bar abgezogen waren, um entweder ihre Gewinne zu versaufen oder ihre Verluste im Rausch zu ertränken.

Ein fester Kreis von Spielern, der regelmäßig um exklusive Gäste erweitert wurde, traf sich ein- bis zweimal im Monat immer am Donnerstag gegen elf, zwölf in der Nacht. Sven hatte vorher Getränke und Snacks bereitzustellen, die Spieler unauffällig in den Keller zu begleiten, und später, wenn sie gegangen waren und es oben an der Theke allmählich ruhiger wurde, für Ordnung zu sorgen. Kaum eine Stunde Arbeit, über die er natürlich kein Wort zu verlieren hatte und für die es ein ordentliches Trinkgeld gab, das er sogleich in Pillen oder Crack umsetzte.

Am letzten Donnerstag war er so geschafft gewesen, dass er sich entschieden hatte, den Pokerkeller nur abzuschließen und gleich nach Hause zu fahren. Zum ersten Mal überhaupt hatte er sich über Briskows und Lenaus strikte Anweisung hinweggesetzt, stets im Anschluss an die Pokerrunde Klarschiff zu machen und nicht erst am nächsten oder übernächsten Tag. Freitag war auch noch ein Tag. Sven hatte darauf spekuliert, dass Gregor, der in der gleichen Schicht arbeitete, ihm den Rücken freihalten würde, sodass er zwischendurch mal eine halbe oder Dreiviertelstunde verschwinden konnte, ohne dass es auffiel oder er sich rechtfertigen musste. Briskow hatte freitags zu viel zu tun, um sich mit irgendwelchem Kleinkram zu befassen und zum Beispiel die längere Abwesenheit einer Thekenkraft zu registrieren oder den Pokerkeller zu inspizieren – davon ging Sven jedenfalls aus.

Darüber hinaus hatte er noch nie mitbekommen, dass der Chef nachprüfte, ob er sich an die Anweisung hielt. Das musste natürlich nichts heißen, allerdings hatte Sven das Risiko gering eingeschätzt, ausgerechnet diesmal von Briskow kontrolliert zu werden. Und Lenau war ohnehin selten da, glücklicherweise. Sven mochte Lenau nicht. War es eigentlich nicht vollkommen egal, wann er den Pokerkeller aufräumte – Hauptsache, bei der nächsten Runde war alles wieder tipptopp?

Es war keineswegs egal. Sven würde die eigenmächtige Entscheidung für den Rest seines Lebens bereuen.

9

Sandor sah aus, als hätte er zwei Nächte hintereinander nicht geschlafen, und sein Appetit schien auch gelitten zu haben. Sein Gesicht wirkte eingefallen. Katrynas Mitgefühl hielt sich in Grenzen. Sie hätte ihm Bettinas Recherchen nur allzu gern krachend um die Ohren gehauen, aber es war von entscheidender Bedeutung, dass es ihr gelang, ihm während der erneuten Befragung überzeugend unterzujubeln, dass die Polizei Gregors Suizid inzwischen durchaus für vorstellbar hielt. Dabei durfte sie weder übertreiben noch durchblicken lassen, dass es lediglich an Beweisen mangelte und sie ihm kein Wort glaubte.

Es war kurz vor zehn Uhr. Katryna fühlte sich abgekämpft und müde, obwohl sie wie gewohnt mit zusammengebissenen Zähnen ihre morgendliche Joggingrunde absolviert hatte – in der Hoffnung, sowohl einen Teil der am Vorabend verzehrten Kalorien loszuwerden als auch in der kalten Winterluft munter zu werden, und zwar möglichst schlagartig. Doch die ständige Anspannung begann ihren Tribut zu fordern.

Sandor bat sie wortlos herein, als hätte er auf sie gewartet, und schob seinen Hund mit einer unwilligen Handbewegung beiseite. Choco trollte sich und wirkte ein wenig beleidigt. Soweit Hunde beleidigt wirken konnten.

»Mögen Sie einen Kaffee? Ich habe gerade frischen gekocht«, fragte Sandor und ging voran in die Diele, die zu dem aufgemotzten Wartezimmer führte.

Bescheidenheit ist nicht sein Ding, dachte Katryna. Aber Geld macht eitel. Viel Geld noch eitler. Sie nickte. »Gern.«

Hinterm Haus tobten einige Hunde. Die Kommissarin sah zum Fenster hinaus und erkannte Nikola Sandor, die mit zwei Hunden Frisbee spielte, während zwei weitere, offensichtlich noch sehr junge Tiere einander quer über die Spielwiese jagten. Bela reichte Katryna eine große Tasse Kaffee und setzte sich zu ihr.

»Es geht um Gregor, nicht wahr?«

»Ja.«

Bela stellte seine Tasse ab und rieb sich mit beiden Händen über die Augen. »Ich kann es überhaupt nicht fassen … Als Leif mir erzählte, was passiert ist, dachte ich … Ach, ich weiß nicht, was ich dachte.« Er sah sie aus rot geränderten Augen an. »Hat er sich wirklich erhängt?«

»Woher haben Sie diese Information?«

»Die Polizei hat ihre Fragen so gestellt, dass sich die Schlussfolgerung von selbst ergab.«

Katryna trank einen Schluck. Der Kaffee war hervorragend, das musste sie anerkennen. Sie sah Sandor an. »Sie kennen Gregor schon sehr lange. Trauen Sie ihm einen Suizid zu? Ist er der Typ, bei dem Sie sich eine solche Kurzschlusshandlung vorstellen können?«

Sandor atmete tief durch und schüttelte langsam den Kopf. »Eigentlich nicht. Gregor war nie depressiv oder hochsensibel, und er neigte auch nicht zu heftigen Gefühlsschwankungen. Er hat Probleme, auch große, angepackt und gelöst, aber … na ja … Letztlich kennt man einen Menschen ja niemals hundertprozentig.«

Katryna nickte zustimmend. »Die Geschichte mit Bettina hat ihm vielleicht stärker zugesetzt als zunächst vermutet.«

Sandor drehte seine Kaffeetasse zwischen den Händen. »Ja, vielleicht.« Er sah sie mit ernstem Blick an. »Geht die Polizei denn hundertprozentig von einem Selbstmord aus, oder besteht auch der Verdacht …? Ähm, ich meine, nach dem, was mit Bettina passiert ist, würde es mich nicht wundern, wenn es entsprechende Ermittlungen gäbe.«

Natürlich nicht, du scheinheiliges Arschloch, dachte Katryna und hoffte inständig, dass der Gedanke sich nicht einmal ansatzweise in ihrer Mimik widerspiegelte. Piet hätte ihn wahrscheinlich dort entdeckt. Ganz sicher sogar.

»Lassen Sie es mich so ausdrücken, Herr Sandor«, meinte sie nach kurzem Zögern. »Die Indizien, die für einen Suizid sprechen, sind eindeutiger als die, die dagegen sprechen. Das Ermittlungsverfahren läuft zwar noch, aber …« Sie zuckte mit den Achseln. »Wenn wir in nächster Zeit keine hinreichenden Beweise finden …« Sie hob die Hände.

»Ich verstehe. Und der Fall Bettina?«

»Zurzeit warten wir noch auf die detaillierten Ergebnisse der gerichtsmedizinischen Untersuchungen und Analysen. Ist Ihnen vielleicht noch etwas eingefallen, was uns weiterhelfen könnte?«

»Leider nein. Es sei denn, Sie sind an meiner Theorie interessiert.«

»Ja, warum nicht.« Katryna warf ihm einen auffordernden Blick zu.

»Vielleicht war es ganz einfach«, meinte er mit leiser und nachdenklicher Stimme. »Bettina ist irgendwelchen merkwürdigen Typen mit Kampfhunden begegnet – die gibt es ja überall in der Stadt – und hat die in ihrer bekannt direkten Art provoziert. Sie konnte ziemlich pampig werden, müssen Sie wissen, und es gibt Leute, die so was gar nicht mögen. Ein Wort gab das andere, im Nu ist der schönste Streit im Gange, und plötzlich eskaliert das Ganze. Es kommt zu einer Schlägerei, die Hunde reißen sich los, und schon ist es passiert. Aggressionen unter Menschen übertragen sich ganz unmittelbar auf Hunde, und wenn man nicht schnell genug reagiert oder seine Tiere nicht entsprechend unter Kontrolle hat ...« Er hob die Hände und machte ein gequältes Gesicht.

»Ja, vielleicht«, stimmte Katryna zögernd zu und verzog keine Miene. Sandor war dabei, den Köder zu schlucken – er schien ganz erpicht darauf, seine Sichtweise zu erläutern, um ihr weiteres Material zu unterbreiten, das kilometerweit von ihm und seiner Verwicklung in das Geschehen wegführte. Er fühlte sich so sicher, dass er das Stichwort Kampfhunde selbst nannte, ohne auch nur mit der Wimper zu zucken.

»Apropos merkwürdige Kampfhund-Typen – sind Ihnen als Experten eigentlich solche Leute mal über den Weg gelaufen?«, warf sie scheinbar völlig beiläufig ein. »Kennen Sie sich aus mit der Szene hier in Berlin?«

Sandor schüttelte eilig den Kopf und setzte eine bedauernde Unschuldsmiene auf. »Das ist nicht meine Welt, nein. Da kann ich Ihnen nicht weiterhelfen. Allerdings darf man meiner Ansicht nach keinesfalls den Fehler machen, Kampfhunde grundsätzlich für gefährliche Beißer zu halten. Fast jeder Hund, der in die falschen Hände gerät ... Sie verstehen?«

Sie hätte gern anzüglich gegrinst oder ihm sein selbstgefälliges Lächeln aus dem Gesicht gewischt oder auch nur nebenbei durchblicken lassen, dass die Polizei inzwischen einiges verstand und zum Beispiel sehr wohl von der Bekanntschaft zwischen ihm und Briskow wusste und erfahren hatte, dass Gregor auf Sandors Empfehlung hin einen Job in der Diskothek bekommen hatte. Stattdessen senkte sie wieder den Blick und trank ihren Kaffee aus.

»Danke, Herr Sandor«, sagte sie höflich. »Das wäre im Moment erst einmal alles. Es kann sein, dass sich in den nächsten Tagen doch noch weitere Fragen ergeben – auch an Leif und Ihre Frau, reine Routine. Ich hoffe …«

»Natürlich, jederzeit. Bitte halten Sie mich auf dem Laufenden. Immerhin habe ich … ja: Freunde verloren, gute Freunde.« Wieder dieses gequälte Lächeln.

Gleich muss ich kotzen, dachte Katryna. Sie stellte die Tasse ab, stand auf und verließ rasch das Haus.

***

Thomas Briskow wirkte so überzeugend betroffen, dass Piet seine schauspielerische Leistung fast bewundert hätte. Wer die Hintergründe nicht kannte, wäre im Leben kaum auf die Idee gekommen, dass Briskow, der mit düsterer Miene zum Fenster hinausstarrte, selbstverständlich längst über Gregors Tod Bescheid wusste. Und die Umstände kannte. So oder so.

Der Mann hatte garantiert nicht mehr als vier, fünf Stunden Schlaf gehabt, aber als er Piet am Morgen in sein Büro bat, machte er einen gepflegten und agilen Eindruck. Im Gegensatz zu mir, dachte Piet.

Er war noch eine ganze Weile mit dem Aufräumen der Küche beschäftigt gewesen, nachdem er Katryna am Abend zuvor nach Hause gebracht hatte, und der Fall ließ ihn auch im Schlaf nicht los. Er hatte unruhige Träume gehabt, aus denen er mehrfach hochgeschreckt war, und schätzte sich glücklich, keine Einzelheiten in den Tag mitgenommen zu haben.

Bevor er Briskow angerufen und den Termin vereinbart hatte,

war er bereits zu einem kurzen Gespräch mit Kurt Schreiber, dem Leiter der Gruppe Organisierte Kriminalität verabredet gewesen – in der Hoffnung, etwas über Rafael Lenau in Erfahrung zu bringen, was sich noch nicht in den Computern des LKA befand und deshalb Martinas Zugriff entzog. Manche Infos gehörten nirgendwo notiert. Aus gutem Grund. Doch Schreiber hatte ihm nichts dazu sagen können. Blieb noch Charly. Aber der war gerade nicht erreichbar. Da seine Mobilbox eingeschaltet war, hatte Piet eine kurze Mitteilung hinterlassen.

»Ich könnte jetzt einen Espresso vertragen. Sie auch?«, fragte Briskow schließlich und wandte sich wieder Piet zu.

»Gern.«

Keine zwei Minuten später wurde der Kaffee von einem stillen schmalbrüstigen Mann serviert, der Piet kaum ansah und auf leisen Sohlen wieder verschwand.

»Sie haben am Montagabend mit Gregor telefoniert – zu dem Zeitpunkt erfuhren Sie vom Tod Bettina Springers. Habe ich das richtig in Erinnerung?«, leitete Piet das Gespräch ein.

Briskow nickte. »Ja, genau. Darüber hatten wir am Dienstag ja bereits gesprochen.«

»Und danach haben Sie nichts mehr von Gregor gehört?«

»Nein. Gregor arbeitet ja in der Regel am Wochenende und hilft hin und wieder mal zwischendurch aus – ich habe ihn also nicht vermisst, wenn Sie es so nennen wollen.«

Piet rührte in seinem Espresso. Das Aroma war betörend. »Hat er je auf Sie einen … na ja: depressiven Eindruck gemacht?«

»Nein, überhaupt nicht. Der Junge stand mit beiden Beinen fest auf dem Boden, hat sich auf seine Prüfung vorbereitet, ein bisschen Geld verdient und war meistens guter Dinge. Allerdings hat ihn der Mord an der Frau, die er als nahe Freundin bezeichnete, ziemlich erschüttert – so schien es mir am Telefon.«

»Wussten Sie, dass die beiden eine Affäre miteinander hatten?«

»Er ließ es durchblicken.«

Piet legte den Espressolöffel beiseite. »Was sagen Sie dazu?«

»Was soll ich dazu sagen? Es war seine Sache. Er konnte schlafen, mit wem er wollte – das ging mich nichts an.«

»Verstehe.«

»Sie gehen von Suizid aus, wenn ich Ihre Fragen richtig deute«, meinte Briskow.

Sein Gesichtsausdruck war nach wie vor ernst und betroffen, aber er fixierte Piet plötzlich mit fast körperlich spürbarer Schärfe. Der Mann wollte ohne Zweifel sehr genau wissen, woran er war.

»Der Mord an Bettina lässt uns natürlich einen Zusammenhang vermuten, das können Sie sich denken«, erläuterte Piet. »Andererseits – Gregor ist in der Nähe der Krummen Lanke, wo er vor der Uni gern mal spazieren ging, gefunden worden, und ein Fremdverschulden ist zumindest zurzeit nicht nachweisbar.«

Piet hob die Schultern. Er wusste, dass er keinesfalls auch nur wenige Millimeter zu dick auftragen durfte. »Es gibt keine Zeugen, aber auch keinen Abschiedsbrief. Die Frage, ob Gregor Feinde hatte oder irgendwelchen Ärger, beantworten die meisten seiner Freunde und Bekannten mit Nein, aber das muss natürlich nichts heißen. Wie kam er denn hier mit seinen Kollegen klar? Ist Ihnen je etwas aufgefallen? Gab es Klagen, Streit, Feindschaften?«

Briskow lehnte sich zurück. »Nein, nicht dass ich wüsste, aber ... na ja, junge Männer haben natürlich mal das eine oder andere miteinander auszutragen. Das brauche ich wohl nicht besonders zu betonen. Es geht um Frauen und das alte Spiel, wer wem was zu sagen hat, kurzum ...«

»Wer die dickeren Eier hat«, vervollständigte Piet den Satz und erlaubte sich ein Grinsen, das Briskow erwiderte.

»Genau. Über irgendwelche Animositäten weiß ich nichts, aber selbstverständlich hat es zwischen den Jungs auch mal gescheppert. Und Gregor ließ sich nicht unterbuttern, außerdem war er ein Frauentyp und wusste das auch ...« Briskow wiegte bedächtig den Kopf von einer Seite zur anderen.

»Ja, davon haben wir schon gehört«, stimmte Piet zu. »Ich würde dem einen oder anderen Ihrer Leute diesbezüglich gern noch mal ein paar Fragen stellen. Ich hoffe –«

»Kein Problem.«

»Danke.« Piet stand auf. »Auch für den Espresso – er ist sehr gut.«

Er ging zur Tür.

»Viel Erfolg«, rief Briskow ihm noch hinterher, und es klang, als würde er es absolut ernst meinen.

Piet machte sich im Auto ein paar Notizen, als sein Handy klingelte.

»Sandor hat den Köder geschluckt«, sagte Katryna nach kurzer Begrüßung. »Jedenfalls bin ich mir ziemlich sicher, dass er uns unsere Ahnungslosigkeit oder wenigstens die Tatsache abnimmt, dass uns die Hände gebunden sind. Ich wäre ihm am liebsten an die Gurgel gesprungen, aber das hat er gar nicht mitbekommen, weil der eitle Fatzke so damit beschäftigt war, mir seine Theorie zu Bettinas Ableben zu unterbreiten … Das ist das eine.«

Piet lächelte. Bei Briskow hätte Katryna wahrscheinlich keine Chance gehabt, aber die Einschätzung behielt er lieber für sich.

»Und was ist das andere?«

»Ein interessanter Fund. Martina hat sich gerade gemeldet. Die Stelle, an der gestern der erschossene Hund am Teufelssee gefunden worden ist, wurde heute früh noch mal gründlich von Technikleuten abgesucht. Sie haben ein Messer gefunden, und Mohl lässt uns wissen, dass Blutspuren des toten Hundes an der Waffe ebenso nachzuweisen sind wie von Bettina Springer.«

Piet runzelte die Stirn. »Aber Bettina hatte keine Stichverletzungen, oder?«

»Nein, im vorläufigen Bericht steht nichts dazu. Sie hatte Schlagverletzungen und Bisswunden.«

»Und was soll das jetzt bedeuten – dass Bettina den Hund mit dem Messer verletzt hat?«

»Tja, gute Frage«, erwiderte Katryna. »Vielleicht konnte sie sich irgendwie wehren.«

Piet atmete tief aus. »Okay, wie verfahren wir weiter?«

»Große Einsatzbesprechung am späten Nachmittag – Briefing, Einteilung der Leute, Technikauswahl, Ortsanalyse und so weiter und so fort«, leierte Katryna herunter. »Polder will auf dem Laufenden gehalten werden. Dafür ist er aber nun sogar bereit, zusätzlich eine Mannschaft in Alarmbereitschaft zu versetzen, einschließlich Technikern. Ich werde mich in der Zwischenzeit mal an meinen Bericht setzen, noch mal mit Emma sprechen – mal hören, wie es ihr geht – und außerdem heute Abend früh schlafen gehen.«

»Das ist doch mal eine gute Idee.«

»Letzte Einzelheiten zum Ablauf im Team und Feinabstimmungen besprechen wir am Freitagnachmittag«, fuhr Katryna fort. »Wenn nichts dazwischenkommt und noch Zeit bleibt, unternehme ich morgen noch einen Ausflug an den Ostbahnhof …«

»Sei bloß vorsichtig!«, unterbrach Piet sie.

»Natürlich. Im Gegensatz zu euch kenne ich die Gegend aber überhaupt nicht und muss mir einen Eindruck verschaffen.«

»Hm. Ich kann leider nicht mitkommen. Das ist zu riskant.«

»Ja, das ist es wohl.« Katryna räusperte sich. »Danke übrigens noch mal für das Essen. Du bist ein guter Koch.«

»Ich koche gern.«

»Ja.«

»Wir sehen uns später.«

Piet legte auf. Nach kurzem Überlegen fuhr er über den Engeldamm und die Adalbertstraße in Richtung Neukölln. An der Hermannstraße gab es kaum Parkplätze. Er stellte seinen Wagen in der Selchower Straße ab und schlenderte um die Ecke zurück, um in einem Dönerladen eine Kleinigkeit zu essen und nebenbei so unauffällig wie möglich den Hauseingang zu Klibergs Wohnung im Auge zu behalten.

Am Fenster wurde ein schmaler Tisch frei, als Piet seinen Döner entgegennahm. Er setzte sich und lauschte dem Geräuschemix aus türkischen Sprachfetzen, Spielautomaten-Gedudel und gedämpftem Straßenlärm, während er hungrig aß. Sein Handy klingelte, als er seine Mahlzeit etwa zur Hälfte verdrückt hatte.

»Ich hab deine Nachricht bekommen«, sagte Charly leise, als Piet sich mit einem kurzen »Ja?« gemeldet hatte.

»Okay. Kannst du was dazu sagen?«

»Wenig bis gar nichts.« Charly räusperte sich und senkte seine Stimme noch weiter ab. »Den Namen gibt es nicht.«

Piet legte seinen Döner auf dem Teller ab und warf einen flüchtigen Blick durch das winzige Lokal. Niemand achtete auf ihn.

»Den Namen Rafael Lenau gibt es nicht?«, versicherte er sich noch einmal.

»Nein.«

»Was willst du mir damit sagen?«

»Ganz einfach: Es handelt sich um einen Decknamen.«

»Lebt Lenau in Berlin?«

»Ich kann dir nicht mehr erklären.«

»Was sagen dir: Max und Moritz?«

»Hm. Die beiden gehören zusammen wie Pech und Schwefel.«

»Wird Rafael Lenau auch Max genannt?«

»Manchmal.«

»Danke, Kumpel! Ich weiß noch nicht, wie das alles zusammenhängt, aber ich denke, du hast mir sehr geholfen.«

Piet legte auf. Sein Herzschlag hatte sich deutlich beschleunigt. Er blickte auf die andere Straßenseite. An Klibergs Hauseingang lief zum zweiten Mal ein und derselbe Typ vorbei, blieb zwanzig Meter weiter stehen, drehte sich um und lief erneut zurück. Dann spähte er über die Straße und schien die gleiche Idee wie Piet zu haben: im Warmen sitzen, eine Kleinigkeit essen und das Haus im Auge behalten. Als er mit eiligen Schritten die Hermannstraße überquerte und den Dönerladen ansteuerte, erkannte Piet den maulfaulen jungen Kerl in weißen Jeans und schwarzem Muskelshirt wieder, der ihn bei seinem ersten Briskow-Besuch ins Büro begleitet hatte. Nun trug er schwarze Jeans und ein weißes Basecap, helle Sportschuhe und eine rote Jacke.

Es war zu spät, den Laden unauffällig zu verlassen. Piet griff sich eine Zeitung und hob sie vors Gesicht, während der durchtrainierte junge Mann eintrat. Er setzte sich an den zweiten Tisch in Fensternähe, würdigte Piet aber keines Blickes, sondern bestellte Mokka und Döner. Als er aufstand, um zur Toilette zu gehen, nutzte Piet die Gelegenheit zum eiligen Aufbruch.

Klibergs Telefonnummer hatte er noch im Handy gespeichert. Piet ging zurück zu seinem Auto, wählte die Nummer und hoffte, dass Sven ans Telefon ging. Er klemmte sich hinters Steuer, als der Junge sich meldete.

»Ja?«

»Nicht auflegen«, sagte Piet eilig. »Ich bin der Bulle von neulich …«

»Scheiße – wusste ich es doch!«

»Keine Panik und falschen Schlussfolgerungen: Ich will dir nur sagen, dass ein Typ aus der Disco vor deinem Hauseingang herumgelungert hat.«

Schweigen.

»Jetzt sitzt er in dem Dönerladen gegenüber und starrt durch die Scheibe auf dein Haus.«

Schweigen.

»Hey, Mann – ja, ich hab versprochen, keinen Kontakt mehr zu dir aufzunehmen, aber das ist eine freundliche Warnung, dass du beobachtet wirst, mehr nicht.«

»Hab ich schon kapiert, ich bin ja nicht komplett verblödet. Aber woher weißt du, dass sich jemand bei mir herumtreibt?«, entgegnete Kliberg in schnoddrigem Ton.

»Ganz einfach, ich war in der Gegend, hab mir einen Döner besorgt und den Typen von einem Besuch bei Briskow wiedererkannt.«

Sven lachte kurz und humorlos auf. »Du bist ganz zufällig in Neukölln unterwegs, besorgst dir ganz zufällig direkt bei mir gegenüber einen Döner, und dann fällt dir auf, dass jemand vor meiner Tür herumspaziert, den du zu allem Überfluss auch noch wiedererkennst? Soll ich mal lachen? Ich glaub dir kein Wort!«

»Meinetwegen glaub es nicht – aber es ist trotzdem besser, vorsichtig zu sein.«

»Das weiß ich allein, dazu brauch ich ganz bestimmt keinen Bullen.«

»Wann gehst du wieder hinter die Theke?«

»Was geht dich das an?«

»Nichts.«

»Na prima – wenigstens das hast du verstanden!«

»Sven …«

Er hatte aufgelegt. Piet umfasste das Lenkrad. Er hatte ein ungutes Gefühl, was diesen Jungen anging, und er hoffte, dass es sich nicht bestätigen würde.

Plötzlich spürte er unbändige Lust, Casper zu sehen, zum Training zu gehen, hinterher ein Bierchen mit ihm zu trinken. Oder zwei. Dabei über ganz alltägliche Dinge zu reden und den Tag vergehen zu lassen, um dem nächsten entgegenzusehen. Entspannt entgegenzusehen. Normalität.

10

Katryna lag fast eine Stunde mit geschlossenen Augen in der Badewanne und ließ noch einmal alle Details des Falls Revue passieren. Einzelne Aussagen, gerichtsmedizinische Details, zeitliche Abläufe, Namen, Gesichter und Zusammenhänge formierten sich vor ihrem inneren Auge ebenso wie das Hintergrundmaterial, das sie sich in den letzten Tagen erarbeitet hatten, ihre Verdachtsmomente und Interpretationen, Vermutungen und Gesprächsfetzen, die ihre besondere Aufmerksamkeit erregten. Das Bild von Piet, der am offenen Feuer in seiner Küche hantierte, schob sich für Sekundenbruchteile dazwischen. Sie wischte es schnell beiseite. Das gehörte überhaupt nicht hierher. Das gehörte eigentlich nirgendwohin.

Am Mittag war sie am Ostbahnhof unterwegs gewesen, wo sie mit der gebotenen Umsicht und der nötigen Distanz das weitläufige Gelände während eines langen Spaziergangs in Augenschein genommen hatte: Gleisanlagen und Bahnhofsbetrieb neben Brachflächen, O_2 World und Bauschutt, Hotels und Gebäudereste – eingedeckt von winterlich trüber Kargheit; mittendrin das ehemalige Heizkraftwerk. Es ging nicht um Details. Sie wollte Atmosphäre tanken, sich einfühlen und innerlich auf den Abend, die Nacht vorbereiten.

Anschließend hatte das ausführliche Briefing mit den Kollegen stattgefunden. Es war alles besprochen und erörtert. Jeder wusste, wo er sich aufzuhalten, worauf er zu achten und wie er im Notfall zu reagieren hatte. Funkgeräte und Alarmcodes waren ausgegeben und geprüft. Martina hatte aussagekräftige Fotos von der direkten Umgebung des Ostbahnhofs und den Räumlichkeiten der Diskothek sowie Porträtaufnahmen der Personen verteilt, denen besondere Beachtung zu schenken war, wenn sie denn auftauchten. Sie würde während der gesamten Aktion im Präsidium bleiben, um eventuell zusätzlich nötig werdende Maßnahmen zentral koordinieren zu können.

Katryna ließ das Wasser ablaufen und spülte ihr Haar aus. Ihr Outfit für den Abend lag bereit: schwarze, enge Röhrenjeans kombiniert mit einer grünen, raffiniert geschnittenen Bluse, die ihren strammen Hintern geschickt kaschierte, und anthrazitfarbene hohe Lederstiefel, dazu farblich passend ein kleines Cape, das ihr dunkles Haar gut zur Geltung bringen und zugleich die Pagenkopffrisur und den winzigen Kopfhörer überspielen würde. Sie schminkte sich bewusst grell, legte Schmuck an und richtete die Anstecknadel, mit der das Mikrofon ihres Minisenders getarnt war, sorgfältig aus. Den Sender selbst trug sie in einer Handytasche an der Hose.

Einen Moment lang betrachtete sie sich schweigend im Spiegel. Mächtig aufgestylt, würde ihr Bruder sagen, und ihre Mutter würde den Kopf schütteln – nicht tadelnd, aber ein wenig missbilligend. Katryna lächelte. Am Abend zuvor hatte sie kurz mit ihren Eltern und einer Freundin telefoniert. Sie war gar nicht richtig bei der Sache gewesen. Duisburg war plötzlich sehr weit weg.

Auf drei Etagen waren mehrere Dancefloors, zwei Billardräume, ein kleines Kino, zwei Bars, ein Café und Imbissstände verteilt. Im Erdgeschoss beherrschte eine eindrucksvolle Theke einen saalähnlich großen Raum, der durch einzelne Sitzgruppen, zwischen denen üppige Pflanzen standen, aufgeteilt wurde. Die Musik war zwar auch hier unten ziemlich laut, doch der Geräuschpegel ließ eine Unterhaltung gerade noch zu – sofern man konzentriert zuhörte, deutlich artikulierte und nicht gerade in verschachtelten Nebensätzen über Wittgenstein philosophierte.

Das Gedränge an der Theke nahm gerade zu. Es war halb zehn. Noch war das Publikum bunt gemischt und höchstens leicht beschwipst, eher jugendlich und harmlos: tanzversessene Schüler, Studenten, Auszubildende, die paarweise oder in Gruppen unterwegs waren und das Wochenende einläuteten. Katryna und Fabian nippten an ihren Cocktails. Fabian trug legere Jeans mit Hemd und Sakko und sah klasse aus, wie Katryna zum wiederholten Male feststellte, als sie ihn von der Seite musterte. Er lächelte ihr zu. Sie lächelte zurück und legte kurz eine Hand auf seinen Arm. Immerhin mussten sie den Eindruck erwecken, dass sie sich gemeinsam einen vergnüglichen Abend in einer der angesagtesten Diskotheken der Hauptstadt machen wollten.

Draußen hatten Mirko Schulz und Joachim Binder ein Auge auf die beiden Parkplätze und Eingänge, während Piet mit seinem Wagen in gehörigem Abstand an der Rüdersdorfer Straße saß und sowohl mit Mirko und Joachim als auch mit Katryna und Fabian mittels ihrer Minisender sowie per Handy mit Martina Verbindung hielt.

»Ihr könnt davon ausgehen, dass der Laden mit Videokameras ausgestattet ist«, hatte Piet sie vorab gewarnt. »Verhaltet euch also in jeder Sekunde unauffällig und fummelt auf keinen Fall an euren Mikros herum.« Katryna hatte die Augen verdreht, aber den Hinweis unkommentiert durchgehen lassen.

Während sie mit Fabian in den ersten Stock ging und den wummernden Rhythmus bereits mitschnippte, sah sie sich eingehend um. Der Laden machte einen gepflegten Eindruck. Die Ausstattung konnte als gehoben durchgehen, es gab genügend Angestellte, die Gläser einsammelten und aufräumten, die Musikanlage war vom Allerfeinsten, wie Fabian bewundernd und für seine Verhältnisse nahezu ausschweifend festgestellt hatte, und die beiden DJs hatten auch was auf dem Kasten.

Wenige Minuten später stürzte Katryna sich mit Fabian ins Tanzgewühl, und hätte der Abend nicht unter einem ganz anderen Stern gestanden, wäre sie einem intensiveren Flirt mit ihm sicherlich nicht abgeneigt gewesen. Der junge Mann war ein hervorragender Tänzer. Nach zwei Titeln wechselten sie den Floor. Katryna hakte sich bei Fabian ein und beugte sich über ihre Anstecknadel.

»Alles klar?«, fragte sie leise.

»Ja, bei euch auch, wie ich höre«, gab Piet zurück. »Ihr amüsiert euch wohl prächtig?«

»Stimmt. Wir gehen jetzt auf die nächste Tanzfläche.«

»Okay.«

Katryna grinste Fabian an. Der grinste zurück.

Eine knappe Stunde später hatten sie ihren Rundgang beendet und kehrten zurück ins Erdgeschoss. Katryna trat an die Theke. Fabian bedeutete ihr, dass er zur Toilette musste und die Gelegenheit nutzen würde, sich dort etwas genauer umzusehen.

»Gute Idee«, meinte Katryna und gab eine entsprechende Meldung an Piet weiter.

Sie bestellte ein alkoholfreies Bier. Der junge Mann, der ihre Bestellung entgegennahm, war blass, ziemlich mager und sah mitgenommen aus. Dass jemand an einem Freitagabend in einer Disco ein alkoholfreies Bier bestellte, nahm er mit einem kaum merklichen Schulterzucken zur Kenntnis. Auf dem kleinen Namensschild an seiner Brust stand »Sven«. Das also war einer von Piets Schützlingen. Katryna nahm das Bier entgegen und bedankte sich mit einem Lächeln.

Ein leiser Piepton signalisierte ihr, dass Kollege Piet etwas zu sagen hatte. Sie wandte den Kopf zur Seite, bevor sie antwortete. »Ja?«

»Mirko hat einen Lieferwagen gemeldet, der gerade zum hinteren Eingang gefahren ist. Irgendein Getränkelieferservice – steht jedenfalls in großen Lettern auf dem Wagen. Aber Papier ist ja bekanntlich geduldig. Außerdem sind mehrere Parkplätze direkt vor dem Hintereingang mit großen Autos blockiert worden. Erkennen kann man aber nichts.«

»Hm.«

»Joachim stößt jetzt zu Mirko – vier Augen sehen mehr als zwei. Ich werde Martina bitten, ihren Computer zu beschäftigen und den Getränkelieferservice zu überprüfen.«

Katryna nickte. »Okay. Da kommt gerade Fabian.«

»Macht's gut.«

»Machen wir.«

Fabian trat neben sie »Nichts Besonderes.« Er bestellte sich ebenfalls ein Bier. Katryna beugte sich zu ihm und informierte ihn kurz über Piets Meldung. Fabian nickte in Richtung der Theke, wo Sven gerade Gläser abräumte, und sah sie dann fragend an. Katryna nickte zurück.

Kurz darauf meldete Piet sich erneut. »Den Getränkelieferservice gibt es wirklich.«

»Tja, das muss ja nichts heißen.«

»Stimmt. Was macht ihr gerade?«

»Wir trinken Bier und läuten gleich die nächste Runde ein.«

»Okay.«

Auch die verlief ereignislos. Sie kehrten leicht verschwitzt an ihren Thekenplatz zurück, wo immer noch Sven Dienst hatte. Fabian bot Katryna an, einen kleinen Imbiss zu besorgen.

»Die machen ganz phantastische Sandwiches hier.«

Das abendliche Herumlaufen und Tanzen hatte ihren Stoffwechsel gut in Schwung gebracht. Katryna fand die Idee hervorragend.

Fabian war keine Minute verschwunden, als ein großer, gut gekleideter Mann aus einer Tür hinter der Theke trat und sich neben Sven stellte. Da er sich prüfend umsah, drehte Katryna den Kopf zur Seite und gab sich den Anschein, ungeduldig auf die Rückkehr ihres Freundes zu warten. Thomas Briskow. Auf dem Foto hatte er deutlich jünger ausgesehen, aber sie hatte ihn trotzdem sofort erkannt.

Sie musterte ihn mit einem flüchtigen Seitenblick. Ein vertrauenerweckendes Gesicht. Er lächelte, während er mit Sven sprach. Der Junge lächelte nicht. Er nickte nur, schüttelte den Kopf, nickte wieder, hob mit abwehrender Geste die Hände. Der Chef schien nicht hundertprozentig mit ihm zufrieden zu sein, zumindest befürchtete Sven das offensichtlich. Plötzlich klopfte Briskow dem Jungen auf die Schulter, und einen Augenblick sah es so aus, als würde Sven unter dem Schlag zusammenbrechen. Doch er lächelte. Dann sah Briskow hoch und winkte jemandem zu, der sich im dichten Gedränge nach vorn schob. Er lächelte, griff nach zwei Whiskygläsern und füllte sie großzügig.

Katryna drehte den Kopf zur Seite und hielt Ausschau nach dem anscheinend hochgeschätzten Gast. Fast hätte sie der Schlag getroffen. Im letzten Moment gelang es ihr, den Kopf wieder abzuwenden. Ihr Blick traf Sven. Dessen Miene war wie eingefroren.

Briskow und sein Gast begaben sich mit ihren Gläsern zu einer der Sitzgruppen. Katryna war der Schweiß ausgebrochen. Sie beugte sich über ihr Mikro. »Du glaubst nicht, wer hier gerade in aller Seelenruhe mit Briskow einen Drink nimmt.«

»Spann mich nicht auf die Folter.«

»Robert Wagner.«

Stille.

»Hast du verstanden?«

»Natürlich. Das kann alles Mögliche bedeuten.«

»Da stimme ich dir unbedingt zu«, meinte Katryna ironisch.

»Ich meine es ernst – keine voreiligen Schlüsse! Vielleicht macht er Briskows Bilanz.«

»Davon bin ich überzeugt – besonders heute Abend!«

»Was hast du vor?«

»Ich warte auf Fabian, der gerade einen Snack für uns besorgt – dann versuchen wir, möglichst unauffällig in der Nähe der beiden Position zu beziehen. Vielleicht schnappe ich was auf. Die Mucke hier geht zwar nicht gerade als lauschige Hintergrundmusik durch, aber wenn man andächtig lauscht, kann man schon was mitkriegen. Ich hoffe nur, der sieht mich nicht.«

»Das hoffe ich auch, aber vergiss nicht, dass der Typ dich in der Aufmachung garantiert nicht erkennt – schon gar nicht auf den ersten Blick. Da hatte ich ja Mühe. Also keine Panik, falls er dich doch mal zufällig mustert.«

Katryna atmete tief durch. Piet hatte recht. Wagner würde allenfalls stutzig werden, wenn überhaupt. »Alles klar. Danke für den Hinweis.« Sie sah Fabian im dichten Gedränge auf sie zukommen. Er balancierte zwei üppige Sandwiches wie Trophäen.

»Wir sollten es uns zum Essen gemütlich machen.« Katryna wies mit einer Kopfbewegung in Richtung der Sitzgruppen. »Wagner und Briskow«, fügte sie mit gesenkter Stimme hinzu. »Sieht ganz so aus, als hätten sie etwas zu besprechen.«

Fabian hob beide Augenbrauen. »Interessant.«

Katryna spürte ihren deutlich gestiegenen Blutdruck. Sie korrigierte den Sitz ihres Capes, während sie an Fabians Seite zu den Sitzgruppen schlenderte. Katryna ließ sich hinter einer Palme neben Fabian auf ein Sofa fallen, das von Wagner und Briskow kaum einen Meter entfernt stand. Sie saßen den beiden schräg gegenüber, und Katryna konnte einen Blick auf sie werfen, wenn sie sich tief in die Polster sinken ließ und den Kopf seitlich über die Rückenlehne drehte. Fabian biss mit Appetit von seinem Sandwich ab, während Katryna die Ohren spitzte.

Die beiden Männer unterhielten sich leise, aber keineswegs im Flüsterton, und wenn nicht gerade eine Gruppe junger Leute neben Katryna stehen blieb, um den weiteren Verlauf des Abends zu besprechen, oder die Musik plötzlich hochgedreht wurde, konnte sie dem Wortwechsel, wenn auch mühsam, folgen.

»Es gibt keine Probleme«, meinte Briskow gerade.

»Bist du sicher?«, fragte Wagner.

»Ganz sicher. Wie gesagt, die haben nichts. Oder sie haben ein paar Kleinigkeiten und einige Verdachtsmomente, aber die reichen nicht aus, um aktiv zu werden. Würde mich auch stark wundern.«

»Na schön. Ich vertrau mal deinem Instinkt und deiner Hintergrundarbeit.«

»Kannst du.« Briskow lachte kurz auf. »Wäre doch zu schade, wenn wir den Termin erneut verschieben müssten – und noch dazu grundlos. Es gibt viel zu verdienen, und es ist alles bestens organisiert und vorbereitet. Deinem Liebling geht es gut?«

»Er ist in bester Verfassung und wild auf den nächsten echten Einsatz.«

»Kann ich mir denken. Wir sollten auf die heutige Nacht anstoßen und den ganzen Ärger endgültig vergessen.«

Gläserklirren.

»Also gut – dann läuft alles nach Plan ab?«, wollte Wagner kurz darauf bestätigt wissen.

»Natürlich. Und wie immer, Herr Lenau«, gab Briskow in leicht spöttischem Tonfall zurück. »Gegen zwei, halb drei. Der Keller ist vorbereitet, meine Jungs stehen bereit, die anderen Kandidaten auch. Auf Moritz! Oder besser noch: Auf Max und Moritz!«

»Auf Max und Moritz«, wiederholte Wagner und lachte. Erneutes Gläserklirren.

»Ich muss ins Büro zurück«, meinte Briskow einen Moment später. »Bleibst du noch hier, oder willst du mit hochkommen?«

»Ich begleite dich, wenn's recht ist. Ein Espresso wäre jetzt nicht schlecht. Und dann schauen wir mal, wie die Wetten stehen.«

Die beiden standen auf. Katryna lehnte ihren Kopf an Fabians Schulter. Der legte den Arm um sie.

»Sie sind weg«, sagte er schließlich leise.

Katryna richtete sich auf, um Piet Bericht zu erstatten. Ihre Stimme überschlug sich fast vor Aufregung.

»Robert Wagner ist Rafael Lenau – ihm gehört Moritz, die beiden werden auch Max und Moritz genannt, und die Kämpfe finden im Keller statt!«, fasste sie zusammen. »Geniale Idee: Um die Zeit ist der Discobetrieb auf Hochtouren – man hört nichts außer hämmernder Musik. Die Typen fahren mitten in der Nacht vor – das fällt bei dem Betrieb hier auch nicht weiter auf –, bugsieren ihre Köter in den Keller, schließen die letzten Wetten ab, und schon geht's los!«

»Gut vorstellbar«, gab Piet zurück. »Wahrscheinlich hat Bettina ganz zufällig diesen Hund entdeckt, der vielleicht noch mal pinkeln musste und den sie wiedererkannte, oder Wagner ist ihr gemeinsam mit Moritz über den Weg gelaufen. Das dürfte dem zu denken gegeben haben.«

»Und sein Alibi?«

»Die Geburtstagsfeier beim Schwiegervater? Ich schätze, die hat er am späten Abend verlassen, was nicht weiter aufgefallen ist.«

»Die Typen sind davon ausgegangen, dass Bettina nicht zufällig hier war, sondern herumschnüffeln wollte oder sogar schon einen handfesten Verdacht hatte«, mutmaßte Katryna. »Wagner wusste ja von der anonymen Anzeige gegen Sandor und hat sich ganz bestimmt seinen Teil gedacht, als Bettina auftauchte. Man hat sie in die Mangel genommen, und dabei ist dann alles Mögliche herausgekommen. So viel, dass sie Bettina …«

»Schon klar.«

Einen Moment herrschte Stille. Katryna sah auf ihre Uhr. Es ging auf Mitternacht zu. »Ich schlage vor, wir informieren Polder und fordern die Kollegen an, die in der Bereitschaft warten. Sie sollen in deiner Nähe Position beziehen. Ich könnte mir vorstellen, dass die Hunde in dem Lieferwagen sind oder zumindest waren. Vom Hintereingang aus gibt es garantiert einen Zugang zum Keller. Über den dringen wir ein, während wir vorne den Eingang dichtmachen und die Parkplätze blockieren …«

»Aber erst, wenn das Theater in vollem Gange ist.«

»Natürlich – sonst erzählen die uns, ihre Hunde würden sich nur zu ihrer abendlichen Spielgruppe treffen«, erwiderte Katryna.

»Gut. Die Jungs, die den Keller stürmen, sollten sich allerdings Schutzkleidung anziehen …«

»Das halte ich für eine ausgesprochen gute Idee.«

»Katryna?«

»Ja?«

»Ich fände es besser, wenn du bei dem Kellereinsatz im Hintergrund bliebest.«

Katryna lächelte. »Hunde sind nicht gerade mein Spezialgebiet.«

»Dafür hast du aber einen richtig guten Riecher bewiesen, gratuliere!«

»Danke. Noch was.«

»Ja?«

»Briskows Büro. Wir sollten Unterlagen, PC und so weiter sicherstellen.«

»Schon organisiert. Darum kümmere ich mich gemeinsam mit Mirko und Joachim. Fabian kann ja zu uns stoßen.«

»Gut. Und was mache ich in der Zwischenzeit?«

»Bleib an der Theke und wirf einen Blick auf Sven.«

»Verstehe.«

Die Warterei war schlimmer als die Anspannung zuvor. Katryna trank einen Kaffee nach dem anderen, während Fabian sich mit Cola wachhielt. Um Punkt halb drei wurde die Musik deutlich hochgedreht. Piet meldete, dass die Kollegen bereit wären und in gebührendem Abstand Position bezogen hätten, da der Hintereingang von Briskows Leuten bewacht war.

»Wann schlagen wir zu?«, fragte er.

Das war eine gute Frage. Sie durften auf keinen Fall zu früh auf der Matte stehen. Wie lange dauerte ein Hundekampf? »In zehn Minuten.«

»Begründung?«

»Mein guter Riecher.«

»Okay.«

Katryna und Fabian schlenderten zur Treppe, der Kollege verabschiedete sich mit einem Nicken und nahm lässig zwei Stufen auf einmal, während sie zur Theke zurückging. Und plötzlich ging alles sehr schnell. Als die ersten Polizisten die Diskothek betraten und den Eingang blockierten, erstarrte Sven. Sie sah ihn so lange an, bis er den Kopf wendete. Dann nickte sie ihm beruhigend zu.

***

Moritz hatte sich innerhalb des Gatters eine hervorragende Ausgangsposition erarbeitet und erwischte seinen Gegner am Hals. Der jaulte in hohen Tönen und zappelte verzweifelt mit den Beinen, um sich Moritz vom Leib zu halten.

Das sah vielversprechend aus. Wagner ballte die Hände zu Fäusten und grinste siegessicher, als die Tür plötzlich krachend aufschwang. Er brauchte zwei Sekunden, um zu begreifen, dass die dunkel gekleideten, vermummten und bewaffneten Männer, die laute Befehle schreiend nach allen Seiten ausströmten, Polizisten waren. Viele Polizisten.

Er taumelte zurück und warf Briskow einen entsetzten Blick zu, während der wie versteinert inmitten des Geschehens stand. Drei Polizisten schossen mit Betäubungsgewehren auf die völlig hysterischen Hunde – Moritz sackte hilflos zusammen.

»Nein«, flüsterte Wagner entgeistert. »Ihr Schweine ... mein Hund!« Er spürte, wie das Entsetzen wich und eine Woge von Wut und Hass ihn durchströmte. Wohltuend durchströmte. Wer immer sie verraten hatte, würde dafür büßen müssen. Er spürte kaum, wie ihm ein Polizist Handschellen anlegte. Einige von Briskows Leuten versuchten zu türmen. Sie kamen nicht weit. Niemand kam weit.

***

Neben Briskow und Wagner hatte es zwölf weitere Festnahmen gegeben, auch Bela Sandor war in aller Herrgottsfrühe zur Vernehmung abgeholt worden, während Moritz und ein weiterer Kampfhund betäubt und schwer verletzt in die Uni-Tierklinik eingeliefert worden waren, wo sich der Veterinärmediziner, den Dr. Mohl eingeschaltet hatte, neben der medizinischen Versorgung auch um die Sicherung und Analyse der relevanten Spuren kümmern würde.

Zwei weitere Hunde waren unverletzt geblieben – ihr Kampf war wohl gerade noch rechtzeitig verhindert worden. Sie wurden zunächst im Tierheim untergebracht. Kriminaltechnikteams unter der Leitung von Mirko und Joachim, denen sich später Max Hoffer anschloss, hatten kurz nach den Festnahmen mit den akribischen Durchsuchungen der Büros und Privaträume von Briskow, Wagner und Sandor begonnen.

Katryna trank ihren schätzungsweise zwölften Kaffee, während sie sich mit Piet besprach und die Festgenommenen beim Erkennungsdienst waren. Briskow und Wagner hatten natürlich sofort ihre Anwälte sprechen wollen, aber Piet hatte ihnen achselzuckend mitgeteilt, dass leider mitten in der Nacht niemand ans Telefon ging, worauf Wagner ihm einen Blick zugeworfen hatte, der in der Kategorie »Wenn Blicke töten könnten« sicherlich einen der vorderen Ränge eingenommen hätte.

Katryna war heilfroh, dass die gefährliche Aktion reibungslos über die Bühne gegangen und niemand ernsthaft verletzt worden war. Die Männer, die den Hundekampf verfolgt und mit Sicherheit hohe Wetten auf Sieg und Niederlage abgeschlossen hatten, waren wie gelähmt gewesen, als die Polizeikräfte so überraschend in den Keller eingedrungen waren. Zwei von Briskows Leuten hatten sich gewehrt und genau wie drei weitere, die die Flucht hatten ergreifen wollen, einige Blessuren davongetragen, die aber nicht der Rede wert waren. Alle anderen hatten sich ebenso perplex wie mühelos abführen lassen. Briskows Miene war versteinert geblieben.

Katrynas Adrenalinspiegel war immer noch bemerkenswert hoch, sie spürte ihre Erschöpfung kaum, und das war auch gut so. Sie war in aller Eile unter die Dusche gesprungen, hatte sich abgeschminkt und umgezogen. Die nächsten Stunden waren entscheidend. Wenn es ihnen nicht gelang, genügend eindeutige Beweise zu präsentieren, hatten Briskow, Wagner und Co. zwar mit jeder Menge Ärger und auch mit Anklagen zu rechnen, doch die wichtigste – heimtückischer Mord in zwei Fällen – würde nicht dazugehören.

Briskow war vorerst nicht bereit, auch nur ein Wort zu sagen. Das war alles andere als überraschend. Katryna bat Fabian Stumm, sich zu ihm zu setzen und ihn in regelmäßigen Abständen gebetsmühlenartig nach den Geschehnissen im Keller seiner Diskothek sowie nach Bettina und Gregor zu befragen, während sie sich gemeinsam mit Piet zunächst Wagner widmete.

Der selbstsichere Unternehmensberater hatte im Laufe der Nacht deutlich an Souveränität verloren. Er gab sich zwar Mühe, Haltung zu bewahren, aber in seinen blassblauen Augen blitzte immer wieder die nackte Wut auf.

Piet nahm im Hintergrund Platz, während Katryna sich Wagner gegenübersetzte.

»Herr Wagner, haben Sie uns vielleicht im Vorfeld etwas zu sagen? Vielleicht möchten Sie ein Geständnis ablegen«, regte Katryna in munterem Tonfall an, nachdem sie die übliche Einleitung aufs Band gesprochen hatte. Sie lächelte. »Das hätte nicht nur Stil, sondern wäre für alle Beteiligten auch das Beste und würde den Richter garantiert milder stimmen.«

Wagner lächelte kühl. »Bleiben Sie mal auf dem Teppich! Was soll die ganze Aktion überhaupt? Und wer bezahlt solche Einsätze eigentlich? Sie hetzen gleich ein ganzes Überfallkommando los, weil ein paar Männer einem Sport frönen, der zugegebenermaßen hart und verboten ist. Habt ihr nicht genug zu tun?«

»Apropos Hetze, Herr Wagner«, gab Katryna zurück. »Wie war das am letzten Freitag eigentlich? Haben Sie das Startkommando für Moritz gegeben oder war es Briskow? Oder doch Sandor, der den Hund in Rumänien gezüchtet, fit gemacht und mit speziellen Trainingsmethoden zu einer perfekten Tötungsmaschine geformt hat?«

Wagner war für den Bruchteil einer Sekunde verblüfft – besser gesagt: Man sah ihm für den Bruchteil einer Sekunde die Verblüffung an. Dann stülpte er rasch ein Erstaunen darüber. »Ich weiß nicht, was Sie meinen.«

»Bettina Springer wurde von Kampfhunden zerfetzt, wie Sie ja von uns erfahren haben«, erklärte die Kommissarin geduldig. »Und zwar von Moritz, Ihrem Hund, und einem weiteren entsprechend abgerichteten Kampfhund. Blut-, Speichel- und Haarvergleiche belegen dies inzwischen zweifelsfrei. Der zweite Hund wurde, wie Ihnen bekannt sein dürfte, mit einem Genickschuss hingerichtet – das ist die in der Szene übliche Prozedur für das unterlegene Tier eines Hundekampfes, auch diesbezüglich sage ich Ihnen kaum etwas Neues – und in der Nähe des Teufelssees vergraben, während Bettinas Leiche in einem gestohlenen Wagen vor der TU abgelegt wurde, um den Tatort zu verschleiern.«

»Aha«, gab Wagner desinteressiert zurück. »Aber Sie wissen doch sicherlich noch, wo ich am Freitagabend war, oder?«

»Sie spielen mit Ihrer Bemerkung wahrscheinlich darauf an, was Sie uns bei unserer ersten Befragung erzählt haben: dass Sie zu den Feierlichkeiten anlässlich des Geburtstags Ihres Schwiegervaters eingeladen waren und selbstverständlich zu den ersten Gratulanten gehörten«, nickte Katryna scheinbar gelassen, als Wagner ihr einen süffisanten Blick zuwarf. »Es war der achtzigste, nicht wahr? Klingt zunächst mal ganz gut. Aber wie das so ist bei großen Veranstaltungen – Leute kommen und gehen, werden gesehen und sind wieder verschwunden, tauchen plötzlich wieder auf und sind wenig später erneut weg ... Sie ahnen wahrscheinlich längst, worauf ich hinauswill. Einer eingehenden Überprüfung wird Ihr Alibi ganz bestimmt nicht standhalten, und irgendwer wird sich garantiert daran erinnern können, wie Sie im Auto davongefahren sind – irgendwann zu fortgeschrittener Stunde. Am späten Abend beziehungsweise in der Nacht waren Sie jedenfalls mit Ihren ›Hundefreunden‹ im Heizkraftwerk verabredet ...«

Wagner winkte ab. »Das müssen Sie erst mal beweisen. Genauso wie Sie beweisen müssen, dass Moritz mein Hund ist, den ich auf einen Menschen gehetzt habe, noch dazu auf eine Mitarbeiterin, die ich sehr geschätzt habe, wie Ihnen jeder bestätigen wird. Ich bin gespannt, was für eine Kausalkette Sie aufzuziehen gedenken.«

»Unsere Kausalkette wird Sie garantiert umhauen, aber nicht vor Freude.«

Wagner grinste zynisch und verschränkte die Arme vor der Brust. »Ich bleibe dabei: Ich war auf der Geburtstagsfeier meines Schwiegervaters. Falls Moritz in der letzten Woche gemeinsam mit einem anderen Hund Bettina angefallen hat, so kann das doch auch schlicht ein Unglück beziehungsweise ein Unfall gewesen sein, oder?«

»Ach ja?«

»Ja, sie ist irgendwann abends dort aufgekreuzt, hat herumgeschnüffelt, Hunde entdeckt, blöde Fragen gestellt, sich auf einen Streit eingelassen …«

Katryna lächelte. »Mit ›dort‹ meinen Sie die Diskothek und geben so immerhin inzwischen zu, wo das Ganze passiert ist. Damit wären wir einen Schritt weiter.«

»Haarspalterei!«, unterbrach Wagner sie. »Ich spreche davon, was beispielsweise passiert sein könnte, wo auch immer! Sie stellen Ihre Vermutungen an, ich meine. Das ist wohl kaum verboten.«

Katryna setzte eine nachdenkliche Miene auf. »Ach so. Interessant, dass Sandor uns diese Unfall-Variante auch dauernd unterzujubeln versucht. Hat fast den Anschein, als ob Sie sich abgesprochen hätten. Die Sache hat allerdings zwei Haken: Bettina wie auch ihr Freund Gregor wurden vor ihrem Tod geprügelt und gefoltert – und zwar jeweils von denselben Leuten, wie unser Gerichtsmediziner nachweisen kann. Und beide sind mit großem logistischem Aufwand beiseitegeschafft worden. Für den Abtransport von Bettina, die übrigens am späten Abend in der Diskothek von einer Zeugin gesehen wurde, hat man ein Auto geklaut, für Gregor ein paar Tage später sogar einen Suizid inszeniert.«

Wagner schob die Unterlippe vor, was ihn nicht gerade attraktiver machte. »Das ist fürchterlich. Nur warum sollte ich Bettina verprügeln wollen, von diesem Gregor ganz zu schweigen? Den kenne ich ja nicht mal.«

»Ganz einfach: Sie ist Ihnen und Ihren ›Hundefreunden‹ auf die Schliche gekommen, und Sie befürchteten, dass auch Gregor einiges von dem mitbekommen hatte, was Bettina umtrieb und was Ihnen gefährlich werden könnte.«

Wagner zog ein affektiert neugieriges Gesicht. »Ach ja?«

»Sandor macht seit Jahren Geschäfte mit Kampfhunden«, fuhr Katryna ungerührt fort.

»Das ist ja ein Ding! Und was hab ich damit zu tun?«

»Sehr viel. Sie und Briskow und seine Leute schicken Ihre vortrefflich trainierten Hunde in den Ring und verdienen sich dumm und dämlich am Wettgeschäft – einem wichtigen Zweig innerhalb der rumänischen Mafia. Und Sandor ist ein großartiger Trainer. Der Trainer Ihrer Hunde.«

»Alles Mutmaßungen, Frau Kommissarin«, gab Wagner in blasiertem Tonfall zurück. »Auch auf die Gefahr hin, mich zu wiederholen: Was haben Ihre Verdächtigungen und zugegebenermaßen recht phantasievollen Schlussfolgerungen mit mir zu tun? Auf gut Deutsch: Was wollen Sie mir wie nachweisen?«

Katryna atmete einmal tief durch. Sie trank von ihrem dreizehnten Kaffee.

Wagner lächelte. »Nur zu! Ich bin sehr gespannt.«

»Das glaube ich Ihnen sogar«, nickte die Kommissarin. »Sandor hat richtig viel Geld verdient, so wie Sie auch, von Briskow ganz zu schweigen. Aber offensichtlich hat Sandor seine Einnahmen nicht durchgehend gut kaschiert – Sie hätten da vielleicht früher mal einen prüfenden Blick drauf werfen und Ihre speziellen Kenntnisse und Fähigkeiten einsetzen oder aber, falls Sie dahingehend tätig geworden sind, sich etwas mehr Mühe geben sollen.«

Katryna schnalzte tadelnd mit der Zunge, womit sie Wagner einen erbosten Blick entlockte. »Für den Branchen-Laien mag seine Abrechnung okay gewesen sein, aber Bettina, eine begabte Bürokauffrau, die darüber hinaus Einblick in Sandors Hundeschule und seine Aktivitäten hatte, die Preise und Kunden kannte, ist stutzig geworden und hat sich seine Bilanzen genauer angesehen, als sich ihr im Büro zufällig die Gelegenheit dazu bot. Auch damit haben Sie offensichtlich nicht gerechnet: wie nachlässig.« Sie schnalzte erneut.

Ein Augenlid begann zu zittern. »Zudem hat sie Sandor beobachtet, auch während seiner Rumänienreisen, sie hat interessante Fotos gemacht und an einem Artikel über den wahren Bela Sandor gearbeitet, der dessen Karriere vom edlen Hundeversteher und Tierschutzfrontmann bei einer Veröffentlichung abrupt beendet und diverse Untersuchungen nach sich gezogen hätte. Aber das ist nur *eine* unerfreuliche Konsequenz. Bei einer umfangreichen Durchleuchtung seiner Geschäfte wäre man natürlich auch ganz schnell bei Briskow und Ihnen gelandet. Um Sandor ein bisschen aufzurütteln, hat Bettina aber zunächst lediglich anonym Anzeige erstattet. Sie selbst, Herr Wagner, und Ihr Partner vom Steuerberatungsbüro haben Sandors Buchhaltung wieder geraderücken müssen und waren von da an gewarnt. Aber keine Sorge: Wir haben auch unsere Spezialisten.«

»Ich fürchte mich schon.«

»Das ist nur allzu verständlich. Bettinas Unterlagen, ihr Laptop, sämtliche Speichermedien sind in derselben Nacht verschwunden, in der sie getötet wurde. Aber das hat alles nichts genützt.«

Nun erlaubte Katryna sich ein süffisantes Lächeln. Einen Moment lang betrachtete sie Wagners narbiges rötliches Gesicht, dann blickte sie ihm direkt in die Augen. »Sie hat eine Kopie des Artikels und ihr gesamtes Recherchematerial auf einem USB-Stick gesichert und bei einer Person ihres Vertrauens hinterlegt, wovon niemand etwas wusste. Wer den Laptop geklaut hat, wähnte sich in Sicherheit – zu früh.«

»Na klar – deswegen kommen Sie ja auch erst jetzt damit! Glauben Sie wirklich, ich falle auf solche faden Tricks herein?« Wagner sah aus, als würde er sich gleich wiehernd vor Vergnügen auf die Schenkel schlagen.

»Freut mich, dass ich Sie derart erheitern kann. Zu Ihrer Information: Ich komme erst jetzt damit, da die Person, bei der das Material hinterlegt worden ist, im Urlaub war und von ihrer interessanten Zustellung gar nichts wusste … Bis vor Kurzem.« Sie zog eine Augenbraue hoch. »Es ist hochinteressant.«

Wagner lehnte sich langsam zurück. Vergnügt wirkte er nicht mehr.

»Jedes einzelne Detail ist hochbrisant, Herr Lenau.«

Er zuckte zusammen.

Katryna beugte sich zu ihm vor. »Und Sie können ganz sicher sein, dass Sie Ihre Spuren hinterlassen haben – in jeder Hinsicht und überall. Wir werden alles aufdecken, und Sie gehen komplett den Bach herunter, das kann und möchte ich Ihnen schon jetzt versprechen!«

Wagner schwieg und starrte sie hasserfüllt an.

»Rafael Lenau. Hübscher Name. Macht was her – im Gegensatz zu Robert Wagner. Und Max und Moritz hört sich richtig putzig an! Traut man Ihnen gar nicht zu.«

Wagner schnellte mit dem Oberkörper nach vorn und knallte mit zusammengepressten Lippen beide Hände auf den Tisch. »Sie kommen sich wohl sehr schlau vor, was?«

Katryna reagierte mit einem kaum merklichen Zusammenzucken. Sie sah auf seine Hände. Ein klackendes Geräusch hatte sie aufmerken lassen.

»Sie tragen einen hübschen Ring«, meinte sie dann und zeigte auf seine rechte Hand. »Ein Siegelring?«

»Was soll der Blödsinn?«

»Das ist kein Blödsinn – der Abdruck dieses Ringes findet sich in den Gesichtern von Bettina und Gregor wieder! Sie haben auf die beiden eingeprügelt, bis Sie davon überzeugt waren, dass sie alles erzählt hatten, was für Sie und Ihre Hundesportfreunde von Bedeutung war. Vielleicht lebte Bettina noch, als Sie jemanden losgeschickt haben, um in ihrer Wohnung sämtliches Material sicherzustellen, was Ihnen gefährlich werden konnte. Vielleicht sind Sie sogar selbst gefahren, oder Sandor hat sich auf den Weg gemacht, während Briskow weitergeprügelt hat. Auch über diese Einzelheiten werden wir in Kürze genau Bescheid wissen. Maik Teesen war nicht zu Hause, das hatte Bettina wahrscheinlich unter größten Schmerzen längst gestanden. Die Hunde waren bei ihrer Schwester – eine gute Gelegenheit, die so schnell nicht wiederkommen würde. Und nach all dem durfte Bettina natürlich nicht überleben. Sie hatte ihr Leben bereits verwirkt, als sie Rafael Lenau und seinen Hund oder auch Max und Moritz erblickte und Robert Wagner erkannte.«

Wagner schwieg.

»Und was Gregor angeht ...« Katryna hob die Hände. »Ich vermute, der arme Kerl musste dran glauben, weil Sie angenommen haben, dass er von Bettinas Aktivitäten und Recherchen wusste oder im Zusammenhang mit der Mordermittlung etwas erfahren hatte, was Ihnen früher oder später zum Verhängnis werden könnte.«

»Ich kenne diesen Gregor überhaupt nicht!«, zischte Wagner. »Und ich habe Bettina nicht getötet.«

»Nein, wer dann? Was ist passiert? Ich bin ganz Ohr. Reden Sie!«

Wagner schüttelte den Kopf. »Ich möchte ein Glas Wasser und eine Pause. Das können Sie mir nicht verwehren.«

Katryna nickte. »Gut. Ich werde in der Zwischenzeit mal hören, was Ihr Freund Briskow zu sagen hat.«

Piet stand auf und trat zu Wagner. Er streckte die Hand aus.

Wagner blickte ihn verdutzt an. »Was ist? Soll ich etwa mein Wasser bezahlen?«

Piet grinste. »Nette Idee, das wäre ja mal was. Nein – geben Sie mir bitte Ihren Ring.«

»Was?«

»Wir brauchen den Ring zum Abgleich.«

»Können Sie mich dazu zwingen?«

»Sie fangen langsam, aber sicher an, sich lächerlich zu machen.«

»Ich will meinen Anwalt sprechen.«

»Das Thema hatten wir schon.«

Wagner zögerte noch einen Moment, dann nahm er den Ring ab und knallte ihn auf den Tisch. Immerhin, der Mann hatte die Fassung verloren.

Im Gegensatz zu Briskow. Der zog wenig später lässig die Schultern hoch, entschied sich aber wenigstens, nun doch ein paar Worte zu verlieren. Vielleicht um die Langeweile zu vertreiben.

»Meine Güte, was haben Sie denn schon? Einen toten Hund, zwei tote Menschen, ein paar Spuren und Hinweise, die mit mir zu tun haben oder in irgendeiner Weise zu mir führen – wenn Sie darauf eine Mordanklage aufbauen wollen, tun Sie mir jetzt schon leid«, erklärte er in ruhigem Ton.

»Danke für Ihr Mitgefühl, aber das ist unnötig«, meinte Piet höflich. »Wagner ist dabei, umzukippen. Er hat bereits zugegeben, dass der Angriff der Hunde auf dem Gelände Ihrer Diskothek stattgefunden hat, und Sandors Aktivitäten sind so offensichtlich, dass es kaum noch eines Geständnisses bedarf, um ihm seine üblen Geschäfte nachzuweisen. Sie drei und Ihre Hintermänner und Gefolgsleute verbindet ein gemeinsames Interesse und ein starkes Motiv – allein davon überzeugen wir jedes Gericht. Hinzu kommen detaillierte Gen- und Spuranalysen und die vielfältigen Möglichkeiten unserer bestens ausgestatteten Gerichtsmedizin.«

Briskow setzte ein ernstes Gesicht auf. »Machen Sie sich nichts vor – eine Mordanklage lässt sich nicht allein auf Indizien beruhend aufbauen oder gar durchziehen. Wie wollen Sie mir oder Wagner oder uns beiden oder wem auch immer noch in diesem Zusammenhang nachweisen, dass wir die Hunde auf diese Frau gehetzt und Gregor aufgeknüpft haben – ohne Zeugen?«

Katryna hatte diesmal als Beobachterin im Hintergrund Platz genommen. Briskows Selbstsicherheit war nicht gespielt. Der Mann kannte sich bestens aus.

»Bettina hat einfach zu viel gewusst, Herr Briskow«, wandte Piet ein. »Sie konnte Ihnen verdammt gefährlich werden.«

»Wollen Sie das dem Richter erzählen?«

»Unter anderem.«

»Bisschen dünn. Ich werde ihm erzählen, dass Bettina Springer nachts auf dem Gelände meiner Diskothek herumgeschnüffelt hat. Sie hat sich ein paar Ohrfeigen eingefangen. Es gab Streit, Handgemenge, die Hunde rissen sich los … So jedenfalls hat man es mir berichtet – ich selbst war gar nicht dabei. Beweisen Sie mir das Gegenteil.«

Katryna stöhnte innerlich auf. Nicht schon wieder.

»Sie haben die Leiche –«

»Ich? Ich habe gar nichts.« Briskow lächelte. »Ein Espresso wäre jetzt klasse.«

Die Kollegen von der Kriminaltechnik berichteten, dass es in keinem der Kellerräume Spuren gab, die eindeutig auf Bettina und Gregor hinwiesen – da war mehr als gründlich geputzt worden. Und obwohl sich beim Vergleich mit einem Foto, auf dem Briskow als passionierter Jäger abgebildet war, herausstellte, dass das Messer, das im Umkreis der Fundstelle des getöteten Hundes am Teufelssee gefunden worden war, ihm gehörte, verließ Katryna gegen sechs Uhr in der Frühe allmählich der Mut.

Briskow hatte recht – es gab viele Indizien, einen ganzen Haufen sogar, und offensichtliche Zusammenhänge und Motive, und die Spurensuche war noch lange nicht abgeschlossen, aber für den zweifelsfreien Nachweis zweier Morde reichte es im Moment nicht.

Totschlag war das Höchste, was in Bettinas Fall herauszuholen war, wobei Briskows Chancen, sich herauszuwinden, größer waren als die Wagners, in dessen Wagen immerhin Hundehaare von Moritz sichergestellt worden waren, und bezüglich Gregor stand es noch schlechter.

Gewaltdelikte, Tierquälerei, illegales Wettgeschäft, Bilanzfälschung, Geldwäsche – es würde ohne Zweifel einiges zusammenkommen, auch an Gefängnisstrafen, aber heimtückischer Mord war eine andere Liga. Keiner der Beteiligten würde es wagen, über die tatsächlichen Ereignisse ein Wort zu verlieren, solange die Polizei keine erdrückenden Beweise vorlegen konnte. Briskows Verbindungen waren weitreichend, und er würde sie auch vom Gefängnis aus zu nutzen wissen. Das war allen klar.

Piet blickte mit müden Augen zum Fenster hinaus in den langsam erwachenden Tag. Katryna gähnte und rieb sich die Schläfen. Es klopfte und Max Hoffer trat ein.

»Sandor hat ein Geständnis abgelegt – ein Teilgeständnis«, meinte er lapidar. »Er gibt zu, Hunde in Rumänien gezüchtet und für den Kampf trainiert zu haben. Und er gibt zu, Briskow und Wagner und einigen anderen Tiere verkauft und mitgewettet zu haben.«

»Toll«, sagte Katryna dumpf. »Das ist ja mal was ganz Neues, und so überraschend – damit habe ich gar nicht gerechnet. Hat er auch gesagt, warum er das macht?«

»Soll das ein Witz sein?«

»Nein – wie kann jemand, der Tiere liebt und mit ihnen arbeitet, derart umschwenken und sie so missbrauchen?«

Hoffer blähte die Wangen auf. »Na, ganz einfach: Macht und Geld. Viel Geld. Da hört der Spaß bei den meisten auf.«

Piet nickte müde.

»Darf ich euch einen Tipp geben?«, fragte Max, nachdem er beide einen Moment gemustert hatte. »Ihr solltet euch erst mal ein paar Stunden aufs Ohr legen und euch über das freuen, was ihr bislang erreicht habt. Die Staatsanwaltschaft ist ziemlich zufrieden mit euren Ermittlungen, Polder auch, und die Hauptverdächtigen bleiben vorerst in U-Haft. Ist das nichts?«

»Toll«, unkte Katryna. »Was wir brauchen, ist –«

Hoffer hob die Hände. »Man kann nicht alles haben, und schon gar nicht alles auf einmal. Ein bisschen Geduld bitte!«

Piet stand auf und griff nach seiner Jacke. Er sah Katryna an. »Soll ich dich mitnehmen?«

»Ja, gern.«

Zehn Minuten später hielt Piet vor ihrer Haustür. Sie sah ihn an. »Was haben wir falsch gemacht?«

Er lächelte. »Du liebe Güte: gar nichts. Sei nicht so streng mit uns. Wir haben ermittelt, was bis zum jetzigen Zeitpunkt ermittelt werden konnte. Alle arbeiten auf Hochtouren, doch Geständnisse oder Zeugen können wir nicht herbeizaubern.«

»Was ist mit Kliberg?«

Piet schüttelte den Kopf. »Er wird nichts sagen, schon mal gar nicht vor Gericht.«

»Und wenn er es nur dir sagt und wir könnten aufgrund seiner Darstellung noch mal neu ansetzen?«

»Katryna, er hat Angst – richtige Angst. Lass ihn bitte außen vor.«

»Okay.« Sie öffnete die Tür. »Schlaf gut, bis später und danke fürs Heimfahren.«

11

Sie wachte am späten Mittag mit einem schalen Geschmack im Mund auf. Ihr Kopf fühlte sich an, als hätte er keine einzige Minute abgeschaltet. Katryna setzte Kaffeewasser auf und stellte das Radio an. Nach einer zehnminütigen Dusche und einem üppigen süßen Frühstück, das sie im Morgenmantel einnahm, hatte sie halbwegs das Gefühl, wach zu werden.

Max Hoffer und Piet haben recht, dachte sie, wir haben eine ganze Menge erreicht. Und doch … Kliberg wusste etwas, aber das nützte niemandem und ihm schadete es, das war ganz offensichtlich.

Katryna erinnerte sich plötzlich an einen Lehrer an der Polizeischule in Duisburg, der Vernehmungstaktik unterrichtete und sie mit seiner gelassenen Art immer sehr beeindruckt hatte. Wenn ein Fall stockte und keine neuen Erkenntnisse zu gewinnen waren, half seiner Ansicht nach nur eines: alle Untersuchungsberichte und Protokolle noch einmal studieren, und zwar jede einzelne Seite und so konzentriert, als läse man sie zum ersten Mal, auch oder gerade die ermüdend langweiligen oder scheinbar unwichtigen, und Befragungen mit Leuten durchführen, die bislang als nebensächlich eingestuft oder aus Zeitgründen zurückgestellt worden waren. Kurzum: den Fokus erweitern.

Katryna zog sich eilig an und fuhr ins Präsidium. Sie saß eine gute Stunde über der Akte, als Piet anrief.

»Gibt es was Neues?«, fragte er, und sie hörte, dass er gähnte.

»Nein. Ich arbeite mich gerade durch die komplette Akte – auf der Suche nach neuen Anhaltspunkten oder zumindest neuen Aspekten, unter denen man bekannte Ansätze auch noch betrachten könnte.«

»Oh, deine Kondition beeindruckt mich. Und?«

»Ich würde gern persönlich mit Leif Sandor sprechen.«

»Warum?«

»Ganz einfach: Weil ich das bisher noch nicht getan habe. Die Befragung an der Uni nach Gregors Tod hat ein Kollege durchgeführt. Belas Sohn kennt beide Opfer und ist Sohn eines Verdächtigen. Ich möchte mir selbst ein Bild von ihm machen.«

»Das ist ein Argument. Und was ist mit Bela und seinem Teilgeständnis?«

»Darum kümmern wir uns anschließend – vielleicht liefert uns ja Leif den einen oder anderen Hinweis, mit dem wir bei Bela was anfangen können.«

»Okay. Ich bin in einer halben Stunde da. Sagen wir: in zwanzig Minuten.«

Leif Sandor wohnte in der Nähe des Botanischen Gartens in einer Zweizimmerwohnung, die auf den ersten Blick nach Ikea-Studentenbude aussah; auf den zweiten war unübersehbar, dass Leif über das nötige Kleingeld verfügte, um sich teure Hobbys zu leisten: Ein modernes Rennrad hing im Flur an gusseisernen Haken an der Wand, und sein Computer war vom Allerfeinsten. Der Monitor, über den gerade in schnellem Tempo Zahlen- und Symbolreihen hinwegflackerten, war größer als Katrynas Fernseher.

Leif sah seinem Vater durchaus ähnlich, war aber breitschultriger und größer und hatte grüne Augen. Ein attraktiver Mann – sah man einmal von den tiefen Augenringen und der käsigen Gesichtsfarbe ab. Die Situation war alles andere als einfach für ihn: Sein Vater war in ein Verbrechen verwickelt, in dessen Zusammenhang sein Freund und Kommilitone aller Wahrscheinlichkeit nach durch Mord ums Leben gekommen war, wobei Leif zurzeit wohl noch von einem Suizid ausging, ohne einen Zusammenhang mit der Festnahme seines Vaters zu vermuten. Und mit Bettina dürfte ihn zumindest eine lockere Bekanntschaft verbunden haben.

»Danke, dass Sie uns so spontan Ihre Zeit zur Verfügung stellen«, sagte Katryna, als sie in dem Wohn- und Arbeitszimmer in der Sitzecke Platz nahmen.

»Kein Problem«, erwiderte Leif. Er versuchte ein Lächeln, das aber völlig misslang. »Ich weiß ohnehin nicht, wo mir der Kopf steht. Einer meiner besten Freunde ist tot, dessen Freundin oder Bekannte auch, heute Nacht haben Sie meinen Vater verhaftet. Was genau wirft man ihm eigentlich vor? Meine Mutter war so verdattert, dass sie kaum zwei zusammenhängende Sätze herausbekommen hat, als wir vorhin telefonierten. Eine Hausdurchsuchung haben Sie auch schon durchgeführt ...«

»Ihr Vater hat sich als Züchter und Trainer in der Hundekampfszene einen Namen gemacht und bei illegalen Wettgeschäften ein Vermögen verdient, das er in seinen Betrieb – im Klartext: in seine Hundeschule – eingebracht und weißgewaschen hat«, erwiderte Katryna nach kurzem Überlegen. Es bestand kein Anlass, Informationen zurückzuhalten.

Leif Sandor lehnte sich langsam zurück.

»Und das hat er inzwischen auch zugegeben«, ergänzte sie.

Leif sah kurz zu seinem Computer hinüber, in dem es zu rattern begonnen hatte. Offensichtlich ließ er ein umfangreiches Programm durchlaufen.

»Wundert Sie das?«, schob sie nach, als er immer noch schwieg.

Er wandte ihr langsam den Blick zu. »Ehrlich gesagt – nein, ganz und gar nicht.« Wieder versuchte er zu lächeln, was erneut misslang. »Ich war kein Fan meines Vaters. Und stand damit ziemlich allein. Alle haben ihn verehrt, bewundert, angebetet ...« Leif hob kurz die Hände und ließ sie wieder sinken.

»Kritik verbot sich von selbst – Bela Sandor stand über allem. Meine Skepsis wurde mir stets als Neid ausgelegt oder mit Unwissenheit erklärt oder als typischer Vater-Sohn-Konflikt gewertet. Weit gefehlt – ich habe in den letzten Jahren häufig ein merkwürdiges Gefühl gehabt, was seine Hundearbeit anging, aber das wollte niemand hören, schon gar nicht von mir.«

Katryna tauschte einen Blick mit Piet. Sie hätten Leif eher befragen müssen, so viel stand fest, aber hinterher war man immer schlauer.

»Dann müssten Sie sich ja mit Bettina gut verstanden haben«, meinte Katryna. »Sie hat die entscheidenden Recherchen zu den Tätigkeiten Ihres Vaters zusammengetragen, insbesondere was seine Aktivitäten in Rumänien angeht, wo er Kampfhunde gezüchtet hat, um sie hier in Deutschland zu verkaufen und zu trainieren.«

Leif warf ihr einen verdutzten Blick zu. »Wirklich? Ich muss sagen, ich kannte Bettina nicht besonders gut. Wir haben wenig miteinander zu tun gehabt. Ich wohne seit ein paar Jahren nicht mehr zu Hause, bin hin und wieder Gast, hauptsächlich wegen meiner Mutter, die die Familie zusammenhalten will, und wegen meines Bruders. Ich wusste, dass Gregor für diese Frau schwärmte … aber Gregor schwärmte auch für meinen Vater und hat sich ähnlich beeindrucken lassen wie alle anderen, erst recht, als er ihm letztes Jahr den Job vermittelte. Gregor und ich haben uns selten über diesen ganzen Hundekram unterhalten, und mit Bettina habe ich kaum mehr als ein Dutzend Sätze gesprochen. Fest steht für mich nur seit Langem, dass ich meinem Vater das ganze Getue um seine Arbeit, sein Engagement nicht abnehme.«

»Haben Sie ihm das mal gesagt?«

Leif verzog den Mund. »Allerdings.«

»Und?«

»Er war erst ziemlich empört – und der Rest der Familie auch. Dann hat er mir zu verstehen gegeben, dass er mich für einen rebellischen, ahnungslosen, undankbaren und nicht besonders schlauen Bengel hält, der noch viel zu lernen hätte, vorzugsweise von ihm. Ja, so oder so ähnlich lauteten seine Worte. Wir haben anschließend nicht mehr darüber gesprochen, abgesehen davon, dass ich ihm mehrfach prophezeit habe, dass er eines Tages mal richtig auf die Schnauze fallen würde und dann nicht mit meinem Mitgefühl rechnen dürfte.«

»Damit haben Sie goldrichtig gelegen. Hat Ihnen Ihr Vater eigentlich erzählt, wie Bettina ermordet wurde?«

Leif schüttelte den Kopf. »Es war von einem grausigen Gewaltverbrechen die Rede, so stand es auch in der Zeitung. Mehr weiß ich nicht, und über mehr haben wir nicht gesprochen. An derartigen Details war ich aber noch nie interessiert.«

Katryna sah Piet an. Der nickte.

»Die Details, die wir bislang aus der Presse heraushalten konnten und über die Ihr Vater bereits am Montagabend im Wesentlichen Kenntnis hatte, sind aber in dem Fall entscheidend. Sie wurde geschlagen, wahrscheinlich gefoltert – von Leuten aus der Hundekampfszene, denen sie gewaltig auf die Pelle gerückt war. Danach hat man zwei Hunde auf sie gehetzt, die sie totbissen. Das Ganze passierte mit an Sicherheit grenzender Wahrscheinlichkeit im Keller der Diskothek im ehemaligen Heizkraftwerk am Ostbahnhof, wo Gregor jobbte. Leider muss man sagen.«

Leif packte mit beiden Händen die Lehnen seines Sessels, bis die Knöchel weiß hervorstachen.

»Wir gehen davon aus, dass Gregor bei eben diesen Leuten in Verdacht geraten ist, aufgrund seiner persönlichen Beziehung zu Bettina Kenntnis von ihren Recherchen und Mutmaßungen gehabt zu haben. Auch er wurde geschlagen, gefoltert. Der Suizid wurde nach unserer Überzeugung vorgetäuscht.«

Leifs Gesicht war nun lakenweiß.

»Die Hauptverdächtigen sind in beiden Fällen dieselben: Thomas Briskow, der Geschäftsführer der Diskothek und damit Gregors Chef, Briskows Hinterleute aus der rumänischen Mafia und Robert Wagner, ein erfolgreicher Berliner Unternehmensberater, bei dem Bettina seit mehreren Jahren halbtags gearbeitet hat, nachdem die beiden sich in der Hundeschule Ihres Vaters kennengelernt hatten. Einer der Hunde, die Frau Springer nach unserer Überzeugung auf Befehl angegriffen haben, ist nachweislich von Ihrem Vater trainiert worden und stammt höchstwahrscheinlich aus seiner rumänischen Züchtung. Das konnte Bettina mit persönlichen Beobachtungen und Fotos belegen.«

Leif schlug die Hände vors Gesicht.

»Wir haben viele Spuren, und der Zusammenhang erschließt sich ganz offensichtlich, aber leider fehlt der letzte Beweis für diese grausigen Taten. Die Angaben der Verdächtigen laufen darauf hinaus, dass im Zusammenhang mit einem Streit ein schreckliches Unglück passiert sein könnte. Wenn wir Pech haben, enden die Morde an Bettina und Gregor mit Anklagen wegen Totschlags, und das reicht uns nicht«, fuhr Katryna fort. »Der Hund, den Ihr Vater für Kämpfe vorbereitet hat, heißt übrigens Moritz. Vielleicht kennen Sie ihn – er wurde zeitweise –«

Leif ließ die Hände sinken. »Moritz? Sagten Sie Moritz?«

»Ja.«

»Moritz«, wiederholte Leif tonlos. »Das kann ich kaum fassen. Ausgerechnet Moritz.«

»Sie kannten diesen Hund?«

»Ja, ich kannte ihn. Er war der Einzige dieser ganzen verdammten Köter, den ich je toll fand«, meinte Leif leise. »Ich habe geahnt, dass er den irgendwie missbraucht – so ein kraftvolles, schönes Tier. Und ich habe mir geschworen, dass ich …« Er brach ab.

»Ja?« Piet sah Leif an.

»Keines dieser Viecher bei uns hat mich je interessiert. Nur Moritz. Den hätte ich gern gehabt – als Gefährten, als Freund, verstehen Sie?«

»Aber den hat Ihr Vater nicht herausgerückt, stimmt's?«, hakte Piet nach, als Leif erneut stockte.

»Stimmt. Er sei bereits einem Freund verkauft, hat er gesagt. Ich könne einen anderen Hund haben, wenn ich wollte. Aber ich wollte keinen anderen Hund«, erzählte Leif. »Ich habe ihn förmlich angebettelt, dass er mir Moritz gibt, nur diesen, keinen anderen. Er fand es toll, dass ich ihn so angefleht habe, keine Frage, er hat sich förmlich darin gesuhlt, wenn er auch ein bisschen verwundert war über meine plötzlich aufflammende Hundebegeisterung, wie er es nannte: Ich denke, du bist nur an deinem Computer- und Technikkram interessiert, meinte er süffisant – aber erweichen ließ er sich nicht. Kaum etwas hat mich je mehr getroffen.«

Katryna lehnte sich zurück. Ihr war plötzlich im wahrsten Sinne des Wortes hundeelend. Moritz schien viele Menschen begeistert zu haben, nun hatte er einen Menschen getötet und würde für diese Tat aller Wahrscheinlichkeit nach eingeschläfert werden, obwohl er sie nicht zu verantworten hatte.

»Aber so schnell habe ich nicht aufgegeben. Welchem Freund hast du Moritz verkauft, wollte ich von ihm wissen«, fuhr Leif in bitterem Ton fort. »Ich machte ihm ein Angebot. Daraufhin hat mein Vater sich förmlich ausgeschüttet vor Lachen. Nie zuvor habe ich ihn mehr gehasst als in diesem Moment. Glaub mir, den Preis kannst du nicht zahlen, Kleiner, meinte er, und wenn du noch fünf Jobs annimmst. Dabei klopfte er mir gönnerhaft auf die Schulter.«

Katryna hielt den Atem an. Sie hatte das Bild förmlich vor Augen, wie Bela seinen Sohn erniedrigte.

»Was haben Sie unternommen?«, fragte Piet.

Leif sah ihn an und lächelte. Und diesmal gelang es. »Ich konnte das nicht einfach so stehen lassen, unmöglich. Ich wollte unbedingt wissen, an wen er Moritz verkauft hatte und was seine aufgeblasenen Sprüche zu bedeuten hatten. Moritz ist ohne Zweifel ein toller Hund, aber warum sollte jemand so viel Geld für ihn bezahlen? Wissen Sie – ich verdiene ganz gut, und wenn ich ihn mir nicht leisten konnte, musste etwas anderes dahinterstecken. Aber was? ... Die Frage ließ mich nicht mehr los. Am vorletzten Freitagabend haben meine Eltern ein Familienessen veranstaltet – mein Bruder und ich mit unseren Freundinnen, nett, nicht wahr? Ich wusste, dass Moritz an diesem Abend weggebracht oder abgeholt werden sollte, und bin zwischendurch nach draußen geschlichen.«

»Um sich zu verabschieden?«, fragte Katryna.

»Um unser Wiedersehen zu ermöglichen.«

»Wie meinen Sie das?«

»Nun, ich jobbe in einer Firma für moderne Sicherheitstechnik.«

Katryna sah Leif verständnislos an. »Aha. Und?«

»Wir dürfen manchmal neue Geräte, die noch nicht auf dem Markt sind und denen der letzte oder auch vorletzte Schliff fehlt, testen – spaßeshalber, versteht sich. Mein Vater hat sich immer darüber lustig gemacht. Er hielt nicht viel von meinem Job und der Branche, wie vielleicht schon deutlich geworden ist. Ich vermute eher, dass der große Bela Sandor in diesem Bereich einfach keinen Durchblick hat und das natürlich nicht zugeben kann.«

»Was sind denn das für Geräte, die Sie testen dürfen?«, fragte Katryna.

»Alarmanlagen, Mini-Überwachungskameras, computergesteuerte Abhöranlagen, hochmoderne Funkgeräte und so weiter und so fort. Bei uns könnte man James Bond ausrüsten. Mein Chef ist ein kreativer Kopf – der kombiniert gern mal die eine Technik mit der anderen, um dann ganz neue Ideen zu entwickeln. Es klappt nicht immer, aber manchmal ...«

Katryna wechselte einen langen Blick mit Piet.

»Um es kurz zu machen: Ich habe Moritz mit einer mobilen Kamera ausgestattet, an der mein Chef gerade herumbastelt und die so klein ist, dass ich sie völlig unauffällig in seinem Geschirr verstecken konnte«, fuhr Leif fort. »Ich weiß natürlich, dass das rein datenschutzrechtlich alles andere als eine saubere Aktion war, ganz im Gegenteil, aber …«

Katryna starrte ihn gebannt an. »Fahren Sie fort.«

»Bilder und Sprachsignale werden per Funk übermittelt und aufgezeichnet, und zwar nicht nur über ein paar Meter hinweg, sondern über eine außergewöhnliche Reichweite. Mit der entsprechenden Software kann ich, sofern das Programm richtig läuft, via PC das Umfeld beobachten, in dem Moritz – in diesem Fall – unterwegs ist, beziehungsweise ungefähr das sehen und hören, was er gerade sieht und hört. Die Bilder können dunkel und verwackelt sein, und der Empfang ist nicht immer gleich gut, weil die Signalstärken manchmal abrupt wechseln, aber es reicht wohl aus, um mitzukriegen, wo er sich aufhält, wer mit ihm spricht, spielt und so weiter … Na ja, das Ganze ist halt so was wie eine Riesenwanze mit Spezialfunktionen oder eine mobile Webcam, und ich hatte die Hoffnung, dass ich die Umgebung wiedererkenne, mir Moritz' Besitzer genauer ansehen kann und mitbekomme, wie der Hund lebt – zumindest für ein paar Tage.«

Katryna atmete tief aus. »Das hört sich ziemlich spannend an, wenn wir ausnahmsweise mal den Datenschutz weglassen, aber ich schließe aus Ihren Worten, dass es Ihnen bislang nicht gelungen ist, etwas über Moritz' Aufenthaltsort zu erfahren.«

Leif schüttelte den Kopf und wies auf seinen Schreibtisch.

»Die Signale sind angekommen und konnten auch gespeichert werden, aber mit der Wiedergabe hapert es. Warum, weiß ich nicht. Ich habe das halbe Wochenende damit verbracht, den Fehler im Programm zu finden, dabei ist mir der Rechner mindestens ein halbes Dutzend Mal abgestürzt. Ich hab den Kram dann erst mal liegen gelassen, und ein paar Tage später war plötzlich alles andere wichtiger als meine Spielereien …«

»Okay, aber das heißt doch, dass sich die Funkdaten noch auf ihrem PC befinden?«, fragte Piet eilig nach. »Oder sind Sie gerade dabei, ihn komplett plattzumachen?« Er wies auf den flackernden Bildschirm.

Leif nickte. »Ja, da ging gar nichts mehr, und heute Morgen nach dem Telefonat mit meiner Mutter musste ich mich ein bisschen ablenken, aber …« Er lächelte, als Katryna leise aufstöhnte. »Vorher habe ich ein Vollbackup auf meine externe Festplatte gepackt. Das mache ich immer so. Wer weiß, was ich noch so brauche. Damit sind natürlich auch die Funkdaten und das fehlerhafte Programm gerettet.«

Katryna atmete tief aus. Jetzt kriegen wir euch, dachte sie und ballte die Hände zu Fäusten.

Klaus Hinrich war fünfunddreißig Jahre alt und sah mit seinem leicht angegrauten Vollbart und der alles andere als gesunden Gesichtsfarbe trotz Jeans, peppigem Shirt und Sportschuhen gut und gern zehn Jahre älter aus. Kollegen aus dem LKA munkelten, dass er mit einer Tastatur in den Händen zur Welt gekommen war und seine ersten gesprochenen Worte Bits und Bytes gelautet hatten oder auch Null und Eins. Der Mann war restlos glücklich, wenn er vor einem oder mehreren Computern sitzen und möglichst knifflige Probleme lösen sowie nebenbei Nüsse essen und Cola aus der Dose schlürfen konnte. Insofern machten Katryna und Piet ihm eine große Freude, als sie ihn am Samstagnachmittag ins Präsidium baten.

Hinrich brauchte vier Stunden, um das Programm zum Laufen zu bringen, und weitere zwei Stunden, um einen kleinen Teil der gespeicherten Signale wiederherzustellen und in eine abspielbare Videodatei zu übertragen. Das Ergebnis war ein unscharfes, knapp zehn Minuten langes Video, das an zahlreichen Stellen unterbrochen war und sich somit aus verschiedenen Zeitsequenzen zusammensetzte. Die Bilder waren fast durchgängig zu dunkel, verschwommen und verwackelt, Details waren kaum auszumachen, dafür war die Sprachwiedergabe überraschend klar und ermöglichte eine eindeutige Personenzuordnung.

Katryna und Piet sahen sich den Film zweimal an.

»Erst Sandor zur Vernehmung, dann Wagner und Briskow«, sagte Katryna nach langem Schweigen. Ihre Stimme klang selbst in ihren eigenen Ohren schmerzverzerrt und zittrig.

»Ich habe doch bereits gestanden«, sagte Bela Sandor, während Piet den Computer aufbaute und das Programm lud. »Ich bekenne mich schuldig, Hunde gezüchtet und für den Kampf trainiert zu haben. Was wollen Sie noch?«

»Ein paar Kleinigkeiten«, gab Katryna lapidar zurück. Es fiel ihr schwer, beherrscht und gelassen zu bleiben. »Sie verdienen sich seit Jahren eine goldene Nase in dem Hundekampfgeschäft – das wird noch verschiedene Gerichte beschäftigen.«

Sandor sah sie düster an. »Ich weiß. Was wollen Sie?«

»Wie hat das alles angefangen, Herr Sandor. Was war der Auslöser?«

»Wie meinen Sie das?«

»Wie ich es sage – es interessiert mich wirklich, wie ein Mensch, der sein Leben mit Tieren verbringt, eine solche Kehrtwendung vollziehen und diese derartig scheinheilig hinter einem allseits geachteten und von vielen Leuten unterstützten Engagement verbergen kann.«

»Ach so – Sie wollen eine moralische Abrechnung.« Sandor verzog den Mund.

Katryna hatte das deutliche Gefühl, dass ihr gleich die Galle überlaufen würde. Sie starrte ihn an. »Was war Ihr Motiv? Woher kam die Idee, Hunde auf den Kampf bis zum Tod zu trainieren?«

Sandor lehnte sich zurück. »Briskow hat vor Jahren jemanden gesucht, der ihm geeignete Hunde verkauft und sie vorbereitet.«

»Aha, und dem haben Sie einfach mal zugestimmt – frei nach dem Motto: Das ist ja mal eine feine Geschäftsidee – oder wie darf ich mir das vorstellen?«

»Nein, so dürfen Sie sich das nicht vorstellen. Briskow stand x-mal vor meiner Tür, bevor ich …«

»Meine Güte, wie bewunderungswürdig Sie ihm widerstanden haben, gratuliere!«

Sandor zuckte zusammen und schwieg einen Moment. »Ich brauchte damals Geld, so einfach war das. Der Laden lief nicht so gut, es gab viele Konkurrenten, und um das aufzuziehen, was mir vorschwebte und was dann auch langfristig lukrativ sein würde, war sehr viel Geld nötig. Ich brauchte Geld zum Investieren und für meine Ideen. Das war das eine.«

»Und das andere?«

Sandor zögerte nur kurz. »Ich war gut, von Anfang an. Richtig gut. Ich bin es immer noch. Die Hunde entwickelten sich prächtig. Mein Trainingsprogramm war gefragt. Schließlich bot sich in Rumänien die Gelegenheit zu züchten. Briskow hat Kontakte, ich ebenfalls. Und das Geschäft blühte innerhalb sehr kurzer Zeit.«

»Ich verstehe. Der Erfolg gab Ihnen Recht. Dass Bettina von einem Hund, nämlich von Moritz getötet wurde, den sie darauf abgerichtet hatten, auf Befehl zu kämpfen und zu töten, gibt Ihnen nicht zu denken?«

»Sie wissen ganz genau, dass mir dieser Vorwurf zu denken gibt!«, ereiferte sich Sandor. »Aber war es wirklich Moritz?«

»Ja«, sagte Katryna leise. »Es war Moritz – der Liebling vieler Menschen. Robert Wagner war ganz verrückt nach ihm, unter anderem. Man nannte die beiden auch Max und Moritz.« Katryna gab Piet ein Handzeichen. »Wenn Sie sich diesen kleinen Film angesehen haben, reden wir weiter.«

Autogeräusche, ein hechelnder Hund, Sandors Stimme. »Gleich geht's los, Moritz, ein bisschen Geduld noch.« Das Bild verwischt, wackelt, wird schwarz, hellt sich wieder auf. Eine Tür wird geöffnet. Jaulen, das Bild hüpft, Moritz springt aus dem Auto, ein zweiter Hund ist plötzlich neben ihm, sie knurren sich an, laufen ein paar Schritte über einen Parkplatz. Stimmen. Das Bild wird schwarz. Flackert wieder auf: Musik. Ein Eingang.

Eine Stimme erhebt sich in barschem Ton. Briskow: »Wird Zeit, dass du endlich hier aufkreuzt! Du Vollidiot – ich denke, ihr habt die Sache erledigt?«

»Was für eine Sache?«

»Die Schlampe Bettina treibt sich hier herum. Meine Jungs haben sie aufgegriffen. Wir sind gerade dabei, sie ein bisschen zu bearbeiten. Sie hat dich schon eine ganze Weile auf dem Kieker. Warum weiß ich nichts davon?«

»Aber …«

»Lenau meint, dass du unvorsichtig geworden bist. Wie kommt die Alte auf die Idee, sich hier herumzutreiben?«

»Ich habe keine Ahnung.«

»Denk nach, verdammt noch mal!«

Bild und Ton brechen gleichzeitig ab. Dann: ein dunkler Raum, lautes Hecheln. »Ruhig, Moritz«, murmelt eine Stimme, Wagners Stimme. Das Jaulen eines zweiten Hundes. Klatschende Geräusche im Hintergrund, Schreien. Moritz fängt an zu japsen. Bettina schreit.

Wagner steht auf und geht ein paar Schritte: »Was hast du hier verloren?« Bettina weint. »Ich war zufällig hier und habe Moritz erkannt, und er mich. Das ist alles.« Klatschen, Schlaggeräusche. »Sandor guckt sich gerade in deinem Arbeitszimmer um. Wenn er was findet, bist du dran.« Lautes Atmen. »Wer hat dir was gesagt? Wer ist dein Verbindungsmann?« – »Was für ein Verbindungsmann?«

Das Bild überzieht sich mit flirrender Schwärze, hellt sich erneut auf. »Ich gebe dir eine Chance«, sagt Briskow. Man hört nur seine leise Stimme. »Weil du eine Kämpferin bist.« Pause. Die nächsten Worte sind nicht zu verstehen. Das Bild verwischt. Dann: »He, Max, erst Monty und dann dein Liebling!« Jaulen, Hecheln, Knurren. Monty springt Bettina an, das Messer blitzt auf. Weinen und Schreien, das Jaulen des Hundes.

Das Bild wird schwarz, hellt sich erneut auf, zittert: Moritz zittert. Eine Faust schlägt auf ihn ein, an der ein Ring zu erkennen ist. »Fass!«, schreien Wagner und Briskow gleichzeitig. »Fass endlich! Mach sie fertig!«

Plötzliche Stille. Bild aus. Ton an, Schemen. Die Perspektive ändert sich. Moritz wird hochgehoben. Er atmet schwer. Wagner beugt sich über ihn und mustert ihn besorgt. »Nur eine kleine Schramme, zum Glück.«

Hinter seiner Schulter ist ein kleines Kellerfenster zu erkennen: Die Silhouette eines Gesichts, vielleicht auch nur ein Schatten, ist für Sekundenbruchteile zu sehen.

Schwärze.

Sandor konnte sich kaum rühren. Er war bleich und atmete schwer. Der Schock war unübersehbar.

»Ich war nicht dabei, als das passierte. Ich war in Bettinas Wohnung, und sie haben mir erzählt, dass …«

»Leute wie Sie machen es möglich, dass so etwas überhaupt passiert. Sie tragen eine schwere Verantwortung für diese grausamen Morde«, sagte Katryna. Sie sah zu Piet hinüber. »Bitte lass ihn abführen.«

An der Tür drehte Sandor sich noch einmal um. »Eine Frage hätte ich noch: Woher haben Sie diese Aufnahmen?«

»Wir hatten die einmalige Gelegenheit, neue technische Möglichkeiten zu erproben; über das Ergebnis konnten wir aber erst heute verfügen«, erwiderte Katryna prompt.

Sandor machte ein verständnisloses Gesicht.

»Ich hätte dann auch noch eine Frage«, setzte Katryna nach kurzem Überlegen nach. »Warum genau musste Gregor sterben?«

»Briskow hatte von der Beziehung zu Bettina erfahren und befürchtete, dass der Junge zu viel wusste oder eins und eins zusammenzählen würde.«

»Wer hat ihm die Schlinge um den Hals gelegt?«

»Das weiß ich nicht. Man hat es mir nicht gesagt.« Er sah sie an. »Ich weiß es wirklich nicht. Fragen Sie Briskow.«

Dann wurde Sandor abgeführt.

Zwei Minuten später saß Piet neben ihr. Er griff kurz nach ihrer Hand. »Hast du den Schatten am Kellerfenster gesehen?«

Katryna nickte. »Ja. War das Kliberg?«

»Ich gehe davon aus – wahrscheinlich war er zufällig im Nachbarkeller.«

»Der arme Kerl. Diese Bilder wird er nie wieder los. Und im Gegensatz zu uns hatte er das volle Programm, keine verwackelten Szenen und langen Unterbrechungen.«

»Was war für dich das Schlimmste?«, fragte Piet nach Minuten des Schweigens.

»Als Moritz geschlagen wurde, damit er den Befehl ausführt«, sagte Katryna. »Kann man diesen Hund nicht irgendwie retten – freisprechen?« Ihr versagte plötzlich die Stimme.

»Wir kümmern uns darum. Aber unser Job hier ist noch nicht erledigt.«

»Stimmt.«

Wagner und Briskow stand das blanke Entsetzen ins Gesicht geschrieben. Keiner von beiden unternahm auch nur den kleinsten Versuch, die Bedeutung der Aufnahmen abzuwiegeln oder ihre Authentizität anzuzweifeln. Das würde sich im Laufe des Verfahrens sicher ändern, aber im Augenblick schienen sie mit ihrem

Latein am Ende. Trotz mangelnder Qualität der Aufnahmen war beiden klar, dass sie um eine Mordanklage nun nicht mehr herumkommen würden.

Katryna genoss ihre Erschütterung, und sie erfasste mit einem Seitenblick, dass es Piet ähnlich ging.

Briskow wollte nach zweiminütigem Schweigen seinen Anwalt sprechen. Wagner brauchte gut drei Minuten, um sich so weit zu fassen, dass er mit zitternder Stimme juristischen Beistand forderte.

Piet stellte den Kontakt her.

Eine Stunde später gab Wagner zu Protokoll, dass er nach längerem Nachdenken inzwischen davon überzeugt sei, Briskow habe Gregor die Schlinge um den Hals gelegt. Briskow ließ kurz darauf über seinen Anwalt mitteilen, dass er gar nicht wüsste, was Wagner mit dieser Anschuldigung meinte. Beide konnten natürlich für den fraglichen Zeitraum Alibis anführen.

Am späten Abend, als Katryna und Piet die Ergebnisse des Tages zusammenfassten, rief der Leiter der KTU, Bernd Gesbrecht, an, um Katryna darüber zu informieren, dass man Gregors Wagen in einem verlassenen Gewerbehof im Wedding gefunden hatte. Neben Fasern des Seils, mit dem Gregor aufgehängt worden war, hatten sie unter anderem Fingerabdrücke von Wagner und Briskow sicherstellen können.

»Das muss jetzt erst mal reichen, wenigstens für heute«, resümierte Piet. »Alles Weitere findet sich – Stück für Stück. Glaub mir, wir haben sie!« Er ließ die Arme hängen und entspannte die Schultern. Sein müdes Gesicht wirkte auf einmal sehr zufrieden. »Feierabend, Katryna! Abschalten, die grausigen Bilder vertreiben, neue Kraft schöpfen.«

Sie atmete tief aus. Plötzlich zitterte sie vor Erschöpfung. »Du hast recht.« Sie stand auf. »Haben wir uns ein Essen verdient – ein gemeinsames Essen, meine ich.«

»Ohne Zweifel. Kannst du kochen?«

»Ganz passabel, aber in meinem Kühlschrank herrscht gähnende Leere.« Und ich möchte lieber in dein piefiges Häuschen und zugucken, wie du kochst, fügte sie in Gedanken hinzu.

Piet lächelte.

Epilog

Er rannte schneller als der Wind, um den Ball zu fangen und ihn hechelnd zurückzubringen. Es sah aus, als würde er lachen – laut und fröhlich. Leif ging in die Hocke, Moritz legte ihm den Ball zu Füßen und blickte ihn erwartungsvoll an.

Manuela Kuck
TOD IN WOLFSBURG
Broschur, 224 Seiten
ISBN 978-3-89705-752-4

Johanna Krass ist Sonderermittlerin beim BKA in Berlin und wird bundesweit eingesetzt. Der Tod der fünfzehnjährigen Karen führt sie in ihre Heimatstadt Wolfsburg. Der Fall, zunächst als tragischer Unfall zu den Akten gelegt, wird erneut aufgerollt. Doch erst als eine Klassenkameradin Selbstmord begeht und einen bestürzenden Abschiedsbrief hinterlässt, gelingt es ihr, die richtige Spur aufzunehmen …

»Manuela Kuck kennt sich aus. Mit Mädchen und mit Abgründen. Mit Männern und mit Gier. Und mit Krimis. Dem dichten Spurenlabyrinth, das sie spinnt, merkt man an, dass dieser Krimi nicht ihr erster ist.« Lesen

»Absolut empfehlenswert!« ekz

www.emons-verlag.de